丛书主编：陈平原

"十二五"国家重点图书出版规划项目

·文学史研究丛书·

文体问题
——现代中国的文学社团和文学杂志(1911—1937)

〔荷兰〕贺麦晓(Michel Hockx) 著
陈太胜 译

著作权合同登记号　图字:01-2008-3553
图书在版编目(CIP)数据

文体问题:现代中国的文学社团和文学杂志:1911-1937/(荷兰)贺麦晓(Michel Hockx)著;陈太胜译.—北京:北京大学出版社,2016.11
(文学史研究丛书)
ISBN 978-7-301-27420-0

Ⅰ.①文… Ⅱ.①贺… ②陈… Ⅲ.①中国文学—现代文学史—1911-1937　Ⅳ.①I209.6

中国版本图书馆CIP数据核字(2016)第194241号

© Copyright 2003 by koninklijke Brill NV, Leiden, The Netherlands

书　　名	文体问题——现代中国的文学社团和文学杂志(1911—1937)
著作责任者	[荷兰]贺麦晓(Michel Hockx)　著　陈太胜　译
责任编辑	张雅秋
标准书号	ISBN 978-7-301-27420-0
出版发行	北京大学出版社
地　　址	北京市海淀区成府路205号　100871
网　　址	http://www.pku.cn　新浪微博:@北京大学出版社
电子信箱	pkuwsz@126.com
电　　话	邮购部 62752015　发行部 62750672　编辑部 62767065
印刷者	北京大学印刷厂
经销者	新华书店
	880毫米×1230毫米　A5　10.375印张　260千字
	2016年11月第1版　2016年11月第1次印刷
定　　价	42.00元

未经许可,不得以任何方式复制或抄袭本书之部分或全部内容。
版权所有,翻版必究
举报电话:010-62752024　电子信箱:fd@pup.pku.edu.cn
图书如有印装质量问题,请与出版部联系,电话:010-62756370

目　录

中译本序 …………………………………… 陈平原(1)
中文版自序 ……………………………………………… (1)
致谢 ……………………………………………………… (1)
第一章　导论 ………………………………………… (1)
　　正在转变的中国现代文学研究范式 ………………… (2)
　　杂志、社团与"五四"文学传统 …………………… (4)
　　研究方法：文学社会学评论 ………………………… (6)
　　文体问题 ……………………………………………… (14)
　　文学社团 ……………………………………………… (16)
　　作为体制的文学社团 ………………………………… (17)
　　传统中国的文学社团 ………………………………… (18)
　　晚明和清代的社团 …………………………………… (22)
　　第一本中国文学杂志 ………………………………… (27)
　　文学杂志和文学实践 ………………………………… (30)
第二章　联合(分裂)的创造：进入现代的文学社团 ……… (33)
　　南　社 ………………………………………………… (34)
　　文学研究会：导论 …………………………………… (45)
　　第一阶段：组织和自我形象(1921) ………………… (47)
　　第二阶段：改组和地位的确立(1922—1925) ……… (57)
　　第三阶段：钱的事情(1925—1947) ………………… (71)
　　会　员 ………………………………………………… (74)

延续和革新 …………………………………………… (79)
第三章　社会和文本：1920和1930年代的新文学团体及其杂志 …… (83)
文学生产、文学活动与上海的作用 ………………… (83)
文学社团的类型 ……………………………………… (86)
无名作家 ……………………………………………… (94)
进社和对名流的攻击 ………………………………… (97)
1930年代别的社团和团体 …………………………… (102)
茶　话 ………………………………………………… (103)
国际笔会中国分会 …………………………………… (112)
第四章　集体作者与平行读者：文学杂志的审美维度 ……………… (115)
文学杂志的定义 ……………………………………… (116)
研究文学杂志的方法 ………………………………… (123)
平行阅读的要素：封面和插图 ……………………… (127)
平行阅读的要素：目录、出版说明和广告 ………… (130)
《眉　语》 …………………………………………… (138)
《游戏杂志》 ………………………………………… (143)
《新青年》 …………………………………………… (152)
陈衡哲 ………………………………………………… (154)
发痴的女人 …………………………………………… (157)
疯狂的男人 …………………………………………… (163)
第五章　冲突中的文体：刘半农与新诗的形式 …… (169)
刘半农 ………………………………………………… (169)
1910年代上海杂志中的文学文类 …………………… (171)
《新青年》早期稿件：《灵霞馆笔记》 …………… (177)
文学改良观 …………………………………………… (182)
抛弃过去 ……………………………………………… (185)

刘半农的诗 ……………………………………… （186）
　　转　变 …………………………………………… （190）
　　新文体 …………………………………………… （193）
第六章　文体中的个性："骂"的批评与曾今可 （199）
　　中国文学批评中的作者 ………………………… （199）
　　"骂"的定义和形式 ……………………………… （203）
　　"骂"的功能 ……………………………………… （208）
　　曾今可和《新时代》 ……………………………… （214）
　　无名作家、女性作家和友情美学 ……………… （220）
　　词的解放 ………………………………………… （223）
　　余波：转向政治 ………………………………… （228）
　　规范形式、政治和文学场 ……………………… （231）
第七章　写作的力量：审查制度和文学价值的建立 ……… （234）
　　审查制度和文学生产 …………………………… （234）
　　研究审查制度的问题 …………………………… （237）
　　国民党当局与文学 ……………………………… （238）
　　《中国新书月报》和出版家的压力团体 ………… （240）
　　改变审查的规则：1934年的上海 ……………… （244）
　　审查委员会对上海文坛的影响 ………………… （248）
　　作为文学场内部的作用者的审查员 …………… （252）
　　文学自治和国家权力 …………………………… （255）
　　折　射 …………………………………………… （257）
　　左翼文学，审查和萧红的《手》 ………………… （258）
　　1930年代的审查制度和当代学术 ……………… （261）
第八章　结论 ……………………………………… （264）
附录A　文学研究会成员：据1924年会员名单
　　（见第二章） ……………………………………… （271）

附录 B　有关文学社团、杂志和书籍的统计 ……………（285）
　表 1　1920—1936 的文学社团 ……………………………（286）
　表 2　创办于 1916—1936 的杂志 …………………………（287）
　表 3　1916—1936 年间发行的文学杂志 …………………（289）
　表 4　1882—1936 年间以书的形式出版的作品 …………（290）
参考文献 ………………………………………………………（292）
译　后　记 …………………………………………… 陈太胜（313）

中译本序

陈平原

不说在北大课堂上相识,就从 1996 年 1 月参加荷兰莱顿大学主办的"二十世纪中国文学场"国际学术研讨会算起,我与贺麦晓(Michel Hockx)教授交往也已经 20 年了。这期间,眼看他左右开弓,一边上课与演讲,一边开会与编书,还兼做学术组织工作,全都游刃有余,让我钦佩不已。当然,对于一个学者来说,各种耀眼的头衔都是过眼烟云,关键还看专业著述的水准。

在早期的《雪朝:八位中国诗人的现代性之路》(*A Snowy Morning: Eight Chinese Poets on the Road to Modernity*, Leiden: Centre of Non – Western Studies, Leiden University, 1994)与新著《中国网络文学》(*Internet Literature in China*, Columbia University Press, 2015)之间,译者选择了《文体问题——现代中国的文学社团和文学杂志(1911—1937)》(*Questions of Style: Literary Societies and Literary Journals in Modern China, 1911 – 1937*, Leiden & Boston: Brill, 2003),作为第一种介绍给中国读者的贺著,还是很有眼光的。相对而言,《文体问题》更成熟,也更容易得到中国学界的欣赏。因为,20 年前,贺麦晓在《读书》1996 年第 11 期发表《布狄厄的文学社会学思想》,而后又在《学人》第 13 辑(江苏文艺出版社,1998 年 3 月)上刊出《二十年代中国的"文学场"》,一路铺垫下来,此书可说是"水到渠成"。

称"新文学"只是现代中国诸多文学中的一种,质疑独尊五四的研究模式,并置所谓的雅俗文学,将左翼杂志与鸳蝴作品对照阅读,这既是最近二三十年海外汉学家的拿手好戏,也是国内诸多研究者努力的方向——虽然二者的立场及侧重点不太一样。不过,此书的最大特点不在"走出五四",而是引入文学社会学的理论视角。法国学者罗贝尔·埃斯卡皮(Robert Escarpit,1918—2000)1958年出版的《文学社会学》(1971年英译,1987年中译),是我学术起步阶段重要的参考资料。因此,读《文体问题》第一章倍感亲切。可我知道,贺麦晓主要借鉴的不是埃斯卡皮,而是后出转精的布迪厄(Pierre Bourdieu,1930—2002)。

比起埃斯卡皮的书籍工业、文学商品以及阅读统计来,布迪厄所阐释的文学场、象征资本以及文化习性,无疑对《文体问题》的理论建构影响更大。比如,作者所讨论的"文体",既包含语言与形式,也涵盖生活方式、组织方式与发表方式,明显希望沟通文学的内部与外部。谈的是作为体制的文学社团与作为物质文化的杂志,可具体论述时,常常深入到具体作家作品分析。这样软硬兼施,虚实结合,避免了文学社会学常犯的"见物不见文"的毛病。

作者早年研究文学研究会,对这方面的资料很熟悉,讨论文学社团时由此入手,那是再正常不过的了。正当读者按照文学史思路,期待他辨析文研会与创造社的高低时,他却调转方向,一会儿上溯明清,一会儿下及1930年代,且在各种不同类型的杂志(如《新青年》《小说月报》与《眉语》《游戏杂志》)之间来回穿梭。为什么这么处理?因作者考虑的是文学社团的类型、功能、自我形象以及运作方式,而不是某一社团的文学史地位。说到底,这是一部问题意识很强的专业著作,"梁山泊英雄排座次"并非本书的工作目标。

承认大众传媒与现代文学的天然联系,将杂志纳入文学研究的视野,这方面中外学者多有尝试。我在《文学史家的报刊研究》(2002)、《现代文学的生产机制及传播方式》(2004)、《晚清:

报刊研究的视野及策略》(2005)、《文学史视野中的"报刊研究"》(2008)等文中,曾辨析此种研究的利弊得失。在我看来,难处不在广搜博采,而是如何落实"文学杂志的审美维度"。本书第四章有两个关键词,一是"集体作者",二是"平行阅读"。将封面、插图、目录、广告与出版说明等作为平行阅读的若干要素,相对来说还是比较表层,最好是同一杂志乃至同期杂志中不同文本形成某种对话与张力,使其超越具体的作家作品,构成一兼及不同趣味但又有明显指向的巨大文本。单看"发痴的女人"和"疯狂的男人"这两节标题,熟悉那段文学史的读者马上明白,这是试图在陈衡哲的新诗《人家说我发了痴》(《新青年》5卷3号,1918年9月)和鲁迅的短篇小说《狂人日记》(《新青年》4卷5号,1918年5月)之间建立某种联系。是的,二者都有小引,可体裁与宗旨完全不同,称"陈衡哲的诗,在结构上似乎受惠于鲁迅著名的短篇小说《狂人日记》甚多",实在有些牵强。好在作者立说谨慎,经过一番考辨,终于承认"不幸的是,陈衡哲在写作自己的诗之前不太可能读过鲁迅的小说"。谈"受惠"不太合适,平行阅读还是可以的。只是"痴""疯"对举,有些取巧,容易模糊论述的焦点,效果反而可能不大好。

本书写得最精彩的是第7章。作者不被国共对立你死我活的传统论述所羁绊,谈论文学共同体在现代社会和政治语境中的地位时,颇多新见。左联五烈士被害,那是不容抹杀的历史;但1930年代的中国文坛,并非全都如此腥风血雨。任何时代的文学,多少都受制于政治权力,差别仅在于深浅。谈及1934年5月在上海成立的中央图书杂志审查委员会,黑名单固然很可恶,但作家的抗争从未停止。而且,公开的审查制度其实比暗箱操作或诛心之论好,起码你明白陷阱在什么地方,这才可能腾挪趋避。若干年前研究《中国新文学大系》,我曾谈及阿英在《史料·索引》卷中借"作家小传"表彰中共领导人陈独秀、瞿秋白,还有流亡海外的郭沫若,以及被政府枪杀的胡也频。"除了佩服编写者阿英的勇气,还得感叹当初的文网很不严密。正是这种相对宽松的舆论环境,使得编者可以毫无顾忌地选文,也使得《中国新文学大系》的出版没有留下太大的遗憾。"(参见《在"文学史著"与"出版工程"之间》,《"新文化"的崛起与流播》,北京大学出版社,2015年)但我只是就事论事,不像贺麦晓那样将"审查制度和文学价值的确立"联系起来,讨论作家及社团如何在应对政治审查时,展示出极强的随机应变能力,并最终形成某种"写作的力量"。

说到这里,不能不佩服作者借鉴布迪厄的"文学场"理论,处理中国极为复杂的文学、文化和政治关系时的明辨、细察与深思。

2016年5月24日于京西圆明园花园

中文版自序

《文体问题》一书英文版出版于2003年,其研究则始于1990年代晚期。我使用的研究方法很简单。我遍访中国、欧洲和美国的各大图书馆,到处寻找它们收藏的中国1911—1937年间出版的文学杂志。我坐下来,查阅所有这些杂志。别的学者可能会对一两种特定的杂志、特定的作家或某类特定的作品进行"细读",我则不同,我所做的,是一种"远距阅读",我阅读了非常多的杂志。我的目的,是探求民国战前时期出版的文学杂志的总体特点,尤其是要探求这些杂志如何将文学社团的活动与范围更广的"文学场"实践联系起来。正因如此,我的注意力主要不是集中于文学文本(诗、小说等)的阅读上,而是在与这些文本有关的所有事物上,尤其是可以为我提供与生产这些杂志有关的人相关的信息的所有事物上。

我确实查阅了许多杂志。有一个短暂的时期,我确信,我看的中国现代文学杂志,比世界上任何其他学者都要多。自豪地将书后这些统计数据放在一起,我真的相信,它们囊括了我的研究所涵盖的中国这一时期出版的绝大部分杂志。后来,"数字化革命"发生了,到今天,任何接触过上海图书馆全文检索数据库的人,都可以证实,我1990年代晚期所看到的杂志,只占中国1911—1937年间出版的文学产品中很少的一部分。看到下一代中国现代文学学者富有成效地利用这些新的数据库,并让我们对构成中国文化史上这一迷人的时期的重要特点的了不起的文学生产有更详细的了解,真是非常好的事。

虽然说，《文体问题》在杂志的覆盖面上有点过时，但是，它所使用的方法，仍然可为今天的读者提供一点东西。写这本书的时候，我坚信：对民国时期的文学，持有一种比通常的研究和教科书更为广阔的立场，是有可能的。我不想像已往很长时间里所做的那样把"五四"放在中心，也不想拒斥"五四"或用别的东西来替代"五四"，也不想尝试探查"替代性的"或"被压抑的"现代性。反之，我以前和现在的观点都是，我们应该将民国时期的文学生产作为整体来研究，研究其复杂的各种文类、倾向和写作类型，直至这个时期结束，当中没有一个接近于成为"主流"的地位。任何想为1911—1937年间的文学制造"主流"的做法，都可能不是以事实，或至少不是以我查阅过的所有这些杂志所遇到的事实为基础的。

谢谢陈太胜教授和他的学生为完成这部旧书的翻译任务所作的努力，也谢谢北京大学出版社的出版。我希望这本书可以找到新的读者。

贺麦晓

2016年4月，伦敦

致 谢

本书的写作用了我八年的时间。这期间我得到了许多个人和机构的慷慨帮助,在此须向他们表达我诚挚的谢意。首先,深深地感谢我的妻子于虹,感谢她即使在最艰难的日子里,也一直源源不断地给予我鼓励。这本书是题献给她的。

在本书写作期间,有五位仍健在的中国作家非常友好地同意以见面或通信的方式接受我的采访。他们不仅为我提供了事实和材料,也令我对自己的研究对象产生了难以从阅读材料中获得的亲切感。我十分感激顾一樵先生愿意和我通信,也感谢施蛰存先生同意我去他家里拜访他,另外,也要特别感谢卞之琳、汪静之和萧乾这三位已故的先生所给予我的帮助。

苏文瑜(Susan Daruvala)阅读了整部书稿并提出了意见,她许多独到的建议很好地巩固和充实了我的一些论点。这些年里,杜博妮(Bonnie McDougall)阅读了诸多章节的草稿,以及后来成为本书一部分的会议论文,提供了许多详细周到的书面意见。加布里埃尔·康斯坦特-兰德里(Gabrielle Constant-Landry)出色地完成了书稿的编辑工作,订正了错误,让表达在总体上更加清晰。

我的观点受到了许多学者及其著作的启发,其中一些相当重要,在这里我要特别表示感谢。我最初意识到"五四"范式存在问题,源于阅读王晓明的一篇文章,为此我写了一篇文章予以回应。我学会从社会学的角度来思考文学问题,则源于阅读布尔迪厄的著作;而与 C. J. 梵·里斯(C. J. van Rees)、吉利斯·多尔莱恩(Gillis Dorleijn)的合作,让我对布尔迪厄的学术观点有了更好的理解。陈平原的相关文章,也让我对民国早期文化的复杂性有了更多了解。在 2001 年的一次学术会议上,罗福林(Charles Laughlin)对我形成自己的观点很有帮助。他还热心地帮我扫描了书后的一些插图。

图书馆对本研究来说尤其重要,我出现的时候总是要求看"你们所有的期刊",许多图书馆馆员为此饱受折磨。下述馆藏对我的研究特别有用:亚非学院图书馆、上海图书馆、华东师范大学图书馆、现代文学馆、胡佛图书馆、北京大学图书馆、北京图书馆①、胡平山图书馆、伯克利图书馆、哈佛燕京图书馆、鲁迅图书馆,以及海德堡和莱顿的中文图书馆。我要感谢这些图书馆所有耐心为我提供帮助的工作人员。其中,尤其要感谢胡佛图书馆的蒂姆·麦圭尔(Tim McGuire)、海德堡图书馆的雷哈诺(Hanno Lecher)、华东师范大学的陈子善、现代文学馆的舒乙,他们帮我查找到了关键的资料。

我在研究进行的各个阶段都一直得到各种基金的慷慨资助。非常感激莱顿大学国际亚洲研究所为我提供了两年的博士后研究资助(1994—1996),以及 1995 年前往中国的旅行资助;感谢亚非学院为我 1998 年访问美国图书馆提供资助,并为我提供 1998 年和 2001 年的学术休假;感谢英国学院资助我 1998 年在中国内地和香港地区的费用;感谢艺术与人文研究委员会资助我 2001 年学术休假的部分费用,使我可以完成本书的初稿。

在第二次学术休假期间,我在莱顿的汉学研究所里度过了关键的几个星期,克服了许多写作上的障碍。感谢柯雷(Maghiel van Crevel)提供了这次访问机会,也感谢汉乐逸(Lloyd Haft)把他的办公室借给我使用。

我要感谢伊维德(Wilt Idema),他一直是对我启发最大的老

---

① 译者注:即现中国国家图书馆。说明:本书脚注除非特别说明,均为原著者所加。

师;感谢休·贝克尔(Hugh Baker),他是一位乐于助人的系主任,帮助我在亚非学院找到了自己的道路;感谢赵毅衡,他不断鼓励我,总是慷慨地与我分享他大量有关中国文化的知识;感谢王次澄,她对本书第 1 章提出了详细意见;感谢傅熊(Bernhard Fuehrer),谢谢他的友谊、热忱和博学;感谢邓腾克(Kirk Denton),他与我分享了他对民国时期及其文学社团的热爱,这些年里我们有许多愉快的讨论;感谢王宏志,他对我的工作总是抱有兴趣,并为我在香港研究期间提供了许多帮助;感谢米列娜(Milena Doleželová-Velingerová)参与我有关 1910 年代期刊的一个项目。更多专门的感谢,我都写在了本书的脚注中。

本书的部分内容,曾作为论文发表过。第 2 章第二部分的更早版本,以"'文学研究会'和五四中国的文学场"("The Literary Association [*Wenxue yanjiu hui*, 1920-1947] and the Literary Field of May Fourth China")为题发表在《中国季刊》(*China Quarterly*)第 153 期(1998 年 3 月)的第 49—81 页上。第 4 章最后部分的基础是《疯女人和疯男人:民国早期的文学之间的联系》("Mad Women and Mad Men: Intraliterary Contact in Early Republican China"),发表在《秋水:高利克纪念文集》(*Autumn Floods: Essays in Honour of Marián Gálik*, eds. Raoul D. Findeisen and Robert H. Gassmann, Bern, etc.: Peter Lang)的第 307—322 页上。第 5 章以"刘半农和新诗的形式"为题发表在《现代中文文学学报》第 2 卷第 1 期上(1998 年夏,第 1—30 页)。感谢最初的出版者允许它们在本书中再次发表。

最后,我要向和我一起创立白马社的会员丹尼斯·吉姆佩尔(Denise Gimpel)和冯铁(Raoul Findeisen)举杯致敬。我希望他们会发现,本书至少是部分地完成了我们在难忘的宣言中所声明的东西。

2002 年 9 月 26 日,伦敦

第一章 导 论

　　必须区分学者和作家。学者经常试笔,作家也对学习感兴趣。在两者中,只有作家和这里的我们有关。在学者深奥的著作中,能看见的个体精神不会比一本台历多。他感兴趣的是事实。他个人的想法?不,他是奥林匹亚人,客观,没有个性。作家则不然,他是一个人,他的个人情感、爱和恨、想法和偏见从笔端流露出来。归根结底,文学的力量只是一群对生活和时代作出反应的个体精神的力量和生命力。

——林语堂

　　本研究意在揭示中华民国时期(1911—1949)文学实践的两个显著特点:一、作家特别喜爱在文学社团中工作;二、作家热爱在文学杂志上发表作品。文学社团在中国文化中有悠久的历史,但文学杂志却是现代印刷文化的产物。本研究还会揭示,上述两种现象是紧密联系在一起的。从多个角度对这两种现象进行研究后,我得出了这样的结论:在中国现代文学实践中,传统的文学惯例和价值仍广泛存在。还很少有人对上述两种现象进行研究,我将会使用一些方法来对这两种现象作出解释。相信这种研究也会对一般的文学实践理论和阅读理论有所助益。我最终要回答的问题是:中国现代的文学共同体是如何建立起来的?它如何保持自身同别的共同体之间的差异,以及成员内部间存在的差异?这可能只是不完全和试探性的。

　　在这一章里,我先概述中国现代文学研究领域新近的一些进展,以及正在进行的范式转换,我也希望通过本研究对这种范式的转换有所贡献。接着,我将较详细地描述激发我从事本研究的一些理论和方法。本章的其余部分,将简要描述中国文学里文学社团悠久的历史,民国之前文学杂志的发展状况。与这些历史描述联系在一起的,是本书六个主体章节的内容提示。

正在转变的中国现代文学研究范式

中华民国时期(1911—1949)的文学研究,在过去二十年间发生了重大改变。人们曾经认为,新文学,也就是在1910年代晚期新文化运动中兴起的西化的白话文写作,是这个时期唯一值得研究的写作类型,这种观点现在已经被彻底地颠覆了。一些学者正追随林培瑞(Perry Link,1981)的足迹,致力于重建曾被称作"鸳鸯蝴蝶派"的文学的声誉。① 此外,在夏志清(1961)和李欧梵(1973)开风气之先的作品的引领下,另一些学者则重新发现了一些新文学作家,这些作家先前由于政治原因而被长期忽视。② 同时,一幅关于晚清时期的文学及其在小说和文学理论两方面成就的图景,也逐渐更清晰地浮现了出来。③ 这种由中国大陆之外的学者所做出的创新研究之所以成为可能,既是因为中国大陆的图书馆和档案馆已对外开放,也源于许多中国大陆学者在

---

① 这一领域最近有价值的成果是 Gimpel(2001),随后将会更详细地讨论到。
② 有两个明显的个案:一个是周作人,他在 David Pollard(1973) 和 Susan Daruvala(2000)的作品中被重建起合理的经典位置;另一个是新感觉派,它被李欧梵(1900;1999)重新发掘出来。
③ 晚清小说是王德威(1997)整本书研究的主题。理论,尤其是小说理论,是 Theodore Huters(1987;1988)的两篇论文讨论的主题。

相关著述的编目分类、材料描述与分析上做了持续不断的努力。①

无论是中国还是海外的学者,都认识到民国时期许多有价值的文学作品,被主要是政治上进步的作品②构成的经典边缘化了。由于这样的事实,他们便都开始质疑与这类经典联系在一起的文学观念的纲领性性质。在这种语境下,"五四"这个术语经常进入讨论者的视野。1919年5月所发生的事件,本来是指那时迅速蔓延至全国的政治示威运动,现在则经常被认为是随之而来的"五四运动"的开始。根据一些人的说法,这个运动一直持续到了1925年。③ 在文学领域,近来的出版物甚至指派给它更长的时间,把它称为"五四时期"或"五四文学"。从把过于西方化的批判现实主义作家的小说作为主导倾向或"主流"的代表来看,在一些学者的心目中,"五四"这个术语现在已经成了一种文体的表征,意味着文化上的压制,因为它极力贬低和边缘化其他文学文体,而这也为1949年后中国大陆的文化体制对其他文体的制度性压制奠定了基础。

这些曾经被压制的文体现在成了"被压抑的现代性"(参见王德威1997),同时,"五四"也成了"文化资本挪用"的一个"方案"(参见Doleželová-Velingerová, Kral & Sanders 2002),对此,需要予以批判性甚至是否定性地重新思考和重新评价。对有关权力本性——尤其是殖民权力,像米歇尔·福柯和爱德华·萨义德的著作所表述的——的文化理论的广为接受,无疑强化了这种趋

---

① 这里有许多名字值得一提。至少,我应该向下述著述致谢:魏绍昌(1980)关于通俗文学的著作,及更近的对该领域作出大量贡献的范伯群(2000)的著作;陈平原和夏晓虹(1988;1989)关于晚清和民国早期文学的著作;杨义(1983)关于小说的著作;贾植芳(1985;1989)关于文学社团的著作。对我自己的研究有影响的范泉(1993),特别是王晓明(1991)的著作,会在下面更详细地讨论到。

② 对中国现代文学经典的形成的明确批评,见McDougall(1996)。

③ 关于"五四"运动的长度和解释,有两种截然相反的观点,见Chow(1960)和Chen(1971)。

势。我把这些打破"五四"传统观念的研究,看成是对知识的重要贡献,但我并没有觉得,它们对经典的重新评价构成了这一领域的范式转换,因为它们并没有改变把"五四"文学视作民国时期主要的文学文体这一基本观念。为了更详细地阐释我的观点,接下来我要讨论王晓明1991年发表于海外中文杂志《今天》上的一篇开拓性文章。他的观点不仅是以上提及的学术趋势的代表,还在别的许多方面颇有预见;另外,他研究的课题——文学社团和文学杂志——也与本书的研究课题完全相同。王晓明使用的方法和提出的观点,对我影响很深。

杂志、社团与"五四"文学传统

在论文《一份杂志和一个"社团":论"五四"文学传统》中,王晓明重新阐释了民国时期两个最经典化的文学事物:一是作为新文化运动和1917年"文学革命"摇篮的《新青年》杂志,另一是以"文学研究会"闻名的文学组织。王的研究方法与我在本研究中使用的方法很相似,他关注那些通常被认为是"非文学"的但却可以揭示更多文学观念和文学实践的原始文献和材料。他以这些文献和材料为基础,得出杂志和社团都是一种规范的结论。因为无论是杂志还是社团,对待文学的方法都是纲领性的,是在竞争和敌对中,而不是在合作和宽容中进行文学实践;同时,这两者也并不致力于在丰富和多元的环境中和平共存——这是王认为的正常情形,而是都试图去控制整个文坛,并为"主流"的成长建立理论性的指导原则。

王最重要的一个贡献,也是我最受惠于他的地方,是他承认他研究的文学名家的特定作品,不仅仅是文学文本,同时也是一种社会现象。因此,他在《新青年》撰稿人规范化的写作文体与文学研究会这一组织同样规范化的党派作风之间建立起了联系。在文章末尾,王认为,是时候让中国现代文学脱离"五四"传统的

"阴影"了。

我在回应王的文章(Hockx 1999a)中,质疑他以类似的方法重估"五四",这也是我要对上文提到的其他学者有所质疑的原因。有关民国时期的文坛上存在其他组织和文体的证据不断涌现,在我看来,这些证据表明:那个时代不需要"重新"评估(re-e-valuation),而是首先需要"正确"评估(proper evaluation)。只有做到这一点,才能动摇下述观念:在任何时候,"五四"传统都足以代表在后来的经典化进程中所赋予它的主导地位。

本书中,我的一个主要观点是,新文学必须只被视作中国现代诸多文学文体中的一种,在战前几十年的全部时间里,它一直与其他文体共存并相互竞争。此外,这种文体远非像它自身想象的那样是一个统一体。本书的部分内容将会证明,在整个新文学历史中,人们所见到的文体(写作文体,集会和组织文体,出版文体),都至少部分地受惠于新文学假定要竞争或压制的其他文体。确实,王晓明研究的作家,对他们的竞争对手显示出的那样一种敌对的态度,就其自身而言,可以被看作他们还缺乏社会认可度的证据。毕竟,反抗总是先锋的标志,文学生产者总是试图进入文学场,并且最好是主宰它。

简而言之,到了应该在中国现代文学研究中抛弃"五四"范式的时候了,或者,用克尔克·丹恩通的话说:"从它自己的话语中解放现代性,并用更复杂的历史化的方法揭示它。"(Denton 1998:7)[①]近些年,已经有学者转到了这个方向上来。比如,刘禾关于"翻译实践"的著作(刘禾 1995),描述了翻译对文学和文化话语所具有的非常复杂的影响,她的观点建立在对新近发掘的原始文献尤其是杂志材料的仔细考察的基础上。李欧梵的著作

[①] 无法否认,丹恩通的观点确实为继续使用"五四"概念留有余地,但他把"五四"概念视为两种相互作用的话语中的一个。他对其中的辩证关系的追寻,贯穿其研究始终。

《上海摩登》(1999)特别关注1930年代的都市文学,他指出,"严肃"和"通俗"在那里和谐共存。罗福林(Charls Laughlin)关于报告文学的研究(2002)表明,即使是在报告文学这一左翼文学相当熟悉的领域,也仍然存在着唯美的主题,而且,这些主题深深植根于中国的传统中,但是,对"五四现实主义"无论肯定还是否定的评价,都不愿意或不会考虑这一点。杜博妮有关情书写作的分析(即将出版),重新发掘出了情书这一整个文学文类,而且,再一次,旧的研究范式是否可以容纳这一文类,相当值得怀疑。

所有这些研究的共同之处,是它们都试图从严谨的历史视角描述文学创造和接受的审美进程,都以对"写作实践"作详尽的文献研究为基础。它们并不把任何形式的文学概念或经典、主流视为理所当然。关于"五四",它们既不辩护,也不反对。因为究其根本,辩护和反对这两个视角都是简单化的。通过对话语和实践的分析和描述,它们让历史上的文学观念和文学价值浮现出来。我自己对文学实践的重视——重视参与文学生产的人的活动,而不是仅仅分析他们生产的文本——甚至要强于上文提到的学者。这取决于我所采用的研究方法,它们大多属于文学社会学的领域。

研究方法:文学社会学评论

根据密尔通·C.阿尔布莱希特的说法,文学和艺术的社会学是一门"把艺术作为体制"来研究的学科(Albrecht, Barnett&Griff 1970:1)。在这个学科内,尽管有许多不同的派别,但它们都一致认为,这个体制在一定程度上是自主的。或者,就像阿尔布莱希特所说的:

> 可以得出这样的结论:作为体制的艺术结构,与家庭、经济和政治体制有诸多不同。艺术尤其需要被视作一种"混合

的"体系……你或者可把它描述为"社会文化的"体制,尽管这个术语的内涵已经屡被稀释,甚至已经失效了。或许……它可以更简单也更正面地被称作一种"文化的"体制。(7)

就我所知,文学作为一种文化体制,有两个主要的关注领域。就像阿尔·布莱希特在导论中紧接上文的下一个段落里所概括的:

> 不管如何,必须考虑到,作为一种体制性结构的艺术,艺术产品是审美经验的对象或过程,同时,它与广泛的社会文化关系网络有必不可少的联系。(同上)

当文学社会学关注艺术产品或本研究中的文学产品时,它可能会关注包括文学作品的印刷和市场在内的技术或体系问题,或者,在一些个案中,会涉及书籍历史的领域。当文学社会学转向"社会和文化的关系网络"时,就会对支撑文学的人类行为和体系的模式显示出很典型的社会学上的兴趣。例如,这当中包括了文学奖项和赞助体系。

文学社会学的研究方法,在目标和模式上,与其他大多数研究方法都有所不同。文学社会学的研究方法,很少把文本分析作为最终的目标,然而在本研究中,文本分析或文本解读仍然是整个研究有机的组成部分。文学社会学并没有使有关文学的"理论"变得公式化,准确地说,理论也是其考察对象的一部分。在方法上,文学社会学就像大多数社会科学一样,重视经验数据的收集和统计分析方法的使用。在这方面我做得不多,主要体现在附录中。

有些文学社会学的分支只把文学文本作为起点,目的是从中获取社会现实的信息。我不太关注这类研究。这类研究最简单的表现形式,是假定文学写作是对现实的直接反映。对这种简单化的研究方法,卢西恩·戈德曼极有趣地描述如下:

> 在这个学科中,所有早期的著作……都关注,而且现在仍然关注文学作品的内容,以及内容与集体意识(即人们在日常生活中思考和行为的方式)之间的关系。基于这样的立场,它们自然而然地会得出这样的结论:文学作品的内容与集体意识之间的关系无处不在,文学社会学也到处灵验有效;对文学作品的作者的研究表明,作者很少具有创造性的想象力,他满足于在写作中置入自己的相关经验,并尽可能地不加改变。而且,在实际应用中,这类研究模式得打破作品的整一性,将注意力首先转向作品中出现的任何可被视作是对经验现实和日常生活的再现的东西。简言之,这样的社会学研究越兴盛,就有越多被研究的作品被认定是平庸的。
>
> (Albrecht, Barnett&Griff 1970:584)

但是,戈德曼企图将文学作品看作"最强烈的文学想象力"的产物,拥有"真正的文学质量",并在文学作品中寻求它与社会现实的结构性类同(不是直接关系)。他的做法对我没有吸引力,因为他的基本假设是:文学质量是客观因素,不受社会限制。在整个研究过程中,我都努力不让自己对任何与文学价值有关的问题存在先入之见,我假定:我认为的好文学,可能是民国时期的中国读者最不喜欢的。这并不是说,我要把中国文化描绘为完全的"异类",或是一个"他者"。它意味着,这一特定时代和地域的文学实践,尤其是文学社团和杂志出版活动,是不同于我自己所处的时代和地域的另一种文学实践。因此,预期那个时代和地域的文学价值对我来说可能是不熟悉的,也是合情合理的。通过与我的研究课题保持一定距离——这是社会学研究的典型做法,我可以得出有关民国时期存在不同的写作文体,以及它们具有不同的审美价值等诸多新的假设。

社会学的方法不仅要求努力与其研究课题保持距离,也要求从一开始就对下面这样的问题尽可能地不抱偏见:在一个给定的地点和时间里,什么可能属于或不属于文学体制。毕竟,在一个给定的众多作品的文学性并不相同的文学共同体内部,虽然它几乎是完全一致的,但这种一致仍然还是通过比较得出来的。一旦经典被承续下来,别的被认为与经典作品不同的写作类型则常常被遗忘,最后导致历史视角的扭曲。这就是我反对"五四"范式的根本原因。只认为传统的新文学经典对中国现代文学的发展是重要的,这种观点在我看来是错误的;而仅仅从什么文学被经典压制或反对经典的意义上,或从什么文学成为传统经典的"替代物"的意义上,来定义同一时期所有别的写作类型,这样的做法也同样是错误的。在本研究中,既通过我使用的方法,也通过我选择的课题,我要展现一幅在任何经典还没有被确定地建立起来之前,不同的文体之间互动和竞争的更为完整的图景。

许多从事文学社会学研究的学者,已经设想过在相对自治的系统或共同体中,不同类型的文学生产者相互作用的模式。显然,它存在于前面征引过的阿尔布莱希特的著作中,也出现在罗伯特·埃斯卡皮特的研究著作《文学社会学》中。《文学社会学》这本书最早以法文出版于1958年,1971年首次被翻译成英文。埃斯卡皮特尤其强调文学生产中的经济因素,以及读者作为消费者的角色:

> 如果想要理解我们时代的作家,我们就不能忘记,写作是一种职业——或者至少是一种有利可图的活动,它在对创造性有着不可否认的影响的经济体系框架内进行。如果我们想要理解文学,我们就不能忘记,一本书是一种制造的产品,商业参与其中,因此要受制于供需法则。我们必须明白,除了别的因素,文学也无可争辩地包括了书籍工业的生产环节,就像阅读是它的消费环节。
>
> (Escarpit 1971:2)

埃斯卡皮特的观点简单易懂,几乎平淡无奇,但它与本研究有很大的关系。毕竟,中国文学在我考察的这一时期,确实变得越来越商业化。特别是文学杂志,成了与商业化相伴随的专业出版方式的代表。而文学社团,既代表着传统的延续,也代表着职业化的文学实践。正是这两种现象在民国时期的中国文坛上所具有的支配地位,使得这种特定的文学共同体成了这样一个引人入胜的研究课题。

除了书籍工业和物质生产因素,文学社会学的学者也注意到了那些与符号生产有关的东西的重要性:与别的活动领域相比,文学价值的生产,既包括特定作品的生产,也包括一般意义上的文学的生产。① 本导论开头引用的林语堂的话,是完美的符号生产活动的例子。它不在物质的意义上生产文学(引言并不是来自文学文本),但在符号的意义上生产定义文学的"差异"。霍华德·S. 贝克尔有效地定义过符号生产的角色。在谈到一件艺术品的制作过程包含各种各样的活动时,贝克尔说:

> 另一活动意在制定和坚持基本原理,据此,所有其他的活动变得有意义并值得去做。这些基本原理有代表性地把形式——尽管天真——作为审美依据,一种哲学上的辩护,以它评判什么是艺术,什么是好的艺术,也以它来解释艺术如何服务于人和社会的需要。每一社会活动都拥有诸如此类的基本原理,当并不从事这一活动的人问它到底有何好处的时候,这样的基本原理是必要的。只要人们还在从事这样的活动,总是有人会提诸如此类的问题。与此相联系的,是

---

① 我在更早的文章中(Hockx 1999b)使用过"物质生产"(material production)和"符号生产"(symbolic production)这两个术语,它们是荷兰文学社会学家 C. J. van Rees 提出的。参见 Van Rees & Dorleijn (1993) 和 Van Rees & Vermunt (1996)。

对个别作品的特定评价,它评判这些个别作品是否达到了对作品等级所做出的更普遍的评判标准;或者,可能是基本原理需要修正。只有根据这种什么是已经有的,以及什么是正在做的鉴定性评论,正在制作艺术品的参与者,才能在着手下一部作品时决定做什么。

(Becker 1982:4)

贝克尔的书《艺术世界》(Art Worlds)是一部极为渊博的文化社会学著作,在方法论上也很有启发性。以各式各样不同的艺术形式为例,贝克尔描述了范围广泛的人们多样的合作活动和合作形式,所有这些人都为最后的产品作出了贡献,这产品可能是一首诗,一幅画,或者一支钢琴协奏曲。他著作中的几个章节,讨论诸如"调动资源""分配艺术品""美学、美学家和批评家"和"编辑"这样的课题。或许,他方法上最具创意的地方,是不再依据任何艺术概念来定义"艺术世界"这一术语,而是代之以纯粹的关系术语:

艺术世界包含了所有这些人,他们的活动对独一无二的作品的生产是必不可少的,正是这个世界,或许还有其他世界,定义了艺术。依据大量约定俗成的认识——它们体现在共同的实践和频繁使用的艺术技巧里,艺术世界的成员协调活动以生产作品。同样的人常常反复,甚至是惯例性地合作,以相似的方法生产相似的作品,因此,我们可以把艺术世界想象成一个在参与者中成功建立起合作关系的网络。即使同样的人实际上没有每时每刻一起行动,他们的替代者也是熟悉并可以熟练使用这些惯例的,以至于合作仍可以没有障碍地进行下去。各种惯例使集体行动更简便并更少付出时间、精力和其他资源,但是它们也并没有使非惯例性的工作变得不可能,只是付出更多并更为困难而已。变化可以发生,并确实在发生,只要有人设计出一种方法去聚集更多需要的资源,或重组作品的概念。

就这一观点看,艺术作品并不是个体制作者,即拥有罕见和特殊才能的"艺术家"的产品。准确地说,艺术作品是众多参与者的联合产品,他们通过艺术世界特有的惯例进行合作,并促成了作品的产生。艺术家是艺术世界参与者中的子群体,凭借着共同的约定,他们以自己特殊的才能对作品做出了独一无二和必不可少的贡献,作品也因此成了艺术。

(Becker 1982:34-5)

从贝克尔的观点,尤其他对艺术世界所作的定义,到皮埃尔·布尔迪厄的理论,只差一小步。布尔迪厄在他的作品中就承认受到过贝克尔的影响。在其他地方,我已经在广阔的中国现代文学研究的背景中论述过布尔迪厄(参见 Hockx 1999b;2002)。在这里,我仅仅简要地复述他在文化研究中提出的一些概念,以及它们怎样与我在本研究中使用的术语相关联。

布尔迪厄的基本概念,即文学场(literary field),体现了对文学实践的关系的认识,近似于贝克尔所谓的"艺术世界"。布尔迪厄把文学场定义为"各位置间的关系空间"(a space of relations between positions),而不是各代理人(agents)间直接的关系。凭借着"位置"(positions)这一术语,他抓住了比贝克尔更为完整的事实:在履行某些任务时,个别的代理人可以被别的所替代。在文学场中,要占据某个位置,就要根据业已建立的惯例以相应的方式来行事,但与此同时,又总为用稍有不同的方式实现这些行动留有空间,也即所谓的"占位"(position-taking)。本研究中关于先锋行为的分析,尤其受到布尔迪厄这一理论的影响。我把先锋行为视为中国现代的文学场中相对稳定的位置,但它被许多不同的团体以不同的方式"占有"。就像第三章将会描述的那样,作为一种占位,我对"无名作家"这一概念的重要性的发掘,尤其受益于这种思路。

贝克尔勾勒的惯例与成本效益(cost effectiveness)之间的关系问题,布尔迪厄甚至把握得更为精准,他提出了"象征资本"(symbolic capital)这个概念。通过这个概念,布尔迪厄可以阐明:在高度自治的文学场中,作家文学上的成功(在被批评家和同行认可的意义上),可与经济上的收获成反比。尽管象征资本和其他资本形式间的关系会因不同的文学场而有所不同,但是,被文学共同体认同还是牵涉到了可量化的自治法则,这种想法促使学者努力去定义这种法则。这种方法又一次迫使学者认真地对待实践,并去思考它对文学价值所产生的作用。就像本书第六章将会显示的,在文学社团中工作与在文学杂志上发表作品的实践,助长了类似于高产和广被认可的价值,这种价值比布尔迪厄为法国现代文学的情形所规定的象征价值更不反对经济法则。

然而,对本研究来说,布尔迪厄所有概念中最为重要的,可能是"习性"(habitus)这个概念;它是众所周知的难以捉摸的"对场的感觉"(feel for the field),不像资本,它不能被量化。本研究中的所有章节,都以这种或那种方式,提供了对文学不同态度的描述,它们都是"社会化"的后果。这主要包括:教养、教育、工作和生活环境,当然,还有在文学场中的占位。在中国社会生活(尤其是城市生活)的方方面面都处于急剧变化中的时代,文化习性在很大程度上各不相同,而且常常相互冲突。本研究揭示出的这样一些差异和冲突,既有文学作品上的,也有文学名人的行为上的。然而,我没有使用"习性",而是选择使用文体(style)这一术语,因为它丰富的整套意义和内涵,很好地反映了我所使用的丰富材料。下一部分将讨论文体的一些传统定义,同时介绍我使用这个术语时略有不同的独特做法。

文体问题

文体是一个难以把握的概念,最常见的是根据语言来定义。文体学——语言文体的研究——已经提出了一套复杂的词汇,用来描述彼此不同的特点:不同类型的语言使用,或使用同一类型的语言的不同说话者或作家。耿德华(Edward Gunn)在有关20世纪中国文学文体的先行研究(1991)中,就使用了这种对待文体的方法,以及相关的一套词汇。耿德华的研究,非常详细地提供了整个20世纪现代中文写作在语法和结构上的变化要点,同时,也深入地讨论了独创性的文体家,也就是作家在这些模式上的原创性使用。

在本研究中,我的角度与耿德华有所不同,我主要从社会差异的角度使用"文体"这个概念。我不仅仅从我上面描述的研究方法中获得了支撑,也同时从中国传统关于"文体"和"体"的术语中获得了支撑。这两个术语经常出现在民国时期的语言中,而且带有相当清晰的社会意义。因此,我在本研究中提出的文体概念,指的不仅仅是语言、形式和内容的聚合物,而且也是生活方式、组织方式(像在社团中)和发表方式(像在杂志中)的聚合物。我相信,这些聚合物,常常可以从民国时期文学共同体的成员中辨认出来,而且也是差异形成的基础。在这样的情形中,我认为,文体这个概念比其他任何尝试区分文体的文本和非文本因素的概念都更具实用性。实际上,耿德华在他题为"文体的形式惯例:一种社会史"的章节中,也承认了文体的社会因素的存在。在那一章中,他把1917年前中国文学的情形与"体用"(中体西用)话语联系起来,这一话语渗透到了那个时代所有的社会领域中:

> 因此,在新文化运动的前夜,中国存在着广泛多样的文体。其中大多数文体的合理性,很大程度上都可以由它们为

"体用"路线服务的观念中推导出来。但是,这些文体的倡导者并不共享模糊的"体"这个概念的定义,因此,他们在写作原则上歧见纷呈。唯其如此,受过教育的中国人,无论是在"体"的概念还是实践上,都不存在集合点。就其本身而言,这样一种判断在美学上描绘出了完全可被理解的情形,多元性在这里为创造性提供了丰富的环境。确实,也没有普通的中国读者对这种多元性表示过不满。然而,文体的选择反映了一整套体制、个人趣味和社会理想。而且,在这些体制中,任何与那个时代有关的政治分析都会表明:有教养的精英感到自己被排斥在民国革命的胜利之外。那些倾向在中国社会中实践外国教育方式的知识分子中的活跃人物,尤其对政府机构及其措施感到深深的绝望。在胡适关于采用白话作为教育话语的媒介的倡议中,他们找到了集合点,因此,新文学的文体激励着它的大众。

(Gunn 1991:37—8)

在那章的剩余部分,耿德华勾勒出了新文学文体明显的线性发展进程。它经过了数个阶段,每次知识分子又都把它同新的"集合点"(rallying points)结合起来。这种结合通常是在政治运动的觉醒,以及白话的进一步完善和革新的过程中实现的。在这么做的时候,耿德华主要遵从了业已建立的新文学经典如何形成的传统模式,还有"五四"范式。然而,就像这一章稍后所显示的那样,尤其是在讨论民国时代读者的文学观时,耿德华确实继续保留了某种多元性。不过在本研究中,我要着意指出的是:耿德华所勾勒的1917年前的情形,实际上"持续"地存在于1920年代和1930年代。这些年代仍然存在着观念、趣味和体制的多元性,而且,这类未被充分认识到的经典,可以通过文学社团和文学杂志的研究被重新发掘出来。因此,是时候转入本研究的主要议题了。

文 学 社 团

在《中国现代文学社团流派辞典》的前言中，范泉认为，他的书不仅是一本参考书，而且是"中国现代文学史的另一种表述形式"（范泉 1993:1）。这本书的独特识见，在于它囊括了数百个社团的相关信息，不论其大小、意识形态或权威如何，也不试图去确立任何主流或建立任何历时性的叙述。这也正是这本书的认识论原则。事实上，最使人惊讶的是，民国时期的文学社团数量如此众多，集体的文学活动在整个文坛又如此普遍！

许多学者已经恰当地指出来过，中国现代作家对在文学社团内工作有超过一切的偏好，但是任何详细的研究都还付之阙如。① 与文学社团有关的研究重点，总是集中在分析通常假定每个社团都会表现出来的特殊的文学观念上，以及这些观念与社团成员创作的文学作品间的关系上。② 大部分学者不去研究隐藏在偏好集体组织这种现象背后的原因，也不去研究作为体制的文学社团的实际功能，他们更倾向于将各成员间的文本和意识形态上的联系孤立起来进行考察。在这么做的时候，文学社团和文学流派间的基本差异被弄得模糊不清。虽然两个概念都指共享特定文学"意识形态"（ideolody）的"个人"组成的团体，但是不像文学流派，文学社团同时也作为"体制"（institutions）存在。如果说，中国现代作家对把自己纳入这样一种体制中有着非同寻常的需求，那么，就不应当把这些体制仅仅看作只对文学产品发挥很小影响的环境因素，而应当把它们看作帮助我们构成文学文体和

---

① Kirk Denton 和我本人已计划编辑有关这个时期的文学社团的论文集，它的出版将有望改变这种现状。这个项目的描述可在以下网页中找到：http://www.cohums.ohio-state.edu/deall/denton.2/publications/research/litsoc.htm。

② 这种方法最近很有代表性的例子是陈安湖的相关研究（1997）。

身份的本体(entities)。在接下来的部分,我将简要描述与中国文学社团有关的历史背景。

作为体制的文学社团

把文学社团设想为体制,没有必要将其想象成任何特别宏大或组织良好的事物。尽管一些社团确实拥有数量庞大的成员,并举办定期的集会,但也有别的社团仅仅是徒有其名。然而,即使是这种徒有其名的存在,也确实引起了我的兴趣。文学社团之所以不只是松散的团体或学派,首先就因为它们确实有一个名称。在写作的时候,社团成员将自己的某些观念或行为有选择地归属于某个社团,而不是仅仅作为个体的自己,这种情况下,社团确实具有了某种体制的功能。这意味着,为找到某一文学社团存在的确切根据,重要的指示物是社团名称被使用在各种各样的环境中。为了搜集有关文学社团的信息,我首先依照下述条件查找文本:

一、提到社团的名称(或是明确指称社团的术语,像"本会"或"本社");

二、在名称和文本描述的一个或多个行动之间建立起了联系(社团作为集体代理人发挥着作用);

三、文本显然不是由局外人的视角或事后有关社团的讨论提供的(像在批评、回忆录、文学史或学术论文中)。

在大多数情形里,这些原始文献是作为官方通告由社团签署或提供的文本。正是这些文本,告知我们一个具名的集体的存在,并让我们将它作为那个时代的文学世界的一种现象来加以研究。这些文本也向我们展现了社团的自我形象,因此,尽管难于假定它们中的每一份都是在所有成员的同意下写成的,但它们确实还是可以向我们证明:何时何地一个社团的领导人物认为应当代表所有成员说话。我的发现表明:为了实现或描述某些行动,关于使用一个集体名称的决定,通常不是随意作出的;而且,一般来说,个体和集体代理的差异,对参加的人来说意义重大。其中的一个理由,可能是文学社团在民国时期前的中国文化中有着悠久的历史。因此,在考察一些现代案例之前,有必要对过去作简短的回顾。

传统中国的文学社团

众所周知,在中国文人中,写作和欣赏文学作品,尤其是诗,不仅是很重要的艺术活动形式,同时也是很有用的社交技能(甚至经常是政治的),是正统教育不可或缺的组成部分。因此,合乎逻辑的是,这样的写作和欣赏实践,不仅大量存在于退隐的人群中,也存在于其他人群中。在本研究随后几章里,文学生产的这种社会因素将被反复强调,同时我也会指出其审美上的重要意义。然而在这里,只要确立起中国文人有着和他人一起工作的明显需要就已经足够了。陈宝良研究中国文化中的社团的专著为本节提供了大部分资料来源,根据他的说法,这种需要在明代变得特别强烈:

> 明代的读书士子,非常害怕读书无友,热衷于求学问友,所以在当时治学订盟的风气极盛。而一些文人士大夫,优游林下,吟风弄月,也喜欢结伴成群。
>
> (陈宝良 1996:279—280)

明代,尤其是晚明,传统上被看作社团建构和宗派主义的鼎盛期,其实各种类型的文学社团和集会已经存在了许多个世纪。通常情况下,中国文学社团的历史可被追溯到东汉晚期曹操聚集在邺下的团体(参见董1992;陈1996:268)。陈宝良(305)认为,第一个在名称中用了"社"这个字,并多少带有文学性质的团体,是晋代的白莲社,一些文人学士,著名的如陶潜、谢灵运,据说都参加了这个团体。然而,有些学者(Ter Haar 1992:3;Zürcher 1972:219)对任何与这个文学团体有关的活动都不予置评,甚至在这个团体是否真的存在过这样的问题上,也是有争议的。

根据陈宝良的说法(1996:269),自宋代开始,两种类型的集体发生了分化。陈认为,一方面,存在着诸多"文社"或"文会",文人之所以联合起来创办它们,是为了准备科举考试,当然,这当中很大一部分确实与文学作品的写作和阅读有关。这些团体正儿八经,至少部分地具有实用性质,而且经常成为后来的政治同盟的基础,像著名的复社就是如此,这样的情形后来还有很多。另一方面,也存在着非正式的文人集会,文学作品,通常是诗,在享受美食、美酒和美景的同时被生产出来。陈(同上)把这些称为"诗社",最合适的翻译可能是"poetry party"。别的描述相同现象的术语是"文宴"和"雅集"。陈恰当地把这些集会描述为"风雅生活的集体表现"(同上)。与文社相比,这些集会的主要目的是消闲。尽管诗社极为流行,一些更注重道学的理学家还是消极地看待这一现象,根据陈的说法(268),结果是,这个时期最早出现了不招人待见的所谓"文人无行"的老套说法。我们将会看到,这样的老套说法继续影响了民国时期文学身份的认知。

陈关于"文社"和"诗社"的区分,从概念的角度上看相当有用,但在实际的操作中,就像陈自己承认的那样(同上),两者间的界限又常常模糊不清。艾维四在关于复社的研究中,根本没有对这两者进行区分,他用"文社"来指所有由"有教育的人"组成的,"讨论文学、哲学、历史和其他各种感兴趣的话题"的团体(Atwell 1975:333)。王次澄在其对月泉吟社作了很好研究的论文中(详见下文),完整地勾勒出了文人集体活动的传统,在这当中,政治野心、考试制度、审美愉悦和社会娱乐完全纠缠在了一起(王次澄 2002)。波拉切克在讨论19世纪的文人活动时,也强调宣南诗社的多重身份,说它既是"文人的宗派""官僚赞助的小集团",又是"审美鉴赏家的联谊会"(Polachek 1992:37-50)。因此,把陈有关"诗社"和"文社"的区分,看作只代表了两种理想的类型,可能会更恰当一些。尽管这样的区分实际上趋于相似,我在这儿也保留了这种区分。按照我个人的看法,更为清晰的区分实际上出现在民国时期。

区分也引出了术语学和翻译方面的议题。就"文社"而言,它指组织良好的、定期的集体集会,把"社"翻译为"club"或"society"相当准确。然而,"诗社",通常指一次性的诗歌聚会(poetry parties)或比赛(competitions),在一些情形中,投稿人甚至不用会面。例如,著名的月泉吟社就这样。月泉吟社有时被称作中国历史上第一个真正的文学"社团"。就像陈(278—9)指出的,月泉吟社实际上是一次有2735位比赛者参加的比赛,当中许多人都是来自中国南方各地的南宋遗老。比赛由吴清翁(吴渭)组织,他创办只有他本人和一些朋友组成的"社",唯一的目的就是举办比赛。比赛的参与者其实从未谋面,只是寄送自己的作品集,这些人后来被誉为吴的小集团。280位获奖者的作品,被冠以"社"的名称结集出版,并附有序言和比赛规则的概述。这个选本后来通过各种各样的集成流传下来。①

尽管月泉吟社实际上只是一次性的事件,但它对宋室遗民集体意识的形成,确实扮演了相当重要的角色。就像王次澄以对诗和相关文献的细读为基础所揭示的那样:尽管一些很好的诗确实产生于这样的场合中,但比赛实际上不仅仅是一次文学事件。同样重要的是,它的规则成了科举考试的替代品,而遗民出于显而易见的理由,并不参加这种考试(王次澄 2002:106—7)。此外,其中至少一些诗的内容表达了遗民的政治理念,并且通常也被这样来解读。

在月泉吟社的例子中,诗社和比赛之所以广有影响,是由于

---

① 我查阅的版本是《丛书集成》1786卷(王云五[1936])。

在这种场合提交或写作出来的诗,将会被冠以社或比赛的名称印刷并分发。① 这样的出版物,会产生并强化与"社"名联系在一起的团体身份的外在认知。在文学活动的语境中,类似于"society"或"club"这样的英文术语,对翻译"社"这个术语又变得适用起来。② 就像艾维四(Atwell 1975:337-8)指出的,相似的过程也发生在"文社"上,它们中的许多都会"通过和书坊合作出版作品集来帮助它们的成员。这些作品集,通常被称为'社稿',据说是要通过让作者的名字和写作文体引起未来的考官的注意,借此来帮助作者。"③

另一方面,艾维四关于月泉吟社——他称之为元代初期"最重要的"集团,"兴盛于13世纪晚期"(335)——的评论也证明,这样的团体身份可以轻易地被夸大,并导致对"社"的活动不确切的认识,因为就实际活动而言,月泉吟社的"兴盛"并没有超过数月。

明代一些"诗社"非正式的性质,使我们难于确定地谈论一个"社"的"成员"。出于操作上的考虑,成员应当是那些参与过集会的人。如果有多于一次的集会在相同的名称下举办,或是包含了相同的参加者,讨论成员就变得更为可信些。"西湖八社"的情形是这样的:1562年,它在杭州八个不同的景点举办集会。

---

① 陈(294,296)也指出,在后来清代一些诗社的实践中,会留下一幅集会图作为纪念物,这些图画即是广为人知的"社图"。我们下面将会看到,在现代,这种传统借助于摄影得以延续下来。

② "社"一词,在具有"社"(society)或"集会"(gathering)意义之前,其词源历史悠久。"社"最初具有宗教意义,它用来指某些本土神灵,或是某些与向这些神灵献祭有关的事件,或是这些献祭行为发生的地点(祭坛、神庙)。"社"另一个更早的用法,是指一个行政单位,25个家庭组成一个"社"(参见陈1996:1—4)。"社"和"会"更为广泛的用法,出现在佛教徒的传统中,见Ter Haar(1995)和Gernet(1995:259等处)。

③ 更多关于"文社"和书坊关系的内容,见谢(1967:145—7)。

每次单个的集会以聚会地点来命名,但是集会并不定期举行,而且,也并不包含都同意遵守相同"社约"的同一批参加者(陈1996:281)。有资料显示,除了诸如此类著名的大型集会和比赛,"诗社"甚至更为普遍,而且可能在地方或宗族的层面上组织得更为紧密。就上面提及的月泉吟社来看,一些比赛的获奖者被看作别的"社"的成员,这样的"社"往往就是地方性的社团或团体。而它们显然并非一次性的事件(279)。高彦颐(Dorothy Ko 1994:237)甚至走得更远,将这样的诗社定义为"男性诗社",是"社会组织的三个原则之一",与宗族组织和邻里组织相并列。①

对相类似的术语"会"来说,事情相对简单,它本意是指"聚会"(to get together)或"一次聚会"(a get-together),但根据陈的说法,早在北朝时期,它就用来指"团体"的意思。陈下结论说(6),尽管"社"的含义较"会"更广泛,然而,当两个术语都用来指集体的团体或组织的时候,它们的意义是相近和互相包容的。下面,我将把"社"翻译为"society",而把"会"翻译为"association",这仅仅是为了词典性质的差别的需要。我确信,就像陈说的那样,到了民国时期,"社"和"会"基本相同。②

晚明和清代的社团

复社是晚明最大且最著名的社团,艾维四的一篇英文论文

---

① 高彦颐作出这样的结论,是基于她对清代早期全部由女性组成的蕉园社的讨论。值得注意的是,高彦颐也细心地避免使用术语"society",更喜欢说"蕉园诗人"(the Banana Garden poets),或者有时重新启用术语"club"。她的讨论很少涉及"社"建立的源起,以及它作为一种体制的实际实践的信息。尽管她在一个地方指出过,单个个体并不能成为一个社的"官方成员",但关于什么才是官方成员,仍然是不清晰的。

② 民国时期的两个作家,萧乾和施蛰存,当我于1995年和1998年分别见到他们时,他们都说,这两个术语有相同的意义。施蛰存还补充说,对他而言,"社"是中国传统的一个术语,而"会"却是英语单词"association"的现代翻译。

(Atwell 1975)以此为研究课题,谢国桢在其中文著作(1967:145—186)中也详细讨论过这个社团。复社由张溥(1602—1641)及他人创立于1629年,一开始,它就被定位为大型的"文社"。实际上,是许多更小的文社的集合体,或者就像谢国桢(161)所论述的:

> (复社的组织)大概是一个大社之内有许多小组织,对外是用复社的名义,对内是各不相谋的。①

复社早期举办过三次集会,聚集了来自全国各地的文人,但主要来自南方地区。② 集会的最后一次,也是最著名的一次,于1633年在邻近苏州的虎丘举办(Atwell 341;谢国桢 164③),有数千人参加(谢164—5④)。复社最初的宗旨极具理想主义色彩。领导者想提升学问、建立统一的教育标准,并培训科举考试。他们认为标准存在于过去,因此需要复古,并因此将社团命名为"复社"。许多成员通过当地的文社,把大量精力放在训练学生上,这当中也包括来自底层的学生。社团实行某种形式的"质量控制",裁定有意加入社团的学者的申请,这种程序后来自然招致了宗派主义的指控(见谢167)。

随着复社的名声和影响的日益增长,它确实变得越来越具有宗派主义作风。它用各种手段来保证其成员在科举考试中的成功(参见Atwell 350;谢165—166),并日益强化社团在国家政治

---

① Atwell(343)也征引了这几行并补充说,"对外"是指政治,而对内则指"教育,学术研究等"。
② 对于成员的地域分布,参见Atwell(343)。
③ 谢国桢把1632年作为集会的年份,但随后又马上征引源自《复社纪略》的资料声明,集会是在癸酉年,也就是1633年举办的。Atwell(361)认为"举办时间有争议"。看来,更像是谢犯了一个小小的错误。
④ Atwell(341),征引了与谢国桢相同的原始文献,认为"多于一千人"。

中的影响,取代了那时被禁止的东林党的位置(最初叫东林讲学会,参见谢167—8;陈43—4;Atwell 339等各处)。

复社保留了与成员有关的详细记录,并将其汇总刊登在《社报》上。就像艾维四(Atwell 342)所指出的,毫无疑问,定期刊登社员名单"是一种被设计用来声明其力量和声望的措施"。艾维四强调复社的"团体意识",这使它有别于东林党的活动。社员必须发誓遵守"盟词"。① 盟词本身声明,那些违反的人会被警告,最坏的情形是被除名。艾维四(同上)也注意到了社团在结构上的其他一些创新:

> 复社的组织结构也存在一些挺有意思的创新。被称为团体"全国办事处"的组织设在太仓,以张溥为首。在那里,张溥管理着数量可观的人员,从事诸如募集资金,招收新成员,编辑出版《社报》等活动。在复社的等级制中,处于张溥之下的是成员们居住的每个府县的代表。尽管并不清楚这些代表是如何被选出来的,他们真正的职责又是什么,但他们看起来会负责下面这样的事:维护团体的规章制度,举荐别的学者成为成员,以及推荐文章在《社报》上发表。他们还负责领导与普通群众的联系,借此创建起了团体交流相当复杂的网络。

无论是在艾维四还是谢的叙述中,都没有提到复社大型集会的实际情形。尽管几乎可以肯定,文学活动和论争肯定是这些集会的部分内容,但我对复社的总体印象是:与《社报》的出版一样,它的文学活动集中于类似八股文这样的文类,是科考训练的一部分。仅从这一点,就可以从根本上把复社和我们下面将会见

---

① Atwell征引了盟词(1975:342),但遗漏了最后一行。完整的中文版本可以在眉史氏1908(1:8)不连续的版本中找到,也可以参见谢国桢(163)。

到的现代文学社团区分开来。

　　清代以来,有正式组织的文学团体、研究团体和会社数量急剧减少。这通常被归咎于新政府反对全部有组织的团体的严苛法律,这些法律的目的是控制汉族精英,防止重蹈晚明的覆辙,因为明代的衰亡通常被归咎为宗派主义。陈(292)也指出,清代社团数量减少的第二个理由,是文人学子自身对这种现象变得警惕。这也是明代衰亡的后果。在很长时间里,加入一个集体被认为是正人君子所"不为"的。

　　我推测,这种政府控制和自我控制的交互作用,并没有在多大程度上影响到诗社的组织和非正式团体的形成,它们还会定期或不定期地聚集在一起享受食物、酒和写作。陈(295—6)简要地指出了其中一些。此外,还应对陈关于第二个理由的正当性持疑。当讨论到晚清时期时,陈评论说,自道光(1821—1850)以降,被内忧外患所困的清政府终止了禁止结社的禁令,"作为一种后果"(297),文学社团像雨后春笋一般涌现出来。许多新式社团都有某种政治倾向,它们效仿晚明以来的著名社团。这表明,只要法律允许,汉族文人便急于复活结社的传统,因此,认为他们会把结社这种行为看成是不良趣味的体现的观点,缺乏足够的说服力。①

　　在19世纪出现的各类新社团中,尤其是在杭州地区,有一个社团特别值得一提。它发展出了文学社团实践中的一个方面,并持续存在于民国时期。这个社团就是铁花吟社,它于1878年成立于杭州,其活动一直持续到1885年。它在西湖周边定期举办集会。每举办集会时,都会悬挂一块写有其社名的牌,向所有过

---

① 波拉切克把"思想上自信的文人结社"的重新出现,放在嘉庆时期的最后几年("大致1814—1820"),并说文人在清代统治的全盛时期,克服了"对被他们自己那个阶层的成员抑制的独立、理想主义的集体政治行动的恐惧"(Polachek 1992:39)。对此,我的理解是,波拉切克的观点是:在清代早期的几个世纪里,不是趣味上的改变,而是约束阻止了文人组织自身。

路的人表明正在集会的团体的身份。陈(297)评论说,这是文学集会上第一次公开挂牌。在民国时期,这种实践变得更为普遍,它成了社团让自身作为文学和社会生活的体制,可以被人识别,且变得更为具体的一种方式。

也是根据陈的说法(298—299),正是在这个时期,对"社"和"会"来说,占有并拥有自己的房产,有时甚至包括拥有周边可以提供收入的土地,成了相当普遍的实践。这些"会馆"变得越来越体制化,越来越自给自足,而且经常承担起科考训练学校的功能。① 尽管这种实践距离将成为接下来几章要考察的主要课题的文学社团还很遥远,但仍值得注意,因为现代文学社团和会社,也希望可以获得空间上长期的物理存在——以一个适当的房间甚至是一栋适当的建筑物的形式,或者说,它们努力要获得这样一种存在。

在上述几节中,我已经指出术语"社"和"会"在传统的文学生产语境中五个方面的意义。这两个术语可以分开来指这些方面中的一个,或其中的两至三个方面的联合,或同时指全部五个方面。这五个方面是:

一、文学在其中被写出来和讨论的一个社会事件(或一系列事件);

二、参加事件并/或赞同相关规则的一群人;

三、由事件或某种别的集体努力产生的一个出版物;

四、事件的地点;

五、或多或少被组织起来的一群人,同意具体的誓言、宣言或项目。

在第2章中,我将描述文学社团如何在20世纪早期发展出新的工作实践,尤其关注南社建立起来的职业化例子。第2章的

---

① 有关晚清和民国城市社会中会馆的角色和其他本地组织的深入研究,见 Goodman(1995)。

其余部分,包含了对"文学研究会"详细的个案研究。"文学研究会"是最早和最大的现代社团之一,主要活动于1920年代早期。在第3章中,我描述了民国时期出现的各种其他的社团形式,尤其关注相对来说不知名的,但在我看来,在1930年代的上海文坛上又特别重要的一些团体。总之,这两章证明了中国现代文学实践中集体活动持续的重要性。在那几十年里,不管写作上已经起了怎样的革命性变化,文学生产的社会因素都仍然表明,它与上面描述的传统有显著的连续性(continuities)。

第2章和第3章中用以证明民国时期文学社团的存在的材料,主要来自文学杂志。事实上很显然,就像上面提到的范泉的文学社团辞典的组织原则(范泉1993:8)显现的那样,如果这个社团没有在集体名义下出版过任何文学作品或文学杂志,要想证明其存在,实际上是不可能的。

第一本中国文学杂志

传统上,文学社团总是花大量时间和精力参与出版事务,甚至有定期的出版物,就像许多"文社"所做的那样。然而,随着19世纪晚期现代印刷技术在上海的出现,定期出版物的生产迎来了前所未有的机遇,它高频率,低成本,通过订阅系统发行。在短短的几十年间,杂志和报纸主宰了阅读市场,其中也包括文学市场。

《瀛寰琐记》被认为是中国出版的第一份文学期刊,它于1872—1875年由申报馆出版于上海。① 瓦格纳将期刊的内容描述如下:

> 《瀛寰琐记》与同时代的英语杂志颇为相似,乍一看,像

---

① 这种身份证明被范伯群所确认(2000,2:521)。Idema & Haft(1997:244)错误地认为申报馆后来于1892年出版的《海上奇书》是中国第一本文学杂志。

《黑森林》(*Blackwoods*)、《爱丁堡杂志》(*Edinburgh Journal*)、《威斯敏斯特杂志》(*Westminster Magzine*)这样的杂志。它们都显示出对范围非常广泛的题材和文类的相似偏好,这些文类包括诗、游记、随笔和书信等,而且,许多文本都用略带讽刺的笔调写成。(Wagner1998:19-20)①

与中国第一份文学杂志相关的另一著名事实,是它以"昕夕闲谈"之名分期连载了中国译者翻译的第一部西方小说中文译本。② 瓦格纳(Wagner16)和范伯群(2000,2:522)已经指出过这个文本,而且韩南(Han Nan 2001)证明它是爱德华·布尔沃-林顿(Edward Bulwer-Lytton)的小说《夜与晨》(*Night and Morning*)的节译,这部英文小说最初于1841年在伦敦出版。

除了与当代英语杂志相似外,这份中国最早的文学杂志和紧随其后的杂志《四溟琐记》的编辑方式,也预示了后来的杂志出版实践。瓦格纳写道:

>　　《四溟琐记》是(申报馆)在持续不懈的探索中,在中国为商业文化杂志寻找通识的另一步。它体现了申报馆的发展战略,并反映了申报馆优先考虑的东西。它在任何时候都可以吸引足够多有才华的作家和编辑,并可以保持流动;它似乎极为依赖特定的编辑及其朋友可以为出版物发掘怎样的素材。管理杂志的核心团体的任何变动,都会带来作者团体的变动。这很好地预示了后来的文学期刊体现的某种小集团倾向。(21—2)

---

① 感谢鲁道夫·瓦格纳允许我引用他未发表的论文。
② 这种有点过于谨慎的确切表达,是用来表明,西方小说更早的译本是由西方传教士完成的。

在申报馆所作的这些开拓性的努力之后,更多的文学杂志的出现却不得不一直等到世纪之交以后。那时,1902年,梁启超的小说杂志《新小说》在日本出版,它在中国的传播,触发了上海出版商的快速反应,产生了《绣像小说》。1903—1906年,《绣像小说》由商务印书馆出版。在最近的研究中,丹尼斯·吉姆佩尔(Denise Gimpel 2001:176-212)丰富详细地描述了这一"新活动场域"(new field of activity)。她的著作不仅界定了1902—1914年间主要杂志的特点,还分析了在这个场域内部起作用,把个体联结在一起,并为大家所共享的兴趣点和个人纽带。这个场域有选择地坐落在上海。在接近结尾时,吉姆佩尔总结说:

> 1910年代初,上海的文学生产场域并没有很好地发展起来。一定数量的杂志并存,使其在一定意义上具有某种多样性,但是,杂志间或是不同群体间为吸引读者的注意力而进行竞争的观念,并没有给研究者留下什么印象。……"小说"杂志的市场并没有建立起来。变得多样和更为复杂则在1914年以后。……然而,尽管兴趣和活动各异……大多数"小说"杂志的撰稿人,由于对自己国家的未来美好的共同热望,以及写出与自己的印象和态度相关的渴望,仍然联合在一起。(211—12)

自1910年代中期以降,杂志迅速成为文学文本传播的主要媒介,它的这种地位至少持续到了民国时期结束之时。① 事实上,在20世纪上半叶,每部耳熟能详的文学作品都是先刊发于文学杂志或报纸副刊上,并且只有在此之后,才以书的形式出版。这一事实本身要求中国现代文学的学者,需要去重新思考文学分

---

① 现在的杂志仍然有争议地保持这种地位,对中国作家来说,在以书的形式出版之前,先把长篇小说刊发在杂志上,仍然极为普遍。

析中一些最为普遍的概念和方法。在第四章中,对是否应以不同于文学书籍的方法来阅读和阐释文学杂志这一问题,我给出了自己的回答。这一章里,我尤其关注1910年代中后期的杂志,特别是《眉语》《游戏杂志》和《新青年》。除了讨论方法问题,第四章也为吉姆佩尔指出的1914年后文学杂志的多样化提供了例证。然而,与吉姆佩尔不同,我注重这些阅读的目的,是为了揭示文学文体和语域(registers)的差异,而不是共同的抱负。

文学杂志和文学实践

当然,可以肯定,在第四章中,对两份大众化的小说出版物和一份杂志(《新青年》)——长期被确立为一点也不大众化的新文化运动的先锋——的整合阅读,会产生差异和多样化的印象。我的观点是,这样的阅读并没有像它在当代读者的印象中那样,歪曲了民国时期的文学实践。这种读者的视角很少被考虑到,但它在耿德华撰写的《重写中文》(*Rewriting Chinese*)的如下几行中很准确地表达了出来:

> 众所周知,在文学的社会史中,许多中国读者表明,他们对范围广泛的文体极为适应,一般不会将一种文体凌驾于另一种之上。(Gunn 1991:14)

尽管我知道,在是否真的是"众所周知"这一点上是有争议的,但耿德华在这页的脚注中提供的例子清楚地证明了他论断的有效性:

> 考虑到徐枕亚《玉梨魂》的大众化[1914(1912)],它以矫揉造作的四六体写成;再对照张恨水的《啼笑因缘》(1930),它用保守的白话创作;或巴金的《家》(1931—2),

它提供了高度欧化的白话。(302, n. 10)

就像本导论开头指出的那样,在本研究中,我的目的是要进一步确立并提出方法来研究这个时期的文学,为了获得更为完整的图景,它避开了与经典建构有关的论争。此外,我认为,对不同的甚至是相互冲突的文体进行整合分析,是由我处理的材料本身的性质决定的。在阅读这个时期的文学杂志时,我得到的最需要深入研究的一个印象,是事实上所有这些出版物的内容比通常设想的都更为复杂。这些杂志本身就包含了多种多样的文体,它们通常轻易地跨越了传统文学、通俗文学和新文学的疆界。同样,将这些文体彼此进行区分的企图,并不仅仅发生在相互竞争的团体和出版物之间,也发生在它们自己"内部"。

例如,第5章将会揭示刘半农如何花大量时间和精力,尝试在这些文体间进行创造性的融合。他因1910年代从以上海为基地的通俗文体到以北京为基地的新文体的"转变"而闻名。特别是在诗歌场域,刘开拓性地尝试去达到语言、形式和内容的聚合,虽然最后因过分旧式而被北京的改革同伙所抛弃,但在即将到来的几十年里,他实践的形式确实继续代表了一种被人认可的、严肃的、可供选择的新诗形式。

第5章的分析也证明,在关于文学的语言、形式和内容的论争中,像个人背景、特定社团的活动或成员等其他因素,同样也应当被考虑进来。正是这种个人、社会和文本的混杂,才返回到了经典的"体"或"规范形式"(normative form)的概念,我认为,这对重建民国时期的文学文体来说是必不可少的。在中国现代文学中,尤其在阅读实践和批评习性(critical habits)中,作家和主题必须被视为同一审美经验中两个值得尊重和对等的成分,这样的观点将会成为本研究的核心命题。

在第6章中,我详细论证了上述命题,进一步考察了"骂"的批评,以及针对个人的"骂人"的批评实践是怎样流行于整个民国时期的,这显示了传统观念在现代相似的延续:最终,文如其人。在另一个案研究中,我发掘出了1930年代上海文坛上一个丰富多彩的成员——曾今可及其《新时代》杂志,后者是那个时代持续时间最长,同时也最成功的新文学杂志中的一种。曾发动的有关"解放"宋词这种古老的诗歌文类的论争,可以很好地证明:写作文体和生活方式的因素,可以毫无间隙地融入文学文体这个总体概念。曾心目中假定的开明对手,是像茅盾和鲁迅那样的。近来有关1930年代上海文化的创新研究,对曾和他的圈子及其文学实践仍然采取视而不见的态度,这也证明了关于什么可以和什么不可以构成中国现代文学的特定假设的顽固性。同时,曾的观点还远远没有为后来那些被经典化的批评家所压制住,这再一次证明:在整个民国时期,更多传统主义者的观点,即便是在新文学自身内部,也一直绵延不绝。

第7章是本书的最后一章,开始转向讨论文学共同体作为一个整体在那个时代社会和政治语境中的定位,就像本导论开头所引用的林语堂的话所说的那样。通过直接借用布尔迪厄的一个理论概念,我试图证明:1930年代的上海文坛,审查员的出现如何促成了文学共同体的紧密团结,并呈现出了其"折射"(refract)这些政治力量的能力。这些政治力量,以相对自治的文学场法则尽可能地在字里行间体现出来。在这一章中,我还发掘了不太为人所知的杂志,用以说明上海出版界对审查制度的反应。这一章最后对萧红的一部小说进行了语境诠释,阐述文学中左派观念的审美层面。我认为,这同样可以被理解为是通过审美价值实现政治价值的折射。

在结论中,我总结了我的研究在历史编纂学和方法论上的主要启示,并对20世纪初中国文学的状况作了简短评述。随着印刷文化时代的落幕,许多本研究中描述的文体因了新的互动技术的帮助,而有了显著的回归,而且处于不断的发展中。这表明,此处提出的文体问题,还会继续要求新的回答。

第二章 联合(分裂)的创造：
进入现代的文学社团

本章讨论中国现代最早和最大的两个文学社团，即南社和文学研究会。我认为这两个社团代表了两种不同的组织方式，影响了后来众多的文学团体。

就像第1章中定义的那样，从19世纪晚期开始，术语"社"和"会"的含义发生了变化。陈宝良注意到了肇始于晚清的显著变化，这些变化对所有的"社"和"会"来说更为普遍，而不仅仅针对文学社团。他认为这种变化源于"资产阶级维新变法与革命运动相继崛起"(陈 1996:13)。陈没有明确指出"新式社团"到底新在何处，但他意识到这种新式社团是这个时期重要的突破，并谈及某些"无变之名，有变之实"的组织类型，以及其他那些全新的组织类型。似乎一夜之间，每一类型的活动都有了某一组织。陈似乎是要暗示这样一个事实：这个时期的许多组织或多或少地变得政治化。还有，汉族精英用各种各样的方法将自身组织起来，为1911年的革命奠定基础。

就文学活动而言，我认为，在这个骚动的时期，当各种各样的新型教育和新的职业道路摆在那些先前主要关注科举考试和文官职业的文学精英们面前时，"职业化"(professionalization)和"专业化"(specialization)成了比政治化更为重要的趋势。职业化在文学圈子里主要的表现方式，是通过文学社团参与出版业。这并不是文学圈子本身的独创。谢国桢(1967:145)早就指出过，许多明代"文社"办事处，与售卖由"文社"成员编辑或写作的书籍的书坊具有非常密切的关系。然而，仍有三个因素可将出现于19世纪晚期的新情形与更早的情形区分开来。首先，出版本身的性质急剧变化了，文人团体参与了出版，他们现在不但承担书籍出版的责任，而且也编辑报纸（当中的部分版面）和其他定期出版物。其次，文人逐步更直接地参与出版业，现在，许多人受雇于出版社或报馆。最后，写作、教育和政治间的直接联系（例如，它可以清楚地在复社的活动中被观察到）开始消失，文学活动和出版物开始呈现出更自治、更专业化的特点。

在现代，文学社团变得越来越不以事件为中心，而是以经营定期出版物和丛书为中心。社团为其成员提供出版渠道，并在文化圈子内部保持团体的集体形象。特定的文学事件和文学作品出版之间的联系被分割开了，因此，文学杂志尤其变成了一个"实际的聚会场所"。通过这种方式，文学社团的成员彼此保持联系，并和局外的读者交流。那些订阅或购买文学社团社刊的普通文学读者的兴趣，也刺激了商业因素的加入，并使得对社团（资金）事务进行更为严格的管理变得很有必要。不过，社团集会的社会功能在很大程度上仍然保留不变。许多社团继续在餐厅或茶馆举办定期的集会，其间，成员讨论、阅读，有时甚至是创作文学。然而，与传统的文学事件相比，当中的生产因素表现得并不明显。20世纪初，一个组织引领了这种趋势，它开创了本研究中许多中国现代的出版和文学实践，这就是南社（1909—1922）。

南　社

南社由陈巢南（去病；1874—1933）、高天梅（旭；1877—1925）和柳亚子（1887—1958）正式成立于1909年。不过，创立这样一个社的想法,此前就已经在发起人中酝酿了一些年头。①据上面讨论过的陈宝良的说法,它是晚清社团的典型,有相当清晰的政治定位。其主要成员同时也是同盟会成员,名字"南社"就表明他们反对北方(满族)政府。同时,它效仿晚明社团,尤其是复社,因此也在虎丘举办成立大会。② 不过,在别的方面,我将在下面证明:南社是一个更典型的专业的文学组织。

有关南社研究的权威资料,一直是柳亚子1938年写的名为《我与南社的关系》的长篇回忆文章。柳亚子无疑是南社最活跃的社员。下面,我主要依赖这份偶尔主观但也很丰富的文献来叙述。此外,近些年来,由于国际南社学会的成立,有关南社及其成员的出版物不断地涌现。国际南社学会由柳亚子的儿子柳无忌任主席,他本人也曾是南社的社员。学会已经出版了杂志和系列丛书。在其系列丛书中,让人印象特别深刻的一个贡献,是出版了有极好研究的社史(杨和王1995),它囊括了不计其数的源自早期相关原始材料的参考文献和长篇引文。我发现,如果想试着查证更多有关1917年著名的南社分裂事件的原因,这部编年史尤其有用。而这,柳亚子在他的叙述中大都是掩饰过去。③

与复社一样,南社面向全国,但主要是在南方招募成员。同样,它也在成员可以聚集在一起时安排活动。然而,这些集会的

---

① 柳亚子(1940:2—5)将南社的源起追溯到1907年。杨天石和王学庄(1995)的编年史则从1902年开始。陈(300)甚至走得更远,声称它萌发于陈巢南1890年代晚期的活动中。

② 关于南社与复社一致方面更多的例证,见Schneider(1976:63,76)。

③ 另一有用的资料,也包括许多关于社员生平和社员诗选的信息,是郑逸梅(1981)。陈宝良也讨论过南社,但是相当简短(299—301)。所有南社的22册社刊已被重新汇编为8卷,以"南社丛刻"的名称于1996年出版。然而,再版并没有收入作为原始出版物一部分的图片和版权页,其中的两册(第8、13册)我在冯平山图书馆见过。胡朴安三卷本的《南社丛选》,是范围广泛的南社成员诗文选,最早出版于1924年,后作为沈云龙(1966—1973)的第27卷重印。在英文学术中,Rankin(1971:122)简要地描述过南社,Schneider(1976)较深入地讨论过。

性质,更趋于传统诗社的路子,不用说这也是受惠于复社的榜样。南社努力在每年春天和秋天举办一次"雅集"。但在其13年的"寿命"中,只举办了18次集会①,这主要是因为社团于1917年爆发内讧之后,很大程度上暂停了活动。集会的典型内容,遵从了无数传统"诗社"的榜样:吃饭、喝酒以及假定是与文学有关的谈话。根据柳亚子的详细描述,在最早的集会中,喝酒和喝醉是主要的活动,唯一的一次,发生了关于古典诗歌各类文体的热烈讨论,这算是个例外。柳亚子不无讽刺地评论说,成立大会是很"革命的",因为发起人几乎全是同盟会成员(15),但是他明智地避免赋予集会任何更多的政治意义。在后来上海的集会中,项目通常更为严格,包括吃午餐,拍集体照,举办茶话,处理社务(选举、修订条例)和吃晚餐。

然而,对这个组织的身份认同来说,和这些集会同等重要的,是从其开始就由发起人筹划的系列出版物。1909年南社在苏州举办第一次雅集时,有17位社友和2位外来的嘉宾参加,社友选举了新社的职员。其独特之处在于,最重要的职员不是书记员和会计员(尽管也设立了这些位置),而是文选编辑员、诗选编辑员和词选编辑员。这些"选集"实际上是社团名为《南社丛刊》(但经常简称为《南社》)的每期社刊中的栏目。虽然《南社》最初每年在夏天和秋天出版两次,亦即在每次集会大约三个月以后出版,但这并不表明,在出版物和集会间存在着直接的联系。从第12次集会(1915年春)之后,社刊不再包含集会的报导和照片。那时,社刊已经变得不定期,摇摆于一个月一期到一年一期之间。最终,《南社》出版了22册,最后一册出版于1923年。

与传统"诗社"的习惯有所不同的是,只要一个人注册为南社的成员,而不须参加集会,就可以成为出版物的投稿人。出版社刊的整个过程是独立运作的,它授权由三个编辑领导,但大多

---

① 只计算正式的集会数目,而不计算临时雅集和地方分社的集会。

数时候只由柳亚子一人完成。这让人想起张溥在自己的中心事务处编辑复社的《社报》。不同的是,柳亚子偶尔也称之为《社报》的《南社》,其内容与任何教育或训练体系都没有关系。① 尽管部分内容,尤其是其早年的部分内容,被政治意识形态所激励,但我相信,《南社》更主要还是一个文学出版物,而且通常也被这样认为。尤其是1911年以后,南社的活动和出版更多地成了上海文学场的一部分。

从南社1910年在第三次集会中通过的条例来看,社刊对社团的首要作用显而易见。条例的一半都与出版事务有关,集会则只在第十、十二两条中提及,而且只是作为一种保持社友联系的方式存在,它的费用也并不从常规的社资中支付,而由社员额外捐助。

南社第三次修改条例②

一、品行文学两优,得社友介绍者,即可入社。

二、入社须纳入社金三元。

三、愿入社者,由本社书记发寄入社书,照式填送,能以著述及照片并寄,尤妙。

四、社友须不时寄稿本社,以待汇刊;所刊之稿,即名为《南社丛刻》。

五、社稿岁刊两集,以季夏季冬月朔出版,先两月集稿付印。

六、社中公推编辑员三人,会计、书记各一人,庶务二人。

---

① 早在南社成立的时候,其中的一个发起人,即高旭,在一份报纸的启事上声明,社团敬仰复社开创的著名先例,但不同意后来以考试体系对社团进行压制(杨天石、刘彦成[1980:16])。

② 柳亚子评论说,这是现存条例的最早版本。条例的初版和第二次雅集通过的修正版已经佚失。

七、社稿以百页为度，分诗、文、词录三种。诗、文录各四十页，词二十页。

八、选事由编辑员分任。

九、社稿出版后，分赠社友每人一册，其余作卖品。

十、各社友散处，每以不得见面为恨，故定于春秋佳日，开两次雅集。其地址、时期，由书记于一月前通告。

十一、职员每岁一易人，雅集时由众社友推举，连任者听。

十二、雅集费临时再行酌捐。

十三、条例每半年于雅集时修改。

这些条例的通过，就柳亚子本人的故事版本来说，是他用来对付另外两个共同发起人的"锦囊妙计"。根据柳的说法，由于他们经验不足，《南社》最早两期的编辑和出版很不专业。并非巧合的是，柳亚子在上海也实施了锦囊妙计，而且在第三次集会时选举出来的全新职员，都是上海报馆的雇员。由于中国文人对文字工作很感兴趣，在科举制取消以后，蓬勃发展的出版业为他们提供了范围广泛且颇具吸引力的职业机会。在奔向辛亥革命的那些年里，出版业也扮演着不小的角色（参见 Rankin 1971:96-125）。在20世纪的第一个十年中，这种行业几乎毫无例外地落脚于上海。"报刊文人"（journalist-littérateur）[①]这一共同体中更具文学眼光的成员，对文学持有更专业和更实用的态度，这反映在条例的文本中，尤其是第七条中，它表达了想通过多样化使文学出版物更具有吸引力的想法（柳亚子对此前几期社刊的不满，来自它的内容被诗所主宰）。我认为，这也表明在这些条例通过

---

① 术语"报刊文人"是李欧梵的创造（1973:3-7）。译者注：本书对"journalist-littérateur"的译法移用自李欧梵《中国现代作家的浪漫一代》（王宏志等译，北京：新星出版社，2014年），第5—6页。

以后,《南社》的出版至少部分地被视为商业事务,它不仅仅服务社友,而且也迎合付钱的读者的需要。

条例在后来的集会中得以进一步完善。例如,在第五次集会中,一个条文是为了建立分社(最初叫支社,后称交通部),它是居住在上海地区之外的成员组成的分支团体。在同一次集会中,提出了额外的每年一元的会费。在第八次集会中规定,此后新会员要有三个现有会员介绍,以代替原来的一个。这可能是为了限制数量并坚持会员的质量而作出的努力。在下面文学研究会的情形中,我们将会碰到相同的机制。编辑和出版《南社》的时间表被完善了,并使用辛亥革命后被中国官方所采纳的阳历月份。根据新的时间表,2月和8月集稿,3月和9月誊抄,4月和10月付印,6月和12月出版。最后,"普通职员"由老派的"庶务"改变为听起来更现代的"干事",这体现了与职业化实践相伴随的语言上的某种变化。

南社的大部分集会在上海举办,而且有越来越多的"报刊文人"成为这个组织的成员。最新的成员名单——包括每个成员的名、号、住址和出生地信息,定时印制出来并在成员内部分发,这也是一种能让人联想到复社的方法。到终止的时候,南社计有超过1000名的成员。许多1910年代主要文化出版物的编辑和撰稿人,都是南社的成员,并参加集会。然而,这并不意味着,南社是作为主宰那个时代上海出版界的一个关系网而发挥作用的。只要看看每次集会的参加者名单,就可以看出成员的核心,即那些参加大多数集会的人,只包括了不多于10—20个人。1910年以后,集会总是固定不变地在上海豫园举行,新会员应该出席每次集会,但他们中的许多人也只参加过一次。这些一次性的参加者,包括了诸如包天笑和周瘦鹃这样的文学名流。这些著名的名字出现在南社社员录上,并不意味着他们以任何方式积极地参与这一社团。① 尽管我们认为超过 1000 名成员的数量是高度夸大的,但仍然值得注意的是,晚至 1918 年,还有超过 300 名成员参加了通信选举,选举南社新的主任。

南社的"主任"职位创设于 1914 年 3 月第十次集会之时,这是柳亚子另一个"锦囊妙计"的结果。由于仍然不满于编辑体系的工作方式,而且急于获得对社刊出版整个进程的更多控制,在更早的集会中,柳建议用一个编辑来代替三个编辑。在社员拒绝了这一建议时,柳退社达一年多,这期间社团的活动立刻衰退。为了让柳重回这一组织,社员们动用了各种措施,并最后成功了。柳不仅要求担任唯一的编辑,而且要求成为唯一被选举出来的职员,这些也都达成了。最后,他实际上完全控制了社团的运行。

这一重大的组织变化,已经无法通过修订少量条例表现出来,于是,在 1914 年 3 月召开的同一次集会上,南社通过了整套全新的条例。新条例的文本,采用近似于法律条文②的确切阐述。它更好地说明了这些变化,同时也说明了在会员政策上的一个改变。早先提出的有关限制会员的政策再一次被提了出来。例如,不仅规定那些品行和文学优秀的人士可以入社,新条例还以更具法律意义的确切阐述,准许所有同意组织宗旨的人成为成员,而且应由一名现有社员介绍。第一条明确地表述了组织的宗旨,由于使用了稍稍有点新鲜感的词汇,一个旧的术语(文学)因此有了新的意义:"本社以研究文学、提倡气节为宗旨。"(柳亚子1940:71)

比较起来,新条例更少专门提及出版事务,这可能是因为这

---

① 这种假设的间接证据,是这样一个事实:不管是南社还是柳亚子,都从未提及 Joan Judge(1996)研究过的《时报》,这是包天笑同一时期为之工作的很有影响的报纸。

② 我不知道条例或文学社团的内部章程是否在实际上具有任何法律地位,或社团是否会被当地官方要求作任何形式的登记程序。

些都已经被无条件地授权给了新主任,也就是柳亚子了。① 然而,新条例增加了一条详细的条文,说明主任应当以选举的方式产生。与已往社团的做法有所不同,选举不是那些参加集会的人的特权。相反,每年将举行通信选举,所有的成员都是参加者。选举的结果将在集会时公布;但从王和杨(1995)收集到的资料来看,选举及其结果显然也以报纸通告的方式发表过,通告还列举了那些被选举者和选举人的名单。同时,法律上值得赞许的补充,是条例关于如何处理条例没有提及的事务的最后条款。然而,并不值得赞许的是,在这样的情况下,它让主任去考虑修正条例(柳无忌 1983:63)。

这些新条例,一方面授予柳亚子以所有的权力,另一方面准许成员几乎是无限制地扩张,这自然会招致麻烦。但在施行的最初,作为柳亚子有力措施的结果,社团确实经历了重大的复兴。在被指定为主任后,柳在五个月内编辑出版了四期《南社》。整个 1915 年和 1916 年,雅集的到场情况相当好,甚至还举办了一定数量的临时雅集。然而到了 1917 年,问题出现了,社团成员卷入了与诗有关的激烈争论中,尤其是在《民国日报》的版面上的争论。《民国日报》是亲国民党的报纸,柳和其他一部分主要社员为其工作。7月,情绪升级,柳亚子最终代表南社,以在《民国日报》上发表布告的形式,将他诗观的主要对手,即朱鸳雏(1894—1921)开除出社。这一行动招致许多成员的攻击,最激烈的是成舍我(1898—1991)。他指责柳的独裁行为,最终,他中断了和《民国日报》的关系,并退出南社(或只是被柳亚子开除了)。就像我上面提到的,杨和王已经翔实记录了整个事件,他

---

① 有关出版政策的一个明显变化,是《南社》以更为商业化的方式出版,而且,它不再免费分发给会员。在第 13 期(1915 年 3 月)版权页上,它标明会员每册获得五折的优惠。同页也列出了上海的四家出版社(包括中华书局)作为出版物的发行单位。关于发行者和发行单位的更多内容,请参见第 3 章。

们收集了参与争论各方发表的所有报纸文章和启事。在这种情况下,公众人物感到有必要对某些指责作出公开的反应,或公开声明他们作出某个决定的理由,而在报纸上使用启事尤其值得重视,因为这是一种延续到后来几十年的措施。

同年10月,尽管柳亚子以绝对多数票再次当选,但社团却处于混乱当中。它的合法性受到一个"捣蛋鬼",也就是广东分社的挑战。广东分社反对柳主社。1918年底,柳辞去主任职位之后,集会又组织了两次,一次是在1919年,另一次是在1922年;同时,又在1919年和1923年出版了两期《南社》。柳亚子在他的叙述中提到,在最后的这些年里,很难有钱留下来出版《南社》。这表明,暂停活动的几年,会费的募集急剧减少。1923年,柳亚子建立了新南社,它既包括来自旧南社的成员,也包括来自新文学圈子的成员。他在那时转向用语体文写作。作为反应,其他旧南社成员成立了南社湘集,其出版物全是文言文。两个社团共存了一两年,成员各计有200人左右,一些旧南社成员实际上同时参加了两个组织。另一次重要的复兴,发生于南社纪念会成立的1935年。1930年代后期,南社成员举行了别的一些纪念活动,包括1936年2月的一次集会,这次集会吸引了157人。各种各样的纪念文章和文献资料发表在杭州的杂志《越风》上。[①] 这些纪念活动,可能已经成了后来把南社强化为一个无论是政治上还是文学意义上,均具有革命性组织形象的工具。从1940年起,一条刊登在柳亚子的《南社纪略》封底,为两册南社诗选而作的广告语,成了传达这种身份的完美口号。它把南社描述为"文学革命的先导,革命文学的前驱"。

南社是一个很大很复杂的集体,它开创了一些文学文体和实践,这些被后来的文学团体和组织所采纳。从民国时期的角度看

---

① Susan Daruvala(2001)在未发表的文章中,详细地分析过《越风》和南社的关系,她友好地允许我查阅和引用她正在写作中的作品。

南社,最引人注目的,是它整合了日后几乎变得相互排斥的组织方式中的一些因素。首先,南社是一个大型的、全国范围的文化会社,它有一定数量的分支机构,并有明确的运作和会员规则,同时也有着扩展至文学领域之外的强有力的公共存在。它是这样一个团体:第一,文化名人想加入进来,甚至包括那些住得离上海很远,从来不能和别的成员会面的人。第二,它也是志趣相投的文学名人组成的团体,他们参与编辑一个只有成员才可以投稿的、联合的、文学领域的出版物,有一个特别积极的人(柳亚子)作为它的核心人物。没有他,很少能成事。第三,它被许多人视为一个政治组织,其早期成员中的大部分人参与了同盟会,一些人后来在民国政府和国民党中起着重要作用。[1] 即使是在后来,南社的革命形象似乎也是它为什么持续吸引新成员的一个主要理由,而且,这确实也是南社为什么持续地受到许多学术关注的主要理由。最后,南社也继续闲适地在公园和餐厅举行社交集会,保留着传统的文人作派。

就像林培瑞(Link 1981:164-70)已经指出的,南社是1910年代文坛上很罕见的"作家社团"之一。其他的作家团体,组织要松散得多,即使组织起来,也是"主要围绕着社刊的出版,并置于

---

[1] 柳亚子(1940:43)提到的这种政治方面尤其让人印象深刻的例子,是这样一个事实:辛亥革命后,选举孙中山为总统的17个省代表中,有4个是积极的南社成员。相反,Rankin(1971:122)持不同意见,并认为这才"意义重大":南社并不是一个政治组织,在一定程度上,它的独特是"许多激进的知识分子并没有在后来维持政治上的积极性"。Schneider(1976)同意并强调这样的事实:像南社这样的组织,因为在文化事务上的保守态度,最终使自己疏远了进步的政治趋势。Daruvala(2001)持相反的观点,并认为:社团遭受的各种变故和分裂,与国民党的政策和派系斗争密切相关。我个人的观点并不建立在社团成员有多少人继续积极地参与政治上(他们中的一些人无疑这样做了),但我认为,社团也有作为一个政治组织的名声。显然,在这一章的分析中,我同意 Rankin 和 Schneider 的观点,南社主要不是一个政治组织。然而,这仍然是一个有待阐释的话题,需要作更多的研究才可以恰当地评价南社的政治功能。

主要人物的赞助之下"(164)。林强调这些团体之间缺乏对抗:"可能,它们很少有不同意见;它们努力分享稿件、宴会和乐趣。"(同上)对所有处于这种颇为意气相投的文学场所中的成员来说,文本传播最重要的媒介是文学杂志。1910年代的杂志文学,将会在第四章中予以更详细地讨论。这里需要指出的是:当中的许多杂志,充斥着五花八门、形式和语言各异的作品,这些作品摇摆在白话小说和古典诗歌之间。与这些杂志相比,南社的社刊要更为传统,它坚持将栏目分为诗、词和文,尽管南社成员在别的地方发表过小说和其他现代文类。[①] 同样传统的是,南社反复申述提倡道德或"节气"的宗旨。这与许多小说杂志宣称致力于娱乐和政治上的不偏不倚形成了对照(参见 Link,171-2)。这些差别可能并不是很大,但是,就像我们将会看到的,它们被新文体,即所谓的新文学——当它们于1920年代早期出现于上海的文学场所时——聪明地利用了。

考虑到南社的整体规模,有一点值得注意,即社员之间的联系维持得相当好,甚至对那些不能参加任何集会,仅仅只通过通信联络[②]和参加通信选举的社员来说也是如此。文学研究会(1920—1947)是另一长期存在的大型文学组织,大约建立于南社瓦解前一年,它就从来没有达到相似的凝聚程度。不用说,南社对中国现代文学实践的发展,以及不同文学领域间(尤其是新文学和其他写作类型间)疆界的建立做出了重要的贡献。

[①] 林培瑞断言,到1910年代晚期,南社的出版物"充斥着爱情故事,与那些彻底的娱乐杂志并无区别"。如果根据的是《南社》的内容,这种说法在我看来并不准确。林的印象可能基于1917年的出版物《南社小说集》。然而,正像这本出版物的序所解释的,它是一本柳亚子许可的由部分成员编辑的临时性选集。在选集的封面上,它明确标明是南社的"临时增刊"。

[②] 一种相当有效的联系方式,是将成员往来的一些信件发表在《南社》栏目"文"上,它们在传统"文"的定义上完全被读者所接受。在杂志上,则更少使用这种传统文类的划分,后来,这种功能被"通信"栏目所取代。

文学研究会:导论

文学研究会由12名发起人成立于1920年12月4日,1921年1月4日在北京中央公园(现在的中山公园)召开正式成立大会。发起人如下:朱希祖、蒋百里、周作人、许地山、郭绍虞、叶圣陶、孙伏园、王统照、沈雁冰、郑振铎、耿济之、瞿世英。在之后的一些年里,100多名会员加入了文学研究会,且至少建立了两个分会。在它的赞助下,出版了一些文学副刊、杂志和丛书。它是1920年代最大的文学社团,确切的终止时间不可考,但挂在它名下的出版物一直持续到1947年——尽管越来越断断续续。

在大多数中国文学史中,文学研究会都被当作新文学的第一个社团来讨论。然而,在晚清和民国时代早期,在由中国学生成立于国内和国外的许多"社"和"会"中,很可能存在过别的完全致力于新文学的团体——不论其规模有多小,并且还成立于1920年前。范泉(1993)为这种假设提供了一些证据。首先,20世纪最初十年,确有写作和演出新剧或话剧的社团建立。① 即使我们缩小范围,只涉及囊括了整个文学,而不仅仅是一种特殊文类的社团,文学研究会也可能已被一个叫清华文学社的社团占了先。根据范泉(1993:461)的说法,它由清华大学学生和教师成立于1918年,后来的著名诗人闻一多,就是其中活跃的一员。②

虽然从年代学上看,文学研究会并不是致力于新文学的第一个社团,但它的确是在全国范围内第一个用书面形式宣告其成立

---

① 最值得注意的(但不是最早的!)是易俗社,它1912年成立于陕西,直至现在似乎还以相同的名称存在(范泉[1993:341—4])。

② 这个社团的成立时间是有争议的。据顾一樵(2000:18—19)的说法,它一直到1921年11月才成立。另一个社团,即小说研究社,1920年12月由梁实秋、翟桓和顾一樵成立于清华大学(范泉[1993:576]),也就是说,它大致和文学研究会成立于同一时间。这两个社团后来都加入了文学研究会。

的文学社团,也是第一个允许全国各地的文学爱好者成为其会员的社团。从这一方面来看,它作为一个组织的野心与南社相像,就像我们将会看到的,其中最重要的区别是,文学研究会并不对预期的会员设置道德上的要求,只声明仅仅对他们的文学才能感兴趣。

除了是新文学最早的社团之一,文学研究会不论在其存在期间,还是消亡之后,也都是中国现代文学场域中最大和最著名的组织之一。以前的文学研究会研究,主要集中在一些核心成员捍卫的文学意识形态上。这些意识形态中的一部分,甚至已经成了以偏概全的文学研究会本身。被假定为是文学研究会统一的意识形态立场的,已被贴上了可相互替代的"为人生而艺术""写实主义""现实主义"和"自然主义"等标签。关注这些口号的学者,经常把他们的观点建立在源自《小说月报》杂志的汇编文本上,但我将证明,《小说月报》并不能代表作为一个集体的文学研究会。①

很少有著述涉及文学研究会体制性的方面,以及作为一个整体的全体会员。尽管会员名单并未佚失,但是,在有关文学研究会最大规模的文献资料中,只提供了一半多一点的会员的生平信息(贾植芳 1985:21—41),也没有尝试得出有关会员年龄、性别和出生地的统计数据。更不被人提及的是,文学研究会作为一个体制的运转,为会员利益所采取的措施或致力的活动等,例如财政事务。

在这里,我的讨论相对来说并不关注文学口号和意识形态,

---

① 此前相关研究的这一特点,不仅适用于中国文学史对文学研究会的大多数描述,也适用于一般的英文研究,像 Ayers(1953)和 Tagore(1967)。有关文学研究会会员在文学翻译和介绍西方文学理论方面的贡献,见 McDougall(1971)。有关文学研究会会员"写实主义"的研究,见 Anderson(1990)。李(1973)和王晓明(1991)的研究确实触及了文学研究会的体制性存在,并很大程度上激发了我现在的研究。

而更集中于其代理职能(agency)。通过把有关文学研究会会员的历史资料与其结构和活动进行整合研究,我将证明,为了圈起一块相对独立的文学场,文学研究会使用了一些策略,其中包括(但又不限于此)文学生产和意识形态论争,这甚至比南社在同一领域实施得更为专业化和职业化。在这个过程中,文学研究会成了这个场域里一个强大的组织,直到它受到另一些号称是该领域先锋的团体的挑战。尽管文学研究会会员加盟上海的商务印书馆,在发展进程中确实扮演着关键性的作用,但我仍然认为,把商务印书馆出版的《小说月报》独立出来,并作为有关文学研究会信息的主要来源,是不恰当的。为了更好地说明文学研究会这一网络的规模及其重要性,我也将分析文学研究会的会员及其增长情况。附录A是一份会员名单,它提供了会员简要的生平信息。

第一阶段:组织和自我形象(1921)

简章和编辑条例

在文坛上,作为一个集体代理人,文学研究会最初发布的两份文本是宣言和简章,两者都于1921年1月发表在《小说月报》上。[①] 宣言声明,文学研究会的目的,是要创立一个作家联合会("作家"的联盟),以期促进相互理解,增进文学知识。简章则制订了有关文学研究会这一组织及其未来活动具体的指导原则。在措辞上,简章有的与南社的条例非常相似。

文学研究会简章

第一条　本会定名为文学研究会。

[①] 贾植芳(1985:1—3)。声明也发表在1920年12月中旬的一些报纸上。

第二条　本会以研究、介绍世界文学,整理中国旧文学,创造新文学为宗旨。

第三条　凡赞成本会宗旨,有会员二人以上之介绍,经多数会员之承认者,得为本会会员。

第四条　本会之事业分为左列二种:

(甲)研究(1)组织读书会;(2)设立通信图书馆。

(乙)出版(1)刊行会报;(2)编辑丛书。

第五条　本会每月开常会一次,以讨论会务进行之办法。如有特别事故,得临时召集特别会。读书会集会之办法另定之。

第六条　本会设书记干事、会计干事各一人,任期皆为一年,于每年十二月前后选举之。会址所在地外之会员,得以通信选举职员。但为办事便利起见,被选人以与会址在同一地点者为限。

第七条　本会的费用由会员全体分担之,其募集方法分为两种:

(甲)常年费其款额为两元;

(乙)临时费无定额临时募集之。

第八条　本会为稳固基础,并创办图书馆起见,拟筹募基金若干元。其募集方法有二:

(甲)募集会员或非会员的特别捐;

(乙)由本会出版的书报所得的板税中抽取百分之十。

此项基金存放于指定的银行中,除购买图书或特别用款外不得用取。

第九条　本会会址设于北京。其京外各地有会员五人以上者,得设一分会。

分会办事细则,由分会会员自定之。

第十条　本简章有未尽事宜,得随时修正之。

1921年1月4日,文学研究会召开成立大会,蒋百里担任会议主席,会议选举郑振铎为第一届书记干事,耿济之为会计干事。会议决定延后建立图书馆的计划,直至募集到足够的资金。期间,敦促会员上交自己藏书的书目,这样就可以复制分发给会员,以便于大家互相借阅书籍。在发表于1922年7月,也就是之后一年多《文学旬刊》上的"文学研究会记事"中,研究会重申了这一要求。① 至于计划是否实现,尚不可考。

1921年3月21日,文学研究会召集了一次专门的会议,讨论计划出版的系列丛书。会议内容记录在《文学研究会会务报告》中,发表在《小说月报》上。在会上,书记干事郑振铎告知与会者,商务印书馆已经接受了文学研究会上次会议起草和通过的合同。② 我推想,这份文本和《文学研究会丛书编例》相同或相似。《编例》发表在1921年6月的《东方杂志》上,同时发表的还有一份暂拟的书目名单。③

《编例》详述了编辑方针,包括建立一个丛书委员会,以及成立"责任编辑"制,据此,至少需要两人(文学研究会会员更好)负责审查和编辑丛书的书稿。这被描述为"友谊的互助",不收取审查费。丛书著者和译者被要求拿出稿费的10%捐给文学研究会。

---

①　《文学周报》(1922年7月):4。
②　这意味着,在成立大会之后,肯定还有另一次会议,因为成立大会的报告表明,丛书只是简短地讨论了一下,也没有形成任何决定。事实上,有两份《文学研究会会务报告》佚失了。报告一和报告二发表在1921年2月的《小说月报》上,而关于1921年3月21日会议的报告标示的是报告五。可能,佚失的报告从来没有发表在任何杂志上,只是在会员之间传阅。参考下面关于文学研究会会员的章节,郑振铎在谈论中引用了"印刷品"。
③　后收入贾植芳(1985:572—3)。

根据《编例》,丛书计划分为两类:第一类为"关于文学知识和会员作品者",第二类为"所有在世界文学水平线上占有甚高之位置"的翻译作品。在某种意义上,《文学研究会丛书编例》构成了文学研究会最初的意识形态具体、体制化的版本:中国作家作品,与"文学知识"及"所有在世界文学水平线上占有甚高之位置"的作品相提并论。然而,中国作家隐含的意思,主要是指文学研究会自己的会员。作为一个集体代理人,文学研究会在其存在的最早阶段,不仅宣称致力于文学,也"代表"所有那些在中国有文学知识并达到最高水平的人。

进入文学场

文学研究会团体宣称代表所有的中国作家,这当然夸大其辞。这表明,他们对"文学"这个术语的使用不具包容性,而是排他的,它仅仅指称新文学。然而,在那种特定的语境中,他们的宣称是合理的。1920年,北京的各大院校是新文化运动的中心。许多文学研究会的发起人在好多年里都积极参与这个运动,而且,此前他们就已经为这个运动的代表性期刊做出过贡献,如《新青年》和《新潮》。上海的商务印书馆对这个运动兴趣甚浓,并为外国教科书和外国文学作品的翻译项目请求过一些在京知识分子(最著名的是蒋百里①)的帮助。正是在蒋百里的寓所里,郑振铎和他的朋友们首次会见了商务印书馆的负责人,此举最终促成了文学研究会的成立,并使其成员获得了进入《小说月报》版面的机会。②

---

① 在新文化共同体中,蒋百里的地位迄今为学者所低估。Godley(1994)宣称:蒋百里"可能是中国现代时期首屈一指的军事理论家……在知识分子共同体里,他的影响和他的朋友们一样,这个朋友名单不仅包括蔡元培、胡适、梁启超、张东荪、张嘉森和丁文江,而且也包括那些最终转向政治左翼的朋友"(引用经过作者同意)。

② 关于会见的详细描述,见陈福康1991(399—412)。

有关这个过程的第一次描述,见于1921年7月号《小说月报》上的另一份《会务报告》,这几乎是在文学研究会刚刚成立后不久。① 这份报告解释说,发起人信奉文学的重要性,他们希望出版一种文学杂志,却缺乏资金去做这件事,于是和上海一些大的出版社接洽。经过几次失败的协商,他们最终和商务印书馆(当时最大的出版社)达成协议,商务印书馆允许他们在《小说月报》上自由发表作品,但前提是不能把刊名改成他们最初要求的《文学杂志》。② 他们决定先建立一个文学会,同时以个人的名义为《小说月报》撰稿。在此期间,他们忘掉了有关"文学杂志"的事情。

从一开始,文学研究会的发起人就刻意否认与《小说月报》有任何体制性的关联。反之,为达成目标,他们一再申明更喜欢大型社团这一体制性的形式。在这个过程中,使用的策略如下:

象征资本的积累("认同"):组织一个包括被社会承认的知识分子(朱希祖、蒋百里、周作人)和作家(叶圣陶、冰心)在内的大型集体,创造一种兼具文学质量和数量的形象,并增加其他成员成功的机会;

财政资本的积累("独立"):通过建立一个正式的组织和敦促会员交纳常规的会费,募集资金确保(未来)可以从商务印书馆独立出来;

网络建设和自我提升:对研究会中一些更为积极的成员来说,像郑振铎,作为一个大型研究会的代表这一身份,是给商务印书馆负责人留下印象的一种方法,后者后来帮他在出版界谋得了一份职业。可以推想,这是一个双向的过程:对研究会的成员来

---

① 后收入贾植芳1985(4—7)。

② 《小说月报》在转到文学研究会手里之前,对新文学已关注甚多。这是沈雁冰加入杂志的结果。沈是文学研究会发起人中唯一一个以上海出版界为根基的人。文学研究会的成立使他成为《小说月报》的主编,他担负起了把《小说月报》改造为新文学出版物的任务。

说,和商务印书馆的联系打开了职业视野;同时,对商务印书馆来说,研究会代表了未来雇员的源地。

在其存在的第一个阶段,通过"文学"概念的使用和对文学所作的排他性释义,文学研究会明确地申明了它与别的文学团体的区别,既有别于以前的文学团体,也有别于当代的文学团体。由于教育背景和随之而来的文化资本,这新式大学毕业的第一代,在进入文学场时,带着那么点非同寻常的自信,带着在这个场内建立并占有一个完全崭新位置的能力,他们使用了布尔迪厄在《艺术的法则》(Bourdieu 1996)中描述过的一种话语策略。

新文学的位置和"文学"概念

根据布尔迪厄的说法,对那些在文学场内部参与定义一个新位置的人来说,下面这种现象是典型的,在话语的层面上,他称之为"双重的断裂"(the double rupture):我憎恨 X(作家、表现手法、运动、理论等),但我憎恨的仅仅是 X 的对立面那么多(Bourdieu 1996:79)。我推想,这里讨论的对立面,不是客观的对立面,而是由参与的代理人和他们在文学场内有效的位置决定的特定观念转变而来的对立面。换言之,一种东西的"新"会变得更有力量,如果一个人试着用矛盾修饰法的方式将其表达出来的话,矛盾双方都指向容易辨认和观察到的文学现象。

文学研究会的发起人也实行了这样一种双重的断裂。两种他们声称不同的对立文体,是传统文学和商业小说。传统的文学文体被描述为视文学为"消遣"。这是指在社交场合生产文学的传统(这让人想起南社的雅集)和将文学作为各种文化实践的一部分,两者都不是真正意义上的专业化。换言之,传统文学文体的这种特点,类似于西方学术中所谓的"业余的理想"(参见 Levenson 1958:15—43)。消闲地"为乐趣而写作"与"为钱而写作"相对立,后者和控制着上海文化出版界的商业小说杂志联系在一起。相似的区分行为,是在道德而非文学的层面上进行的:传统写作被认为是可疑的,因为它完全是说教的(又一次,南社作为这种批评的标靶进入了人们的脑海);而且它也是和商业小说相对立的,后者被假定为根本没有道德。

文学研究会对欧美文学经典和与之相关的把"通俗文学""严肃文学"区分开来的文学价值的强烈赞同,更强化了这种双重的断裂。与那个时代在上海出版的大多数文学出版物所占的位置相比,这是真正的区分:在介绍西方文本时,文学研究会很少有选择性。以一大摞学院文凭①作后盾,研究会发起人声称对外国文学更有辨别力,他们声称拥有这个领域内更为卓越的知识。所有这些都很有力量,不仅在知识分子中如此,在经济意义上也一样。例如,在文学研究会得以进入商务印书馆这个具体的案例中,新文学和外国文学间强有力的联系,很大程度上帮助了交易的达成。此后,商务印书馆出版了数量很大的翻译作品,也意识到了这些出版物的商业效益。②

同理,研究会发起人在文类问题上表现出了选择性的态度,他们同样以权威的口吻来阐释这一点;根据我的看法,这论据建立在他们的学院文凭上。新文学倡导者假定其位置的核心概念,是"文学"这个词,它最初是西方19世纪所理解的"Literature"这个概念的翻译。③ 对中国作家和批评家来说,在尝试将他们自己的活动从文类的意义上与其他人的活动区分开来时,"文学"是一个有用的概念。"文学"是一个听起来很学术的写作概念,它

---

① 在这种情况下,有意味的是,文学研究会1924年的会员名单上(见下),每个会员知晓的外国语言也被列举出来。

② 文学研究会发起人和商务印书馆代表间的第一次联络,也发生于俄国文学翻译作品系列的出版的情况下(共学社丛书),这是蒋百里编辑的,郑振铎和耿济之也出了一份力。见陈福康(1991:402)。商务印书馆也在它的"说部丛书"中出版了几十本外国小说译本。有关商务印书馆,见 Drège(1978)。有关民国时代的出版概况,见 Reed(1996)。

③ 参见刘(1995:273)。

包括抒情、叙事和戏剧文本,而且这些文本被认为具有同等地位和作用。"文学"也可以用来证明白话这种西方文学主导的写作语言在写作上的高贵(respectability),它分为两类,即为有限的读者写作的"高雅"的白话写作,以及为大众读者写作的"低俗"的通俗小说。① 这种对文学的理解,即将小说视为兼具(学术上)高贵和实用性的混合文类,极好地体现在沈雁冰1921年写的一篇文章的下述几行中:

> 文学到现在也成了一种科学,有他研究的对象,便是人生——现代的人生;有他研究的工具,便是诗(poetry)、剧本(drama)、说部(fiction)。(贾植芳 1985:57)

就其本身而言,给予小说与戏剧、诗同等的地位的文学观念,在这个时期的中国并不新鲜。不光"文学"这个术语,"文章"这个术语,甚至是"小说"这个术语,也以这种方式被使用着。② 就像袁进(1996:107—12)已经指出的,在新文学的位置中趋于极端的对文学的理解的重要方面,并不是它的包容性,而是它的排他性。早在1908年,周作人已经将非想象的写作视为非文学剥离出去,因此剥夺了诸如历史、回忆录和自传等整个散文文类的文学地位(陈子善和张铁荣 1995,1:33—58)。袁进(111)说,在那个时候,周的观点是微不足道的,在新文化运动出现之前,它并

---

① 在白话文学中,晚清和"五四"时期发生的小说文类的转换,构成了这种"二元结构"出现的典型例子。参见陈平原(1988)。术语"二元结构"出自布尔迪厄(参见 Bourdieu[1996:113—40])。
② 例如,"文章"用在周作人早年的随笔中(见下)。根据王运熙和顾易生(1996:641—2)的说法,1910年代重要的小说家,像管达如和吕思勉(成之),把小说理解为包括任何具有人物和情节的作品,不管它们是叙事或戏剧的,散文或诗的。夏志清也注意到这个时期里"小说"这个术语广泛的"涵盖"(见 Rickett[1978:224])。同时参见第五章。有关晚清时期"文学"用法的讨论,见 Huters(1988)。有关现代早期文学观念的概观,参见袁进(1996)。

没有被普遍接受。就像我们已经看到的,不管是根据传统文类的定义来分类的南社的出版物,还是发表范围广泛的传统和现代文类的上海各类商业杂志,在这方面都不像新文学那样具有排他性。

文学研究会的发起人,严格地把他们对高雅文学有选择的理解应用到中文的创造性写作中,而不仅仅是(翻译的)外国作品中。他们为自己的文学概念谋求独立的、高尚的位置,并进一步用这个概念来评价代表着其他位置的其他中文创造性写作类型,这种评价也建立在主要借自西方文学话语的、进化的和质的差异的基础上。例如,在南社作品选中发现的写作类型,尽管其部分也大约产生于同一个时代,现在则可以被贴上"旧文学"的标签,与此同时,商业小说也可以被视作"非文学"来拒斥。在更具攻击性的讨论中,两种类型的写作都被当作"反文学"而失去了文学资格。① 我们将会在第六章中看到更多诸如此类的讨论。

总之,文学研究会的成立,不仅是要把志趣相投的伙伴联合成一个共同体,而且也要从其他共同体的文体中"分离"(disassociating)出这个共同体的文体。因此,研究会的发起人在他们的批评话语中,把注意力持续地集中于"文学"这个术语,就不是什么奇怪的事了;同样,他们担心与《小说月报》融为一体,也就不奇怪了,因为《小说月报》是一份有着较长历史的、著名的商业小说杂志,它在名称里就含有标明写作和出版共同体的文体的术语("小说"),而研究会努力要使自己与它不同。《小说月报》的名称,事实上以可见的方式被解释过,它来自1923年2月号末页一则小小的启事,其中解释如下:

---

① 参见源自研究会北京会刊《晨报》副刊"文学旬刊"1923年6月1日第1期"声明"中的下述几行:"然对于反文学的作品,盲目的复古派与无聊的而有毒害社会的劣等通俗文学,我们却不能宽容。"

> 有许多朋友写信来要求我们改换名称。他们的盛意,我们非常感谢。但因种种原由,一时恐不能如命。①

"文学"这个词出现在所有与文学研究会相关的文献中。它出现在研究会名称中,出现在第一份机关刊物中(最初叫《文学旬刊》,后简称为《文学》),也出现在那些分社名称中,这些分社的会刊也全都叫"文学旬刊",还到处出现在这些会刊的版面上,反复地被用作文章的标题,像"什么是文学""我的文学观""文学的使命",等等。

最后,文学研究会的发起人也从新文化运动别的因素中分离出自己的活动。新文化运动已经成了新文学的摇篮。与1917年文学革命的参与者不同,文学研究会的发起人放弃了为文化转变和教育而将文学置于普通轨道内的理想。这种新的态度可以从各个层面上看出来。比如,为新文学创办专门的杂志,不同于像在《新青年》这样的新文化杂志上设置文学栏目;还有,创办专业的文学社团,也不同于创办一般的新文化社团,像新潮社或少年中国学会(见下);再者,在意识形态上,将文学提升为一种严肃的职业,不同于将它作为一种"处于文化核心的积极的工具"(Huters 1988:272)。无论新文学倡导者中的一些人有着怎样露骨的实用主义,但从文学研究会成立以来,他们都在各种"文学"杂志上强有力地鼓吹他们的"文学"观念。因此,在实践的意义上,新文学变得越来越独立,唯其如此,下面这种情况才是合乎逻辑的:它的成员都被吸引到上海业已存在的专业的文学场所。

李欧梵认为,文学研究会确证了"一个真正前所未有的新立场:文学应该被视为严肃的、独立的、光荣的行业",文学研究会对此所作的两个重要贡献是,"扩大了文学场所的范围","巩固及普及新文学实践者的新角色"(李1973:12—13)。前面的讨论

---

① 《最后一页》,《小说月报》14.2(1923年2月)。

已经表明,文学研究会在上海出版界的出现,确实扩大了业已存在的文学场所的范围,但与此同时,在发起人提倡的文学意识形态中,也包括圈起这个文学场所的一部分,作为文学只能严肃、独立和光荣地去实践的地方。换言之,文学研究会的纲领性宗旨,实际是"缩小",而不是扩大了文学场所的范围。

文学研究会在其第一个阶段结束时,还远没有达成上面这些目标。1921 年,在写给周作人的一封信中,沈雁冰抱怨《小说月报》是上海报纸的笑料,很少有人理解新作品,而且,这么少的同仁在上海组织活动也有困难。① 但变化很快发生了。因为许多最初的发起人和早期会员毕业了,他们迁到了南方,尤其是上海,他们"严肃、独立的行业"以某种方式为他们赢得了严肃、独立的职业,当然,还有体面的生活。编辑和出版业看起来提供了最合适的职业远景,但问题是怎样获得它。答案似乎又一次存在于组织和集体行动中。不久,上海成了文学研究会活动的中心。

第二阶段:改组和地位的确立(1922—1925)

转到上海

从 1921 年末开始,文学研究会丛书(大部分是翻译)进展顺利,虽然内容和最初的计划大相径庭。② 这期间,郑振铎已经到了上海,因此,根据《文学研究会简章》第六条的规定,他从书记干事的职位上卸任,继任者为瞿世英。在他赴上海前,文学研究会于 1921 年 3 月 21 日召开特别会议,要求郑振铎与上海的出版

---

① 参见孙中田、周明(1988:21)1921 年 8 月 11 日的信。沈雁冰的抱怨似乎主要是指出现在《申报》副刊《自由谈》上对《小说月报》的攻击。

② 在 1921 年 6 月的《东方杂志》预告上提到了 83 种丛书目录。最终出版了 107 种,只有 8 种是完全按计划出版的,书名和著者、译者都没变(贾植芳[1985:1372—1374])。

社接洽,寻求出版文学研究会会报的机会。① 但商务印书馆对出版这样一份机关报没有兴趣,就像之前拒绝出版《文学杂志》一样。

郑振铎到上海成了铁路职员,在上海西站当见习(在北京,他就读于铁路管理学校)。然而,他不久便放弃了铁路职业,担任商务印书馆的编辑。② 同时,他开始编辑《时事新报》新增副刊《文学旬刊》。从1921年5月第一期起,文学研究会会员就为这份副刊提供了大部分稿件,正如他们为《小说月报》提供大部分的稿件一样。不过,直至整整一年后(1922年5月),《文学旬刊》的首页才刊载了一则正式的通告,宣布其为文学研究会会刊。通告如下:

> (自三十七期起,)依了文学研究会上海会员的决议,改归文学研究会编辑,作为本会定期出版物之一。(《文学周报》36:1)

自1921年6月在《小说月报》上发表《文学研究会会务报告》之后,这是第一次,文学研究会再次表明自己在文坛上是一个集体的代理人。第一份正式会刊最后由上海的会员决定创办,这一事实表明研究会正处于转变中。接下来的三年,文学研究会提升"文学"的努力变得越来越一致,也更有成效。对"旧的"和"通俗的"文学的代表人物和观念的抨击,与提升特殊口号(比如"血与泪的文学")和作家(比如诗人徐玉诺③)的运动结合在一起。然而,随着年轻知识分子在出版和新闻行业就业机会的迅速

---

① 这无疑进一步证明,文学研究会会员并没有把《小说月报》当作自己的会刊。
② 郑振铎对商务印书馆的一个管理人高梦旦颇有好感,他曾经在北京蒋百里的寓所会见过高梦旦。他们俩来自福建的同一个县(参见陈福康[1994:64])。郑振铎后来和高梦旦的女儿高君箴(会员号131)结婚。
③ 见Hockx(1994a:66-8)。

增长,以及他们的"文学"趣味越来越被接受和广为传播,对由单个的组织来代表新文学的需求逐渐减少。结果,文学研究会的活动也越来越瞄准这样的目标:抱成一团,使它被认可,使它更明确地区分于其他团体。在这个过程中,使用新的策略如下:

可见性的加强:借由把研究会的名字加在出版物、活动和地点上,这一组织成了上海社会可见的元素,成了新文学正在出现的"文坛"的权势团体;①

独占和抵制:在一些情形中,研究会使用其会员中出版者、编辑或作者的权力,获得对非研究会的出版物的控制,或使这些出版物更少接近正在竞争的组织;

攻击和谩骂:研究会会刊使用的批评话语,变得越来越好战和爱辩论,尤其是在瞄准商业小说出版物时。这种话语层面上持续的分离过程,将在第六章中详加探讨。

会报和分会

1921年11月,在一封写给周作人的信中,郑振铎写道:

> 得济之兄来信,北京文学会同志②似乎稍散慢,会报编辑已举伏园、东华二兄,而出版尚无期,丛书复印者也只有四五种,各地会员也不大通音问,如此现象,殊为可悲,即比之

---

① 民国时代上海的"文坛"(literary scene)已在李欧梵(1973)的书中描述过。我用"文坛"这个术语指与文学和作家的公众形象相关的现象和活动。文坛仅是文学场的一小部分,文学场指所有与文学及其价值生产有关的关系。

② "同志"(comrade)这个词在同时期的所有团体中被普遍使用。我倾向于译为"fellow member",以避免与共产党的话语相混淆。在文学研究会的宣言中,"同志"这个术语甚至在短语"同志的人们"中作形容词使用。

破碎之少年中国学会①恐亦有不及。如果我们的文学会也是虎头鼠尾,陷入中国人办会通例的阱中,那真是大可痛哭的事了!上海会员尚团结,最好北京方面亦能如此,将来会报出版后,"通讯"一栏,必须特别注意。如此,始可以互相砥砺也。

(贾植芳 1985:681)

有关孙伏园和傅东华被"举"为会报编辑的谈论,证明这样的假设是正当的:1921年6月以后,文学研究会还在北京开过会;而且,上海的会员,比如郑振铎,原则上依旧愿意遵从北京总部的决定。然而,文学研究会的运作受到了阻碍,因为它面临保持会员团结的难题。这是属于体制层面的一个典型问题。如果文学研究会仅仅是一个"学派"或一个松散的"团体",郑振铎和他的上海会员从一开始就可以在《文学旬刊》上自由地使用这个名称;或者,他们可以漠视任何形式的附属。他们等了整整一年才把副刊变成会刊,以及他们在这期间保持联系看看北京正在做什么,这些事实不仅意味着他们重视文学研究会,而且只要可能,他们希望遵守简章并服从会议的决定。最终,他们倾向于一个创

---

① 少年中国学会(1918—1924?)可能是那个时代最大、最活跃的中国学生组织。在其高峰期,它出版两份月刊,即《少年中国》和《少年世界》,有遍及全中国和其他许多国家的分会,并举办定期的集会。在1921年印制的会员名单上,学会总计95名会员,少年毛泽东名列其中,还包括后来的文学研究会会员朱自清、沈泽民和易家钺。文学研究会的成立,可能受到少年中国学会的成功经验的启发。《文学研究会简章》包含了有关分会的最初规定,与少年中国学会相像(尽管就像我们看见的那样,它也与南社的条例相像)。1921年《小说月报》上的《会务报告》,也令人想起《少年中国》上同名报告的一些片断。此外,几乎与试图建立文学研究会同时(1920年晚期),郑振铎、许地山、瞿世英、王统照和耿济之将自己的人道社和曙光社,与其他三个社团——其中就有少年中国学会——合为一体,称之为改造联合。见《少年中国学会》(1920)。有关少年中国学会的更多资料,见张云龙(1979:211—572)。有关少年中国学会的组织、主要会员和外国分会研究,见 Levine(1993)。

造性的解决办法,决定宣布自己的会刊为"本会定期会刊之一",这样就为创办一份正式的会报创造了可能性。然而,他们确实通知每个会员都将收到免费的《文学旬刊》①,因此,此举起到的效果和会报是一样的。启事还敦促所有会员随时告知研究会个人住址的变更情况。

在《文学旬刊》成为首份正式会刊后不久,文学研究会作为一个活跃的组织便恢复了生机。会刊定期刊登与研究会有关的启事、研究会丛书的启事和"会员消息"栏目等。读者不断被告知,哪些会员将出国留学。它还刊登过一份1922年去世的会员胡天月(会员58号)的讣告。正如上文提及的,会刊还再一次敦促会员提供自己的藏书目录,以便建立通讯图书馆。1922年夏天,上海的会员特别活跃,甚至成立了文学研究会上海分会②。7月8日,分会在上海一家著名的饭店召开了一次南方会员的会议,讨论文学事务,同时欢送俞平伯赴美留学。③ 中国第一份现代诗歌刊物《诗月刊》也变成了文学研究会的另一份"定期会刊"。1922年初,它由全部来自上海、杭州地区的朱自清、刘延陵和叶圣陶创办。从1922年开始,文学研究会在上海也有了会址,它最终在实体上可被辨认出来,其门牌上写着"文学研究会"。④

---

① 见《文学研究会特别启事》,《文学周报》37:4。

② 据沈雁冰(写于1922年11月)的说法(贾植芳[1985:617]),他被选举为1922年春成立的上海分会书记。沈也提到,这个消息刊载在《文学旬刊》上。我在重印的《文学旬刊》上已经找不到任何相关启事。这个启事也许登载过,与文学研究会的其他一些启事一样,登在报纸中缝的广告栏里,其中一些在再版后已经难以辨认。或者,沈雁冰可能完全弄错了。

③ 见《文学周报》(42:1 和 43:4)。这家有争议的饭店是一品香饭店。它似乎是有文学名人参加的公共事件特别喜爱的聚会地。郑振铎的婚礼招待会就在这儿举办。同样,郭沫若著名的《女神》发表一周年纪念会也在那儿举办,这个纪念会由文学研究会和创造社共同举办,意在和解。但是,一系列误解之后,双方最终以争论和敌对收局(参见贾植芳[1985:614—615])。

④ 《文学周报》(37:4)的《特别启事》提到过会址。这块牌子在一篇1983年访问叶圣陶和他的儿子叶至善之后写的访问记中提到过(贾植芳[1985:848])。

上海分会的建立似乎对北京总会有促进作用。1923年3月,1922年当选的书记干事许地山和会计干事唐性天,宣布1923年文学研究会的领导选举延期。① 同时要求北京之外的会员进行通信选举。5月,总会在北京举行会议,选举王统照为书记干事,唐性天为会计干事。会议和选举结果公布在北京《文学旬刊》第1期上,这份刊物作为《晨报》的副刊出版于1923年6月至1925年9月。1923年7月,上海的会刊改为周报,并更名为《文学》出版。26位文学研究会会员被列为其特约撰稿人。同年10月,又一份《文学旬刊》作为广州《越华报》的副刊出版,一群岭南大学的老师和学生②已经建立了文学研究会广东分会,这份旬刊即由他们编辑。③

---

① 并不清楚唐性天和许地山何时何地当选。根据《文学研究会章程》,他们很可能于1921年末或1922年初当选。由于那个时候文学研究会已经不在《小说月报》上登载启事,又还没有自己的会刊,所以没见到任何有关此次选举的报道。

② 广州《文学旬刊》的其中一位编辑陈荣捷,后来在西方汉学界以 Wing-tist Chan(1901—1994)而知名。

③ 所有关于文学研究会的文章和参考资料,都提及广州分会,还有它的会刊。然而,会刊本身似乎已经佚失。关于广州分会成立的事,在1980年对刘思慕的访问记中有详细描述(贾植芳[1985:855—7])。根据刘的说法,他和他的朋友们先是建立了分会和会刊,之后才写信给郑振铎,郑振铎复信同意他们成为文学研究会会员。根据舒乙(1992:48—9)的说法,文学研究会的声名可能导致在中国别的城市发生类似的情形。舒乙留意到,中国作家梁斌在回忆录中提及,晚至1933年,他在保定上中学时,成立过一个文学研究会分会,这反映了学生们对新文学的热情。然而,这个分会与广州的情形不同,它和文学研究会没有正式的从属关系(见梁斌[1991:103])。这些地方性的文学研究会,是否真正把自己当做文学研究会的分会是令人怀疑的。看起来更像是:"文学研究会"是一个对院校里的文学社和/或文学会来说貌似合理的名称。例如,1922年,南京师范大学(南京高师)同时有一个文学研究会和一个哲学研究会。两个社团共同编辑会刊,名为《文哲学报》,由中华书局出版。会刊第1期刊登了一份宣言,根本没有参考文学研究会的宣言,也没有证据表明从属关系。

明信片和合影

1922—1925年,北京、上海和广州的会刊同时存在,文学研究会会员为这些会刊撰稿,然而,文学研究会的代理职能只在上海文坛才能被人察觉到。① 这些年里,稍稍提及文学研究会作为一个代理人的,是一则广告。它在《文学》上重复刊载多次,鼓动读者订购由文学研究会出版和销售的一套刊印有外国作家肖像的"文学家明信片"。②

1924年4月,文学研究会迎来了最辉煌的时刻。当时,著名的孟加拉诗人和诺贝尔文学奖获得者拉宾德拉纳特·泰戈尔抵达上海。1923年,《文学》就已经以"文学研究会会员消息"为题刊登了一则启事,其中提到,会员徐志摩和瞿世英将为大诗人在中国停留期间担任翻译(《文学周报》86:4)。当泰戈尔最后抵达时,《小说月报》的临时增刊"泰戈尔号"特别提到:"文学研究会请他摄一影,以为第一次登上中国的陆地的纪念。"③

与泰戈尔合影,是文学研究会实际上"做成"的最后几件事之一。之后,只有少数一些文本可以证明文学研究会还作为一个组织实体存在。所有的文本都是1925年以后的,而且,所有的文本都是某种形式的结束。第一个文本是《文学》(171)中上海分会的一则预告:副刊将独立发行,更名为《文学周报》。预告还提到,这份面貌一新的刊物的执笔者将是"北京、上海及其他各处的一部分文学研究会会员"(《文学周报》171:1)。我认为这种审慎的措辞表明:文学研究会作为一个有组织的、集体性的实体,事实上已经不存在,但是,一部分先前的会员还在以它的名义开展

---

① 它在广州文坛上可能也有活动,但正如上文提及的那样,我没有找到广州分会的会刊。
② 见《文学周报》(130:4)。叶圣陶的儿子叶至善,写有许多关于他父亲生活和工作的回忆录,其中一篇写到这些明信片。他的文章中附有其中一些的复制品。见叶至善(1994:20)。
③ 《欢迎泰戈尔》,《小说月报》15卷第4号增刊(1924年4月)。

在《文学周报》第 1 期中，1922 年 5 月就出现在副刊第 1 页上的"文学研究会定期刊物之一"这几个字被删除了。与此同时，这份杂志也不再和《时事新报》一起发行，改由北新书局出版。上海会员的这一成就，使王统照决定停止北京的刊物，加入上海的团体。那时他是北京《文学旬刊》唯一的编辑。最后一期北京的《文学旬刊》于 1925 年 9 月出版，上面登载了这份副刊终止的理由，及副刊的简史。①

> 本刊自十二年夏日经北京文学研究会决定即行时，当时公推举孙伏园君与我担任编辑。自去年十月起，由我单独负责。自本年六月至九月我因不在北京托人代为编稿，现在即决定停刊，所以我略叙本刊编辑的经过如此。（贾植芳 1985:565—6）。

提及文学研究会的最后一次，又是在上海的《文学周报》上，"五卅"运动之后，它以联合署名的方式出现在《上海学术团体对外联合会宣言》上。

然而，有关文学研究会作为一个活跃的组织的消亡，最令人信服的证据，也许是由新的《文学周报》第 1 期的开篇文章提供的。这篇文章并没有提及文学研究会，但在最后几行中描述了杂志的未来，如下：

> 从前的本刊是专致力于文学的，现在却要更论及其他诸事。
> 从前的本刊是略偏于研究的文字的，现在却更要与睡梦

---

① 贾植芳（1985:886）的资料声称文学研究会在 1925 年 12 月 6 日举办过一个郭梦良（会员名单 131 号）的纪念会。我没能找到可靠的文献。

的,迷路的民众争斗。

如果说,从前的文学研究会会刊是致力于文学研究的,那么,它现在表明将减少对文学和研究的关注。由此可以可靠地推断出:文学研究会自身已经丧失了它的功能。除了提及它在文学研究会丛书中出版的书,1925年后的《文学周报》再也没有提及文学研究会。①

文学研究会和创造社

移至上海后,文学研究会经历了最为活跃的一个时期。它出版专门致力于文学或其中一个文类的杂志和会刊,此举成了另外一些主要由在校或毕业的大学生组成的团体追随的榜样。文学研究会在新文学风尚中对创造性写作的生产和出版的垄断,已被证明是无法长久的;它很快受到一群从日本归国的中国学生的挑战,他们称自己为创造社。创造社与文学研究会之间的冲突,已被讨论过很多,但这些讨论几乎总是从意识形态的有利位置出发的("为人生的艺术"对"为艺术而艺术")。不过,我主要强调两个团体间的冲突更具实践性的方面。

首先,要留意创造社进入文学场时采取的策略及获得的成效。创造社成员以典型的先锋姿态,着重采纳了后来布尔迪厄所谓的场的"自治原则"(文学价值、文学优长、纯文学)。同时,他们用激烈的、攻击性的语言指责文学界屈从于"他治原则"(资金获得、地位、权力、政治)。郭沫若下面这段发表于1922年的声明是很典型的:

---

① 在《文学周报》重印的前言里,赵景深声称,杂志于1929年停止出版,是文学研究会决定的结果。这是一个相当不可靠的说法,既没有记录在刊物本身上,也没有任何别的原始文献。

(但是)我们这个小社,并没有固定的组织,我们没有章程,没有机关,也没有划一的主义。我们是由几个朋友随意合拢来的。我们的主义,我们的思想,并不相同,也并不必强求相同。我们所同的,只是本着我们内心的要求,从事于文艺的活动罢了。

(饶鸿璟 1985:117)

毋庸置疑,郭沫若关于有章程、有机关的固定组织的评论,针对的是文学研究会。尽管郭沫若本人当时已经是被社会承认和受尊敬的诗人,但是,他的评论和其他创造社同仁所作的类似评论,都意在强调他们缺乏名声和权力,以及他们总体上为艺术而从事文学这一事实。在这么做的时候,他们把高度有效的"受害者策略"(underdog strategy)引入到了新文学实践中。这种策略在整个民国时期一次又一次地被其他作家和作家团体所使用。

创造社成员之质疑文学研究会企图垄断文学场,始于1922年5月;当时,《文学旬刊》分三期连载一篇以某种屈尊俯就的姿态(虽然没有明显的敌意)写成的文章,对《创造季刊》第1期(1922年夏)进行评论。尤其使创造社成员吃惊的是,几个月后他们发现,这篇评论的作者——使用笔名"损"——居然是沈雁冰。[①] 但在郭沫若和他的创造社同仁心目中,沈雁冰主要是《小说月报》的主编,而当时的《小说月报》在他们眼里又是唯一有文化修养的、没有党派偏见的新文学期刊。

1922年末和1923年初,冲突的潜在原因再清楚不过地显露出来了。当时,一个叫馥泉的人试图进行调解。1922年11月,他在一篇文章中(贾植芳 1985:613—18)号召建立一个"中国文学史研究会",吸收文学研究会和创造社的成员加入。馥泉试图

---

① 同年9月,《文学周报》(48)在"通信"栏目里刊发了一条给郭沫若的小按语,沈雁冰在其中暴露了自己的身份。

用第三者的立场评价这两个团体的冲突。一方面,他声称文学研究会太急于拉拢人并表现得像一个政治团体,早已广为人知;另一方面,他觉得创造社成员(特别是郁达夫)有时太敏感多疑。馥泉强调,他和这两个团体的成员都熟悉,他称呼他们都用了一个亲密的词"兄",而非更为正式的"君"。

因为这篇文章发表在文学研究会的会刊《文学旬刊》上,沈雁冰和郑振铎都能在文章后面发表自己的评论。沈雁冰声明,虽然他是文学研究会上海分会的书记,但他的观点并不代表别的会员;文学研究会也不像一个政治团体,并没有任何集体性纲领;新会员的加入只靠会员介绍,因此还被人责骂"深闭固拒"居多。郑振铎则表达了对郁达夫多疑的失望。

第二天,成仿吾针对馥泉的文章写了一篇回应文章(贾植芳1985:618—26),感谢馥泉客观的评价,同时更正了他文中几个事实上的错误,表达了自己的看法。在文章里,成仿吾特别表示了对文学研究会会员频繁更换化名的不满,因为这让人都不知道自己在和谁打交道。1923年2月,成仿吾将这篇文章发表在《创造季刊》上时,还在文章后面加了一段愤慨的附言,称自己曾试图把文章发在两个以为是无党派的报纸副刊上,其中一个是《学灯》,那时的主编为柯一岑,结果两个副刊都拒登他的稿件,还指责他想引起文学研究会和创造社长时间的笔战。成仿吾指责副刊编辑也与文学研究会合谋。

这就是文学研究会垄断新文学场的性质,并不是他们的意识形态控制了整个文学生产,而是他们事实上可以控制其中的关系网。柯一岑(文学研究会会员30号)只是许多加入文学研究会的出版家和编辑当中的一个。《文学旬刊》上频繁使用化名的做法,本身或许只是全世界的编辑都在使用的一个普遍策略,避免给人留下杂志版面全都由自己人撰写的印象。但在上述语境中,这一做法容易让人怀疑文学研究会阴谋攻击和压制别人。①

在这种情形里,成仿吾的愤慨看来是有道理的。他在文章附言里,对客观的、第三方的调解人馥泉这样说:

> 我想在这里同馥泉君还说几句话。我觉得馥泉君说的话,未免太不注意了。不论关于什么事情说什么话,总要先把他调查清楚。若是没有查得清楚,最好是不说,就说也不要说某某兄长,某某兄短的,使人家看了以为是千真万真。馥泉君说话用什么字,固然有他的自由,然而因为他所用的字与所说的话,至伤及事情的真象,却断断乎不可。我此刻连馥泉君的贵姓,还没有知道的光荣,以后我们还要互相多知道一点才好。
>
> (贾植芳 1985:625)

馥泉姓汪。根据一些参考资料,他还有另一个名字:赵光荣,在文学研究会会员名单上位列第 75 号。如果这一点属实,那么他试图调解中国"文坛"上的"权势团体"和"先锋",显然就是一个骗局了。不幸的是,关于汪馥泉的生平资料相互冲突,不可能

---

① 这是文学研究会会员一个长期的习惯:给《文学旬刊》写稿,仅使用号(没有姓),或是化名。之所以这样做的另一个理由,我相信,是可以使出版物具有更亲密的"同仁杂志"的特点,让读者中熟知内情的人意识到名字后真正的作者时,有一份额外的愉悦。大概正是由于创造社成员的这种批评,《文学旬刊》(《文学周报》56:4)后来声明:每个定期撰稿人只能使用一个笔名,而且,公布了一份小小的名单,解释谁是谁。更多有关批评中化名的使用,见第六章。

得出任何确切的结论来认定他和赵光荣就是同一个人。① 然而,汪馥泉在《文学旬刊》上发表自己的文章的事实,以及之后他也在这个副刊上发表了一些诗歌的事实,至少可以证明:他更接近文学研究会网络,而不是创造社,尽管他在这段时间里看起来也与至少一位创造社成员——郭沫若——有朋友关系。②

几乎难以置信,这发生在沈雁冰抱怨《小说月报》被上海的报纸嘲笑之后不到两年。现在,文学研究会自己试图恐吓新来者。③ 然而,创造社单把文学研究会作为对手,却完全无视传统和商业文学的倡导者,这也是值得注意的。显然,文学研究会在一个集体标签下("文学研究会")积累象征资本和财政资本的旧

---

① 虽然几乎每本参考书都认为赵光荣是汪馥泉的化名,但没有一份资料提到过汪馥泉何时何地用赵光荣做过化名的例子。此外,大多数参考书认为汪馥泉是汪馥炎的另一个名字。然而,关于汪馥泉/汪馥炎的两个版本都在流传:一个是法律教授和日本文学的译者,江苏武进人,生于1890年,卒于1939或1940年(根据一份与暗杀有关的原始资料)。另一位是日本文学和法律著作的译者,浙江余杭人,生于1888或1889年,在抗战期间是一个叛徒或间谍,卒于1959年。现实里,汪馥炎和汪馥泉可能是两个人。北大图书馆可找到的由汪馥炎撰写或翻译的作品,都是关于法律的,并出版于抗战前;而由汪馥泉撰写或翻译的作品,都是关于文学的,有一些出版于1950年代。李立明(1977:160—1)声称,汪馥泉出生于1894年(!)并从1935年以后(这是真的)是知名文学杂志《现代》的编辑。李立明提到的作品也都只与文学有关。赵光荣的名字出现在最早几期的《文学旬刊》上。他在上面分期刊载了日本现代文学作品的翻译。1930年,同一作品的中文译本由商务印书馆出版,译者为张闻天和汪馥泉。这也许可以使人从混乱中理出一些头绪。根据文学研究会的会员名单,赵光荣是江苏嘉定人。徐乃翔和钦鸿(1988:462)也把赵光荣单列为一员,原籍却是江苏丹徒人。成仿吾文章里询问馥泉的名字时所用的"光荣"两字,可能是一个暗示,但也有可能只是一个普通的用法,只是强调他和馥泉互不相识,并不喜欢馥泉在文章中使用亲密称呼。

② 郭沫若(1933:193)提到,1922年夏天,他住在上海期间,汪馥泉曾拜访过他几次。

③ 以前的文学研究会会员顾毓琇(Y. H. Ku)在和我的通信中回忆,创造社后来也实行"抵制",在发现他在文学研究会会刊上发表过一些作品后,就停止在《创造季刊》上发表他的一篇短篇小说。然而,从个人的层面来说,顾和两个团体的会员都私交甚好。

策略,存在着重大的缺陷:这个标签可以被他人用来将整个集体和新文学"内部"某个特定的位置识别为一体("权势团体"),而不是用它来代表整个新文学。创造社("先锋")把自己与文学研究会放在这样一种关系中,开启了同一代人"内部"区别的空间,这代人有着大致相同的教育背景、阅读习惯和趣味。新文学场内部这一疆界的划分,是和文学研究会上海会员在他们自己的文体和商业小说杂志的文体间划出自己的疆界同时发生的。毕竟,作为一个整体,商业文学的倡导者仍然是文学场中实际的权势团体,尤其是在对出版资源控制的意义上。况且,文学研究会会员在自己的出版物里攻击他们,至少和创造社成员攻击文学研究会一样是敢作敢为和先锋的。换言之,文学研究会在和创造社的关系中陷入了两难的局面:一方面,它把创造社当作同盟;另一方面,它又把创造社当作竞争者。这种两难可从《文学旬刊》讨论创造社的文章里清楚地看出来:其中一些观点呼吁所有"同路人"(即所有致力于新文学的人)保持友谊和团结,另一些观点则满是嘲讽和讥笑。①

在有关郭沫若《少年维特之烦恼》翻译的长时间论争之后②,两个社团最终于1924年结束争斗。文学研究会已经接受:他们不是场中唯一一个可能的位置,建立作家联盟的理想也是无法实现的。他们帮助开创的新文学领域正快速成长,出版家对新文学出版物有足够的兴趣,这就减少了对大范围集体行动的需求。代之而起的,是创造社这样小型的、紧密结合在一起的团体榜样,它

---

① 文学研究会批评家讽刺创造社成员最惹人注目的一次,是1923年一个化名"小民"(可能是王任叔)的批评家对郭沫若创作的《卷耳集》的评论。这篇评论只讨论了《卷耳集》前十页,因为批评家宣称,它们让他这样恶心,以至很难再往下阅读(小民[1923])。

② 见通信,《文学周报》(125:3—4,126:3—4,127:3—4,129:3—4,131:2—4,133:4)。

开创了在民国大部分时期将占统治地位的一种新趋势。① 与此同时,文学研究会及其分会终止了所有的活动。

第三阶段:钱的事情(1925—1947)

丛 书

1925 年后,文学研究会只参与了一件事,那就是编辑、出版和销售图书。除了上面已经提到的文学研究会丛书(1921—1939,107 种),还有文学研究会创作丛书(1936—1947,23 种)、文学研究会世界文学名著丛书(1930—1939,14 种)、文学研究会通俗戏剧丛书(1924—1928,9 种)和文学研究会幽默丛书(1942,1 种)。所有这些丛书都由商务印书馆出版和发行,撰稿者主要是(不单是)文学研究会会员。②

这些丛书的存在,并不是文学研究会作为一个集体代理人仍然持续存在的有力证据。同样,说它在 1925 年终止其存在,肯定也是合理的。③ 然而,还遗留着钱的问题。1920 年代中期以后,虽然文学研究会不再开展任何集体活动,但一些原始资料指出了这样一个事实:就像最初在《文学研究会简章》第八条中所规定的那样,肯定还有某个在它名下的银行账户。

首先,文学研究会在其存在的最初两个时期,相对来说还是一个有组织的集体,有会计干事,可能从大部分会员那里定时募

---

① 更多有关创造社促成中国文学(出版)实践革新的例子,参见(Hockx[1999:61—78])。

② 贾植芳(1985)也提到过另外两种丛书:"小说月报丛刊"(一种《小说月报》精华本,定期出现在 1924 及 1925 年)和"文学周报社丛书"(1925—1930,28 种,开明书店出版)。尽管两份刊物和文学研究会没有直接的体制性联系,但是,丛书中的大部分著作也主要由文学研究会会员撰写或翻译。

③ 大多数学者认为,文学研究会逐渐消亡于 1929 年《文学周报》停办之后,或者是 1932 年商务印书馆被日本人炸毁以后,后者宣告了《小说月报》的终结。也有人认为——没有很多佐证——文学研究会融入了 1930 年的左翼作家联盟。

集会费。① 除了一份免费的《文学旬刊》,可能还有后来的《文学》,会员没有得到多少回报。由于这些副刊每年的订阅费(对非会员)——包括邮资——大概是一元,而根据1921年简章的规定,会员的会费不可能少于二元,所以肯定还有赢余。

　　第二类收入来自抽取会员撰写的文学研究会丛书的部分版税,就像编辑条例中规定的那样。这种做法看起来延续到了1925年之后。在1979年对许杰的访问中,他回忆自己1926年出版的被收入文学研究会丛书的短篇小说集《残雾》,就被研究会抽取了百分之十五的版税。② 他声称,部分款项用作"活动基金",另外的则被存起来,以实现郑振铎预备在杭州西湖边建立"作家之家"的想法。然而后者从未实现,前者则可能包括各种聚餐会,像上文提到的南方会员的会议。另外,陈福康(1994:90)声称,文学研究会曾经在上海租过房子,会员们经常聚集在房子里开会和会谈。但没有其他的资料可以证明这一点。当我在通信中就此事问及以前的文学研究会会员顾一樵时,他的回答是从来没听说过这样一个聚会地点。

　　有一份资料可以提供文学研究会花钱的证据。鲁迅1925年9月21日的日记中提到,从文学研究会收到50元版税。钱是和鲁迅的胞弟周建人的信一并收到的,周建人在文学研究会会员名单上列在65号,是商务印书馆的编辑。鲁迅在文学研究会丛书

---

　　① 从1924年的会员名单来看,有些会员的地址在那时已经不可知,所以可能不是所有的早期会员都守信地交纳会费。
　　② 贾植芳(1985:854)。不能确定这种做法持续了多久,以及是否对丛书所有的撰稿者都这样。我就此事问过萧乾,他的《篱下集》于1936年作为"文学研究会创作丛书"出版,他确信自己没有捐赠给研究会任何款项(访问,1995年3月8日,北京)。顾一樵在通信中确认,除了几本免费的书,他没能从1923年出版的文学研究会丛书《芝兰与茉莉》中收到任何版税。

里出版了一些翻译作品,但从来没有成为其会员。① 如果说,1920年代中期,文学研究会既支付又抽取版税,那么,丛书在为商务印书馆工作的会员的管理下,很可能是自负盈亏的事。叶圣陶的儿子对他父亲的回忆,可以支持这种假设。晚至1926年,叶圣陶仍每天为文学研究会的出版事务处理通信和邮件。② 另一方面,王平陵宣称,研究会的资金都被郑振铎侵占了。③ 虽然没有任何证据可以证实他的说法,但这暗示:至少在同代人的印象中,文学研究会在赚钱。

总之,在其存在的第三个阶段,文学研究会很大程度上停止了活动。尽管直到1928年还有会员加入,却没有任何记录在案的集体活动。文学研究会具体体现在优秀丛书的商业出版上,这些书都由知名的作家和翻译家撰写或译成。它不再卷入任何争论,也不再被另外的组织攻击。到1930年代中期,它"正式"成了它所开创的场域的历史的一部分,正如《中国新文学大系》在其《小说一集》中将它的小说经典化一样。④ 下面这段经常被引用的回忆片段也正是来自这个时期,它似乎可以印证上述印象。1934年,在后来重印于《大系》的一篇文章中,茅盾写道:

前些时候偶然碰见了一位旧朋友(他不是文艺界中的

---

① 所有的参考资料对鲁迅拒绝加入文学研究会提供了同样的解释:作为教育部官员,他被法律禁止加入任何公共组织。这种解释最早的原始资料,没有被引用过(也没有相关法律文本)。可能,这是鲁迅自己给出的理由,而这明显只是一个便利的借口。毕竟,文学研究会的会员名单从来没有出版过,政府不可能发现谁是会员。如果政府有兴趣查找,他们将很确定地怀疑鲁迅是文学研究会会员,因为鲁迅在当时是文学研究会会刊最活跃的撰稿人之一。更有可能的是,鲁迅天性不愿加入大型组织,更愿意独自一人或在一个小团体内工作。

② 引自商金林(1986:115)。

③ 王平陵的言论引自陈敬之(1980:38—9)。

④ 对《中国新文学大系》及相关的1917—1927年间文学经典化的讨论,见Lydia Liu,Chapter8。

人),倾箱倒箧地说完了阔别七八年的陈话以后,这位朋友突然又问道:"文学研究会这团体,究竟现在还存在不?"这位朋友是研究建筑学的,他知道七八年来建筑术已经有了多少变迁,可是他不知道文学界的风雨表曾经起过怎样的变化;所以他郑重其事的问起了"究竟现在还存在不?"这样老实的问题,青年人就不会提出来。我当时就觉得这位天天和水泥钢骨做伴的朋友实在连思想性情也变硬了——硬到无法"转变"。然而他的眼睛盯住了我的面孔,好像不得回答决不罢休,于是我只好说了三个字:"不存在"。哪里知道我这位朋友偏偏不肯相信,正像十年前有人绝不肯相信文学研究会没有"包办文坛"的阴谋一般。我没有办法,只好再多说几句了:"那么,称它是存在罢!这个团体,自然就非常奇怪。说它只是一个空名目么?事实上不然。说它是有组织的集团么?却又不然。办杂志的人有两句经验之谈:起初是人办杂志,后来是杂志办人。文学研究会这团体也好像如此。起初是人办文学研究会,后来是文学研究会办人了!凡属文学研究会会员而住上海的,都被它办过。它是什么呢?文学研究会丛书是也!"

(赵家璧 1935,10:88)

会 员

1924 年的会员名单

1924 年,文学研究会印刷和分发了一份会员名单。这份名单最近被重新发现,并重印在舒乙 1992 年的文章中。① 这是一

---

① 名单原本现保存在北京的中国现代文学馆。除了舒乙(1992)文章中重印的名单,小册子原本还标有每个会员的姓、籍贯和地址,上面还有文学研究会宣言以及一份后来版本的简章——它和上文引用过的最初的简章有几处不同。它还附有一篇简短的序,当中提到还有一份更早的会员名单,当时收录的是 46 名会员。但这份名单没能留存下来。

份独一无二的历史文献,不仅提供了到1924年为止,加入文学研究会131个人的名和号,还提供了这些会员的籍贯、自称通晓的外语,以及他们1924年的住址。①

这份131位会员的名单(见附录A)适合进行各种形式的统计。首先,我对年龄作了统计,这基于各种参考资料可以查找得到的82名会员的生辰。年龄最大的是文学研究会的发起人朱希祖(会员1号)和广州分会的共同发起人甘乃光(会员114号),两人都出生于1879年;最小的是严敦易(会员105号),出生于1905年。名单上四分之三的会员出生于1892年之后,1899、1900和1901是高峰年。显然,他们中的大部分都属于不必为科举考试而学习的第一代知识分子。据统计,这份名单中的会员声称自己平均通晓1.2门外语(大部分为英语),这表明,大部分会员都接受过新式教育,或者希望把自己描绘成那样。②

可以预料,这新式教育的第一代,仍显示出了与旧体制下接受教育的精英们共有的诸多相似点。这首先意味着,他们中的大多数很可能都是男性。虽然名单上没有注明会员的男女性别,但可以肯定其中至少有5名是女性。这些女性如下:作家庐隐、王世英和冰心;诗人和翻译家(奥斯卡·王尔德的译者)张近芬(更

---

① 还有第二份不完全的1924—1928年加入的会员名单。这份名单在1948年由赵景深发表,它以在郑振铎商务印书馆办公室中一个抽屉里发现的完整的会员申请表为基础。这些申请表的标号为132号到172号,因此是第一份会员名单的续篇。不幸的是,赵景深没有抄全所有的名字,而且,这些申请表后来丢失了。根据赵景深的说法,他遗漏的那部分名字,是那些几乎不在文学领域发表任何东西的会员。因为没有办法证明这一点,我下面的讨论将局限于第一份印刷的会员名单(参见赵[1983:203—14])。亦见贾植芳(1885:851—3)和赵景琛的会见。

② 名单上提到的外语如下(根据数量的顺序):英语(被92名会员提到)、日语(25人)、法语(13人)、德语(10人)、俄语(7人)、古希腊语(3人)、世界语(3人)和挪威语(1人)。16名会员没有声明自己通晓任何外语。有一名会员(胡天月)没有记录,因为他在会员名单拟定前已经去世。自然,没什么方法可以知道这些会员外语知识的实际水平,但是,在这种情况下,更有关系的是这样的事实:如此大比例的会员声称自己掌握外语知识。

为人所知的是"C. F. 女士");儿童文学翻译家高君箴。

文学研究会会员籍贯的地理分布,也高度不平衡:超过百分之五十以上的会员来自江苏和浙江,这两个省传统上就提供了中国很大部分的受教育的精英,例如,南社的会员同样也主要来自这两个省。有一点也必须考虑进去:文学研究会的十二名发起人中,有九名来自这两个省,早期会员很可能就通过他们的关系网而被招收进来。

会员增长

将从其他资料中得到的数据综合在一起,会员名单反映了1921—1924年会员的增长情况。① 通过查看出席1921年1月4日成立大会的人员名单,可以推断出,文学研究会当时可能已经有46名会员,因为会员46号(江小鹣)在当时的会上。② 这份名单已从当时拍摄的一张照片中整理出来。

最初几个月,人们对加入文学研究会的号召反响相当热烈,这也可以从日期为1921年3月3日,郑振铎写给周作人的信中的一个段落里清楚地看出来。文学研究会仅仅成立三个月以后,郑给周写道:

> 限制会员资格实是必要的事,我们的会,现在已有四十八人,如更加多,不惟于精神上显得散漫——这是必然的

---

① 这里,我假设会员在名单上是根据参加时间先后排序的。虽然这确实仅仅只是一个假设,但有一些事实显示这个假设的可能性很大。不完整的第二份会员名单(见上)在组成上和第一份一样(名、号、籍贯和外语),但额外增加了何年加入文学研究会一栏,这表明,会员是按时间顺序排列的;名单下半部分的会员要年轻一些;没有找到其他的排序原则(除12名发起人外,他们当然是同一天"加入"文学研究会的,因此根据年龄排序)。

② 1921年1月的"文学研究会会务报告"提到,有21人参加了会议,但在照片上只有20人,包括杨伟业,他当时是北京大学的学生(参见陈玉堂[1993:266]),但他的名字并没有出现在会员名单上。

事——就是我印刷通告,份数愈多,手也要更累了。我想以后如有新会员加入,非(一)本人对于文学极有研究,(二)全体会员都略略看过他的作品或知道他的人的,绝不介绍。(贾植芳:1985:677)

无论郑振铎有多焦虑,会员在1921年上半年持续增长。1921年6月,在一份发表的文学研究会读书会会员名单上,我们发现了会员61号张毓桂(张辛南)的名字。此外,会员74号冰心记得她参加文学研究会的时间也是1921年(冰心1992:31)。总之,可以确定地说,1924年会员名单上半数以上的会员,都是在文学研究会成立的最初一年里加入的。

就像上面引用的郑振铎的信所指出的那样,会员最初的迅猛增长,是由于文学研究会对申请者的宽松政策。只要有两位会员介绍,申请者就可以入会。至于会员入会后是否积极从事写作和翻译,则并不作要求。结果,在1921年加入的74名会员中,有51名没有积极为文学研究会会刊撰稿。[①]

早期会员很可能包含了许多发起人的朋友以及朋友的朋友,他们很快便难以联系上了,而且/或者对活动失去了积极性,因而,此后的文学研究会对会员资格采用了更为严格的标准。中国现代文学馆存有1924年版《文学研究会简章》的小册子原本。这份简章第三条如下(强调部分是和1921年简章的不同之处):

> 凡赞成本会宗旨,有作品或翻译发表,有会员四人以上

[①] 这个结果是舒乙(1992:51—2)得出的,他核对了74名会员的名字,以及1921—1925年文学研究会杂志和《小说月报》最多产的"前50名"撰稿人。这个一览表并不完全精确,因为舒乙的统计数据并不包括文学研究会丛书,尽管他的统计数据确实包括了《小说月报》,但它并非真的是文学研究会的会刊。然而,即使不参考舒乙的统计数据,看一下附录A就能明白,名单前半部分的会员大多是不为人知的。

之介绍,经多数会员之承认者,得为本会会员。

实际上,这条规定所推行的,很可能是积极招募会员的政策,且主要在为《小说月报》和《文学旬刊》撰稿,以及签订合同为文学研究会系列丛书撰稿的人中间进行。这种招募似乎大都发生在文学研究会于上海重建以后;因为根据我掌握的资料,没有会员是在 1922 年加入文学研究会的。所以,1924 年会员名单上剩下的那些,都是在 1923 年加入的。① 其中近一半都居住在上海(与早期会员中的不到百分之三十相对照),且有近一半的会员都积极为文学研究会的杂志撰稿。至少有百分之十的会员为商务印书馆或其他出版社工作。

在文学研究会会员名单上,时常能见到诸如"哈尔滨(?)(14号)"或"英国伦敦"(99 号)这类不明确的地址,这反映了文学研究会在保持会员协调一致,尤其是在保持与上海之外的会员联系上存在困难。22 号会员王星汉(王仲仁)提供的地址挺有趣。根据会员名单,他在 1924 年的地址是"北京大学,新潮社"。而实际上,他已于 1923 年去世。这种会员间常常互不相识的情形,可从赵景深 1948 年作家会议报告的几个段落中看出来。在这当中,他向文学研究会同志陈小航(罗稷南)和顾一樵作了一番"自我介绍"(赵景深 1983:153,161)。

两个阶段

总之,文学研究会的全体成员经历了两个不同的发展阶段,这是它作为一种体制发展的最初的两个阶段。1922 年之前,它是一个大体上定位于年轻男性的知识分子团体,基本上任何想加

---

① 完全肯定这一点是不可能的,由于信息相互冲突的赵光荣(汪馥泉? 汪馥炎? 参见上文)位列 75 号,也即处于 1921 年加入文学研究会的冰心和据说是 1923 年加入的王伯祥之间(见贾植芳[1985:21]关于王伯祥的简要生平)。

入的人都可以加入。1922年以后,它更多是以上海为基地,以作家和出版人士为中心的精英团体,他们的工作相当好,在主要的出版社负责杂志出版和/或发行工作,或是专业地参与出版。

除了出版,研究会成员别的最共同的活动是学习和教书。如果阅读一下与研究会成员有关的传记资料,这样的事实确实令人惊讶:在1920—1930年代,大多数会员有着相类似的履历,即起步于一所中国大学(作为一个学生),再到中国中学(作为教师),再到出版社(作为编辑和译者),最后,回到中国大学(作为教授)。那些毕业于外国大学的人通常可以跳过其中的第二步。

少数研究会成员一直或者后来变得积极地参与政治。显然,在研究会成员内部,就像有时声明的那样,不存在主导的政治信仰;即使是进入政治领域的会员,也均等地分布在共产主义和非共产主义的党派中。除了著名的周作人这一个案,很少有其他文学研究会成员在抗日战争时期最终站在了亲日一方。

尽管战争确实导致研究会成员的伤亡,但在所有知道生卒年的成员中,有一半都令人惊异地活到了70岁以上,其中26人活到了80岁以上。在写作此书时,只有一个成员(顾一樵)还在世。

延续和革新

对这里和前一章讨论的大部分集会、党派、比赛、社和会来说,有一件事情是相同的,即这些组织都要产生出版物。在传统"诗社"的情形中,出版物经常是一次性的,目的是纪念一次文学文本生产或发表的集会,或汇报一次写作比赛的结果。在传统"文社"的情形中,出版物可能更为定期,上面也多是那些由准备参加各级科举考试的成员所写的文章,或多是为这些成员服务的文章。20世纪早期,南社这把两种实践结合在了一起,既为其成员组织定期的集会,也同时出版了一份定期的包括传统文类中的诗和文的社刊。在1920年代，文学研究会，尤其是它上海分会的成员，也会在社交场合会面，只是这些集会很少被记录下来而已；然而，研究会出版物的数量（包括大量杂志和系列丛书）则令人吃惊，特别是考虑到它的成员总数要远远少于南社，也远远少于南社的原型复社。

大部分传统和现代组织都有其相同的一面，即它们的出版物都只发表或主要发表自己成员的作品。在以特定事件为基础形成的出版物的情形中，对会员的定义甚至可被简化为"曾经去过那里"。更正式的组织会建立起会员的申请程序，它一般会包含意识形态因素（渴望成为新成员的人必须服从组织纲领）和友谊因素（新成员必须由现有成员介绍）。在许多情形中，新成员之所以被特殊眷顾，是因为他们能够为集体出版物作出贡献，且这一点肯定存在于文学研究会中。

随着作家对编辑和出版职业参与的日益增长，文学实践的社会因素似乎衰落了，至少在文学研究会的情形中是这样。如果仅凭强调出版物的纲领性和许多成员在教育上的参与，就把文学研究会看作"文社"传统的延续，是不可靠的，因为即使是像复社这样的大多数传统"文社"，事实上至少也会组织一些社会集会。此外，就像已经指出的那样，文学研究会的成员都属于更小的、地方性的团体，这些团体的成员确实常见面。但是，在"文学研究会"名下举办的集会很少，而且几乎没有记录。毕竟，文学研究会以成为一个职业性组织为傲。从其宣言就已经开始，它将自身从把文学和消遣结合在一起的可能性中分离出来，而且，它作为一个组织的活动也反映了这种信仰。不管文学研究会的成员在空余时间做些什么，他们都确实没有以集体的名义去做。然而，这种组织方式的影响，并没有像人们可能猜测的那样，像当时文学研究会的权威地位一样流行开来。在本研究的后面部分，我们将会遇到许多团体和个人，他们试图将写作和乐趣联系在一起，因此也经常受到来自赞同文学研究会提出的工作方式的批评家的谩骂。

　　一旦放在历史的语境中来观察,在文学实践的意义上,就难以说清楚到底是文学研究会还是南社与传统彻底决裂了。在以下三个方面,两个组织都是革新的:对待编辑和出版的职业方式;对作为主要活动领域的文学场的认同;详细的条例、简章和民主选举程序。在这三个主要特征中,前两个为上海的"报刊文人"所共有,他们从事自己的事业,并没有感到有需要去积极地参加任何集体(尽管他们中许多人至少参加过南社的一次集会)。第三个特征在文学社团中更为常见,对那些有着相对大型或分散的会员的社团来说尤其如此,这个特征在后来的几十年中经常会遇到。

　　另一个持续的影响,是两个组织为出版物募集资金所采用的两种不同的方式。南社使用来自会费、募捐和销售的钱为出版物提供资金。这本身就是此类事情的"传统"做法,现在则由于印刷的低成本变得更为可行。文学研究会的出版物最初由一家大型出版社(商务印书馆)和两家大型报纸(上海的《时事新报》和北京的《晨报》)提供资助,很大程度上减少了募捐的需要,但也危及了组织的独立性。创造社后来以相似的方式,通过与泰东书局①共命运的方式进入文学场,泰东书局雇用了许多创造社成员,这与文学研究会和商务印书馆的情形类似。即使与1910年代的实践相比较,这种现象也是新的,那时,报刊文人以个人身份为出版社和报纸工作,或至多只是处在松散的组织、不具名的关系网中。自募资金和外在资助这两种操作方式,在整个民国时期都在文学社团中持续存在。

　　文学研究会极有可能是第一个这样做的文学集体,它由高频率和低成本出版的会刊结合在一起,并把在社团中工作的传统习

---

　　① 有关创造社和泰东书局关系的完整历史,在刘纳(1999)的专书研究中有详细的叙述。

性与现代印刷业的效率结合起来了。在民国时期剩下来的时间里,社团和杂志间的联系几乎是毋需赘言的,几乎没有一个团体像南社那样,仅仅打算一年出版一两次选本。范泉(1993)在他关于这个时期的社团辞典里,只收录了那些有自己社刊的社团,但即便这样,最终还是列举到了 1000 个以上。当中的许多社团很小,而且存在的时间也很短,不过所有社团都因为杂志仍然留存下来而被记录了下来。在下一章中,我将更详细地探讨文学社团的这种现象,并只集中关注 1920—1930 年代的新文学团体,同时也介绍一些鲜为人知的团体和它们的实践,尽管它们只代表了总体当中很小的一部分。

第三章 社会和文本：
1920和1930年代的新文学团体及其杂志

文学生产、文学活动与上海的作用

在前一章中，我已经证明，早期的新文学实践者发展出了革新的工作方式，将传统的组织形式与现代的出版形式结合起来。著名的团体负责了整个1920—1930年代大部分新文学杂志的生产。文学社团遍及全国，它们的期刊也是如此。然而，与别的地方相比，更多的杂志出版于上海这一民国时期中国印刷行业的中心。即使并非创立于上海的社团，通常也会在这个城市出版杂志，或是由发行者在此发行。这意味着：在确认社团和杂志的紧密关系的同时，仍然有必要在"文学生产"(literary production)和"文学活动"(literary activity)两者之间作概念上的区分，这两者都是文学场的要素。根据本研究的意图，"文学生产"可定义为："印刷文本的制造，这文本被视作实际上存在的文学（物质生产），或者被视作有助于确立文学价值（符号生产）。"①

"文学活动"则指："具体的、有记录的包括文学生产者在内的活动或事件，它们被视作实际上存在的文学，但并不直接导致印刷文本的制造。"而"文学场"，则可以重新定义如下："文学场

---

① 有关物质生产和符号生产的区分，我得益于 Van Rees & Vermunt(1996) 和 Vans Rees & Dorlijn(1993)。也可参见 Hockx(1999:7)。

是参与文学生产和文学活动的诸代理人和体制的兴趣共同体,被至少一个自治原则所主宰,这自治原则完全或部分地与至少一个他治原则不一致。"①

尽管文学生产和文学活动的区分,并不总像这里显示的那样一清二楚,但是,它适于阐释我已经收集的与1920—1930年代的文学社团和文学杂志相关的统计数据。这些详细的统计数据出现在附录B中。统计数据包括1920—1936年间每年创办的文学杂志的数量,同时期每年发行的文学杂志的数量,这些杂志出版地点的地理分布,以及这些年里创办的文学社团的数量。文学杂志方面的统计数据,以四个不同的资料为基础,其中没有一个是完整的,因为并不存在这一时期出版的所有杂志的完整目录。

我使用的第一份资料,是有关这时期杂志最常用的参考书(唐沅1988),它包含了1915—1949年间出版的274种文学杂志目录。与其他资料相比,这一表面上非常全面和有用的参考书,显示出了对出版于上海的杂志的强烈偏见,相对来说,它包含较多由左翼组织地下出版的杂志。此外,它也完全排斥了不在新文学模式之内的文学杂志。它似乎必定比我使用的第二份资料,即北京的国家图书馆的杂志目录,要更没有代表性。② 这一相对来说更大的目录,包含了根据地点安排的文学和非文学杂志;我只查阅了其中上海和北京的部分,标出那些创办于1936之前(含1936年)的杂志,结果得到了188种杂志的总数,其中128种创办于上海,60种创办于北京。这些杂志中几乎三分之二(115种)创办于1930之后,而且创办于北京的杂志占到总数的近40%(45种)。在这些数字中,有两个趋势很明显:首先,文学生

---

① 这个定义改自Hockx(1999[b])中的定义。将文学场基本定义为"兴趣共同体",又是受益于Van Rees(见上注)的著作。

② 我要感谢北京的国家图书馆工作人员陈汉玉女士和她的同事,他们允许我在1995年待在北京时借阅这一目录。

产在考察的这个时期的后半期大量增长;第二,尽管在给定的时间里,绝大多数文学杂志出版于上海,但上海文坛的重要性相对来说随着时间的推移而衰减。

这些结论被第三和第四份资料所证实,即北京大学图书馆的文学期刊目录和更早的上海保留的目录(现代文学期刊联合调查小组1961)。在前一份资料中,我发现了379种1936年之前(含1936年)创办的杂志目录,其中1930—1936年间有205种。上海的杂志占总数47.3%,但在1930—1936年间占38%。比较起来,北京的杂志在两种情形中都占到21%以上,但1930年代,创办于南京(国民政府首都,从4%增长到9%)和广州(从3%增长到5%)的杂志,相对有所增长。第四份材料,即上海的目录,自然包含了相对来说更多的上海杂志,不过比第一份材料要更为客观。我统计的316种杂志,全都创办于1920—1936年间,其中有略微不到四分之一的杂志来自上海之外的地区。然而,非上海的杂志比例在1930年代之前只有13%,但在1930—1936年间则高达30%。如果将别的图书馆的目录包括在内,似乎可以对战前的1930年代的文学生产作更完整的研究。

同时,以范泉(1993)的书为基础,从有关文学社团的统计数据中,可以得出更深入的试验性结论。只对1920—1936年间涉及的记录进行统计,我列出了总数620个社团的表,当中不到30%活动于上海。首先,社团巨大的总额,几乎两倍于上面提到的四种资料中任何一种杂志的最大总数,这证实了我的猜想:肯定有更多的杂志曾经出版过,肯定有更多的文学生产发生于上海之外,这将远比一般预想的要多。毕竟,就像在前一章中提到的那样,范泉的参考书只列出了实际上出版过杂志的社团。第二,无论如何,上海社团很小的数量,一旦与上海杂志的数量进行比较,也可以用来暗示这样的事实:这个城市的文学生产,至少有一部分源自发生在别的地方的文学活动。

即便民国时代的文学产品有很大的比例由上海制造或通过

上海发行,但若认为这些活动实际上都发生在那个相当巨大的上海文坛,则是错误的。上海本身是主要的文学生产场所,但是,它也是来自别的地方的文学产品的中转站。对那些渴望在全国发行作品的作家和编辑来说,与上海的出版社签订协议是最好的事。尤其是文学杂志,似乎都是通过上海的出版社——或者就像它们自己恰如其分地所自称的书店——作为中介而到达广大读者手中的,这可以从这些杂志的版权页上看出来,在上面,除了当地的发行者,通常还会提到上海公司作为"总代理发行者"或"总代售"。简言之,为了在民国时代的中国达到文学上的成功,并不是绝对需要处身上海,但一定程度上与上海的出版公司发生关联则必不可少。

文学社团的类型

在上海出版公司与新文学作家的联系上,文学社团扮演着关键的角色。为什么新文学共同体有这么强烈的要在集体中工作的需求?这个问题是难以回答的,它触及社会学和心理学的层面,远远超出了本研究的范围。要切题得多的问题,是这些集体如何运作,以及这一现象如何适合我试图描述的整个新文学的工作方式。在本章接下来的部分,我将介绍一下1920—1930年代文学社团的类型,同时对文学场内一些类型和策略各异的社团作简要的论述。

1920年代和1930年代的新文学社团,可被划分为两种基本类型,我称之为惯例社团(habitual societies)和有组织的社团(organized societies)。有组织的社团又可被划分为文学领域组织、公共领域组织、政治组织和专业组织。

惯例社团

惯例的文学社团,是作为与出版业有关的惯例一部分而形成

第三章　社会和文本：1920和1930年代的新文学团体及其杂志

的社团。这样的社团没有有迹可寻的活动；通常，甚至没有会员。这样的社团的名称，会作为编辑者或发行者，出现在文学杂志的版权页上，但杂志的其他地方不会提及。结果，这些社团的性质鲜为人知，也罕被提及，但下面这则由施蛰存在杂志《文饭小品》①第1期中讲述的轶事，揭示了类似社团的意义：

>《现代》杂志停刊之后，我脱离了现代书局的职务，生活便闲了下来。一天，在上海杂志公司碰到嗣群，我问他："怎么样？还想办杂志吗？"他说："要办便自己出版，可以任性。"当时那个以"负无限责任"为营业标语的上海杂志公司老板张静庐先生适在旁边，他说："很好，你们自己办杂志，可以不受拘束，我来代理发行事务，可以免掉许多事务上的麻烦。"于是我也不免兴奋起来，"老康，你去编起第一期稿子来，我来发行"。我说。我做《文饭小品》的发行人，便是这么一个故事。
>
>因此，我这个发行人是与普通的杂志发行人不同的。既无本钱，亦不想赚钱，更没有什么背景。（原来我们这个刊物之出版，并没有雄厚的资本来维持的。印刷是欠账的，纸是赊来的，稿费是要等书卖出了才分送的，第一期就已如此，倘若没有读者踊跃惠顾，说不定出了几期就会废刊的。但是废刊尽管废刊，已出的几期总是舒舒服服的任意的出了。）至于第二点，不想赚钱，这个却应当说明，乃是不想自身发财的意思。从这个刊物上，连带的企图将来能印一点为一般书铺

---

① 这份杂志有点不寻常的名称，源自明代王思任著的小品集，由编辑康嗣群在杂志的发刊词中作了解释，它指的是：一方面，作家不得不凭着写作谋生，另一方面，文学营养与通常的营养有所不同。凭着这后一点，康，与施蛰存一样，意在强调：杂志并不是为了挣钱。见康嗣群，《创刊释名》，《文饭小品》1:1，第2页。

子所不愿意印的书籍出来,因此索性拟定了一个"脉望①社出版部"的名义。倘若在这个小小的散文月刊上,能赚出一些印书的本钱来,我们这个出版部的第一本书就可以面世了。……②

所有机构整齐地列举在第1期的版权页上,如下:

> 编辑人:康嗣群
> 发行人:施蛰存
> 发行所:脉望社出版部
> 代理总发行者:上海杂志公司

上面叙述的这段情节,显示了与1930年代杂志运作有关的工作分工情况。编辑人的任务,显然是收集和挑选稿件。发行人通常指投入了资金的生意伙伴,因而希望获利。发行人所做的实际工作,至少在这一特定杂志的案例中,就像施蛰存后来所回忆的那样③,是把编辑好的稿件送到印刷者手中,再把印刷好的杂志送到当地的书店。④ 接下来的是代理总发行者,在这个案例中,上海杂志公司将负责上海之外的发行。就像张静庐在回忆录中所描述的那样(张静庐1938),他名下的上海杂志公司,就以这种方式在全国范围内发行了不计其数的杂志(不仅仅是文学杂志),并挣了大量的钱。又据施蛰存回忆,每期《文饭小品》的印

---

① 脉望是名为蠹鱼的昆虫的神话变形。然而,在这一情形中,这个术语更像是参考了晚明文人赵用贤著名的脉望馆。感谢 Susan Daruvala 为我指出这一点。
② 《发行人言》,《文饭小品》1:1(1935):4.
③ 与施蛰存的会面,1998年10月24日。
④ 与之有关的另一方面,是1930年代推行的出版注册与审查体系。在我与施蛰存的会面中,他证实了这一点,为注册目的,每一杂志都需要具有编辑和发行人的名字。对这些规定的详细描述,参见第7章。

刷总数是1000册。其中有多少在当地发行,又有多少在全国发行,这一点并不清楚。

在上面征引的片段中,最让我感兴趣的,是在陈述"因此索性拟定了一个'脉望社出版部'的名义"中"因此"这个词的使用。显然,一些组织或团体随着杂志或丛书的出版来命名,已成了那个时代文学场内多少可以接受的行为,而且,这被认为是一件极自然的事,以致施都觉得没有必要再向读者作任何解释。在这一特定的案例中,施实际上可能追随了1920年代中期的一个著名榜样,即由创造社自己创办的出版公司,名之为创造社出版部。就像我在其他地方论及的那样(见 Hockx 1999:74),创造社将这种发展作为从出版商那儿独立出来的一个步骤,尽管在实际操作当中,它意味着社团本身变得更为商业化。在脉望社的案例中,鉴于施蛰存有关《现代》杂志及现代书局的经历,想创建一份独立且不受大型出版商控制的杂志的愿望,是不言而喻的。①

与上面的例子有所不同,但与这种类型有关的是杂志社。当这个术语加在某个杂志名称后面,在版权页上被提到时,它通常指负责编辑杂志的出版部门,换言之,即编辑部。这种"社"除了出版者的房屋之外,自然没有任何正式的组织或体制上的存在,也不会有会员。它名义上的存在,可以部分地被归属于惯例,部分地被归属于"社"这个词所具有的一系列宽泛的涵义,正如我们已经在前一章中看到的那样,"社"也可以指特定的空间。

重要的是,意识到惯例性社团的存在,可以避免产生这样的印象:集体而不是个人代理人隐藏在民国时代每一家出版企业的

---

① 对施蛰存与《现代》之关系的范围广泛的描述,见 Lee(1999:130-37)。张静庐的名字也出现在 Lee 的叙述中,因为张是施编辑《现代》那个时期的现代书局经理。Lee 声称张也"拥有"书局。在我与施蛰存的会面中,他提到,书局事实上由虞洽卿出资建立,后者是很有势力的上海商会主席,而且,显然就与书局挨门而居。在更早发表的回忆录中,施蛰存(1980,1:213)提到张静庐和洪雪帆是书局的经理。在同一篇文章中,施有几处不经意地提到资金支持者,但没有提到任何名字。

背后。不过,对研究社会和文本、文学社团及其杂志的关系来说,更普遍的文学集体的类型,是第二种类型,即有组织的社团。

有组织的社团

这种类型的社团通常由一群朋友、伙伴或志趣相投的人士,也就是中文中通常称为"同仁"的人士组成。前一章中描述的三个现代社团(南社、文学研究会和创造社),都是以这种方式发起的,尽管它们最后全都发展为某种远大于中文术语"同仁集团"通常所涵盖的范围的事物。根据这里提供的类型,这三者都属于这类有组织的社团。

有组织的社团,无论是自筹资金还是由出版社提供资助,一般都会在当地报纸上以发布官方公告的方式声明自己的存在,通常还同时发布一份宣言。宣言一般会正式重刊在社团机关刊物第一期上。在大多数情形下,由社团运作的文学杂志也承担会员通讯的功能,它对会员免费或打折发行。因此,机关刊物会包含诸如"社员消息"或"社谈"这样的栏目。① 原则上,大多数机关刊物都欢迎非会员的投稿,但实际上它们主要作为会员出版物为会员服务。就像我们已经在文学研究会的情形中所看到的那样,补救这种有点自相矛盾的做法的一种措施,是积极地从那些为杂志撰稿的人中吸收新会员。在别的情形中,社团杂志只会在会员自己并不特别感兴趣的文类上向外来的投稿者开放。最后,社团会在版权页上将自己的名字署为编辑者,通常也是发行人。

有组织的社团多种多样,但是,可根据活动的范围和性质分为如下四种:

---

① 然而,应当注意,即使是在诸如此类的情形中,社可能指场所,而不是会。例如,施蛰存编辑的《现代》的编者与作者、读者的通信栏目即是这种情形,它题为"社中座谈"。

文学领域组织

主要参与编辑文学杂志，意在出版会员自己作品的小社团。会员限于那些与运转杂志有关的人。这样的社团，其活动限于文学场内部，其名声通常没有扩展到文学领域之外。

公共领域组织

有着相对正式的结构和公共功能的文学社团，其名声扩展到了文学共同体之外。这种集体依赖众多的会员或股东来资助大量（出版）活动，包括刊印文学杂志、文丛和文学教材。公共的可见性来自于举办招待会和聚餐会这样的因素，及官方场所的建立（书店、印刷所或冠以社团之名的会所），或共同署名的一般的政治或文化宣言。

政治组织

因为服从于政府或政党的安排，其文学活动受到限制的组织。其文学意义通常相当有限，但对赞助的政党来说，其价值可能相当大。

专业组织

为会员生计提供保障的组织。许多民国时代小型的剧社就属此类，但最重要的例子是中国作家协会，它是中华人民共和国主要的文学机构，但超出了目前研究的范围。

当然，这些是不稳定的类型。一个社团可能不单单属于一种类型，或者可能从一种类型发展为另一种，尤其是从第一种发展为第二种，这可能被看作"成功"的象征。一个合适的例子是创造社，就像我们已经看到的那样，它起步时是一个有（先锋的）野心的、只限于文学领域的小集团，但逐渐演变成了复杂的商业行为，有着数百股东，并在上海有广为人知的实体场所（见 Hockx 1999：74）。此外，在随后的阶段中，它至少也部分地成了政治和专业组织，一些成员与共产党保持着密切的联系，而别的一些成员靠全职在创造社出版部工作维持生计。在前一章中讨论过的文学研究会，是第二类非政治的公共文化组织的典型，我相信，这在民国时期是独一无二的。第三类最好的例子,是1930年代的左翼作家联盟,它是王宏志(Wang-chi Wong 1991)写的一本书的研究主题,因此这里将不作任何更多的探讨。

对于文学领域组织来说,由创造社挑战文学研究会树立起来的榜样,就像前一章中描述的那样,很快成了典范。大部分此类组织的宣言,都强调自己缺少意识形态或组织,并只专注于文学。一个典型的例子是浅草社,它在1923年创办了季刊《浅草》。① 第1期于3月出版时,在封面上自豪地宣称杂志由"浅草社自费出版"。开卷首页上诗一样的宣言,与最后编者的话相互补充,它以平淡的语气声明了浅草社的目标,署名是创办人之一林如稷:

> 我们不敢高谈文学上的任何主义;也不敢用传统的谬误观念;打出此系本社特有的招牌。
>
> 我们不愿受"文人相轻"的习俗薰染,把洁白的艺术园地,也弄成粪坑,去效那群蛆争食。
>
> 其实,在中国这样幼稚——我们很相信我们——的文坛里,也只能希望文上的各种主义,像雨后春笋般的萌芽:统一的痴梦,我们敢做而不愿做的!
>
> 文学的作者,已受够社会的贱视;虽然是应由一般文丐负责。——但我们以为只有真诚的忠于艺术者,能够了解真的文艺作品:所以我们只愿相爱,相砥砺!
>
> 这是我们小社的同人所持的态度;也是我们小杂志发刊以后的愿望!②

这些话处在文章的开头,文章剩下的部分,在一定程度上是

---

① 杂志在1923年3月至1925年2月共出四期,1984年由上海书店重印。
② 《编者缀话》,《浅草》1:1,"杂录"栏目,第1页。

在对社团其他成员讲话,这些成员分散于四个不同的城市(北京、南京、上海、天津)。例如,林如稷解释自己编辑的第1期为什么没有包含批评栏目,他说话的方式显然不像是面对普通读者,而是面对发起社团的同人:

> 我们同人都是抱定不批评现在国内任何人的作品;别人批评我们的,也概不理论,任人估值,以免少纠纷的宗旨:所以我决意把批评栏取消,这是同去年我们第一次所拟的编辑略例有更变的地方……①

这一段话表明,浅草社在杂志出版前至少已经存在了一年,而且,那次集会和可能的其他活动是由发起社员举办的,也许是他们所有人都还在北京学习的时候。② 这段话也表明,林参加了这些活动,因此,认真地讲,从社团体制的层面上,他希望尽可能地遵守社团的决定。在同一篇文章中,林也呼吁同人为杂志第2期投稿,它将由另一社员编辑。

浅草社很快获得了成功,而且,颇有代表性地,在这个过程中放弃了诸多独立性。《浅草》第2期(1923年7月)即宣告,社团要出版第二份机关刊物,名为《文艺旬刊》,作为《民国日报》每旬一期的增刊出版。《民国日报》一度是南社核心成员的大本营。追随文学研究会《文学旬刊》的先例——这可能是有意要与之竞争,这份增刊也包含更多随笔性的文章,而不是文学作品。它据说持续办了50期,从第21期之后改为周刊。③ 也与文学研究会的机关刊物相像,浅草社让副刊部分地担当起了通讯的功能,以

---

① 《编者缀话》,《浅草》1:1,"杂录"栏目。(第1—2页)
② 范泉(1993:347)以1921年作为发起时间并描述了社团发起过程,以及后来如何发展为沉钟社。范泉(349)也引用了鲁迅对这个社团的诗人的高度赞扬。
③ 资料由范泉(1993:347)提供。我只在1981年重印的《民国日报》中看到前20期旬刊。

保持社员间的联系,并加强组织的集体认同感。在第 7 期(1923年 9 月 6 日)中,一份已故社员的讣告刊登在增刊头版上。从第10 期以降(1923 年 10 月 16 日),一个叫"本社消息"的栏目开始不定期地出现。这个栏目后又名为"通讯",它唯一的目的,是让社员保持联系,因为许多人已经留学海外。看起来荒谬的是,《民国日报》的经营者和读者显然认为,一个小小的文学集团,利用一份发行量巨大的报纸版面刊登成员间的通信往来,是没有任何问题的。就像我将在第 6 章中证明的那样,在新文学文体内部,社会和文本一直被看成是相互关联的,而且,许许多多读者乐于熟悉隐藏在文本后面的人,同样,许多作家也乐于为此提供相关信息。

在《文艺旬刊》的版面中,浅草社加强其公共形象的另一方式,是发表自己的季刊评论。① 这期间,从第 3 期开始(1923 年12 月),季刊本身改由泰东图书局印行,后者也出版创造社的杂志。《文艺旬刊》的一则"本社消息",以带点道歉的口吻解释了这种变动,指出这是因为没有足够的社员操持印刷和发行。不过,由泰东接管,也可看作成功的标志,这肯定不是所有社团都可以设法做到的。在没完没了地扩大的新文学共同体内,成功和不成功的个体和团体日益扩大的区别,产生了另一个被整个 1920和 1930 年代有抱负的作家和集体都使用过的策略。这策略就是装扮成"无名作家"。在接下来的几节里,我将考察这个时期的文学社团使用这种策略的一些实例。

无名作家

从一开始,浅草社的一大成功,便是建立起与全国各地其他

---

① 见《文艺旬刊》第 3 期(1923 年 7 月 26 日),第 4 期(1923 年 8 月 6 日)和第 6 期(1923 年 8 月 26 日)。

相似社团联系的能力。《浅草》季刊总是包含许多此类团体出版物的简短广告。在第2期中,发表了一份浅草社已经建立起"交换"关系的16个刊物的清单,而"交换"可能意为互换刊物及为彼此的刊物刊登广告。① 然而,在这份名单之后的那一页(没标页码),我们可以发现一份类似于广告的宣言,就我所知,这份宣言最早出现了"无名作家"这种说法的纲领性用法,这个说法以很大的频率出现在以后几十年的文学话语中。这份宣言值得在此全文征引:

"无名作家"社公约

(一)定名:"无名作家"社。

(二)性质:努力于文学之研究与创作。

(三)社友:无名作家,不须介绍,皆可入社。

(四)事业:先发刊定期出版物一种,作为研究及发表意见的机关,以后再量力进行各种编译和出版的事业。

(五)义务:社友每年应缴社费二元,不缴者不能享有第(六)项的权利。

(六)权利:社友有选举职员,自由投稿及廉价购阅本社出版物之权利。

(七)职员:编辑一人,书记兼会计一人,发行一人。

(八)选举:每年一次,除编辑外,于开大会时选举之。

(九)开会:每年八月中旬开大会一次,报告本社一切进行事项;临时会由职员自定。

(十)通信:暂时通信处如下——

南京,第四师范,杨译雪君。

---

① 《浅草》1:2(1923年7月):136。

附　录

第一种出版社简章：

一，此项出版社定名为《无名作家》。

二，每月出版二次，每次一大张，约万四千字。

三，内容分：评论，研究，创作，译丛，读书录，杂记……各栏。

四，以一九二三年九月一日为创刊期。

五，欢迎来稿，但只以本出版物为酬。

我不知道这个社团除了发表这份"公约"之外，是否还做过别的任何事。《无名作家》这一杂志肯定未在任何地方发现过，因此人们几乎会忍不住把这份宣言看作一场恶作剧。① 然而，即便如此，它将一个很强大的概念引入到了文学话语中。这个概念策略上的实用性马上可以从浅草社社员自身看出来，他们在《文艺旬刊》第1期类似于宣言的公告中使用了这个概念。这份公告印在增刊第一版和最后一版的折缝处，这个地方通常用来刊登各种广告和声明。公告的文本如下：

本刊特别启示

本刊得《民国日报》赞助，于七月五日发刊。内容纯为研究文艺。我们完全取公开态度，欢迎投稿；因为我们相信，在中国文艺家里，除知名者外，其余的无名作家，不知凡几——所以我们很希望无名的文艺家，都来帮助我们。但是对于攻击和无理的批评，概不收受。投稿可由民国日报社转交。

---

① 范泉（1993：579）在处理这个社团时只是一笔带过，也没提供任何与出版物有关的信息。

浅草社成员使用了"无名作家"这个概念,用来吸引投稿者,但并没有公开两极分化地对待"著名作家"。然而,差异本身孕育着两极分化的种子,不久之后,"无名作家"这个说法成了先锋话语的一部分。无名作家现在不仅仅代表未开发的文学人才的资源,也代表着比"压制"他们的成名作家更有才华和更愿意献身于文学的艺术家共同体。这种现象精彩的一些例子,可在杂志《白露》上找到。

《白露》由"进社文艺研究会"编辑,1926年11月开始出版,是另一项由泰东图书局支持的先锋的新文学事业。此外,在1926年间很短的一个时期,与此前的浅草社一样,这家研究会,也在《民国日报》上出版了一份文学增刊,甚至冠以相同的名字《文艺旬刊》。那么,进社文艺研究会是哪类组织?又如何为无名作家的立场而奋斗?

进社和对名流的攻击

《白露》第3期出版于1926年12月,上面刊载了一份征召进社成员的启事,社团的目标被描述如下:

> 本社以联合全国有志青年,依分工互助之原则,从事于学术讨论及文化宣传,以期社会改造实现为志帜。成立以来,迄今三载,分社遍设于各地工作,求普及于民间。关于学术方面,已于京粤沪三处分设社会科学、自然科学及文艺三种研究会,而于出版方面,更以全力谋发展……①

这份启事的署名者,是复旦大学一个叫杨幼炯的人。相似的

---

① 《进社总社征求社员启事》,《白露》第3期(1926年12月),未标页码页反面第1页。

声明也出现在 1927 年 5 月的《白露》上,但这次没有署名。① 它再次重申了进社的目标。它进一步声明,"青年同志"正在大量地加入进社,进社仍会接受每位对社团表现出真诚的信念,并提供其近期活动的申请者。它提醒申请者,须先加入总社,成为其会员,然后方可加入下属三个分社中的一个。此后一期的社论更详细地介绍了社团活动,只是这活动很快便显得并没有像早前各式各样的声明那样具有吸引力。结果,《白露》杂志只是这个社团在那个时期印刷的唯一出版物,而且就像上面提到的那样,由社团的文艺研究会负责出版。社会科学会预告《社会科学杂志》即将由泰东图书局出版,但没有印行。② 广州和南京的两个分社出版了短期存在的刊物,并因为缺乏资金而停刊。③ 当然,这数量不多的产品,并不必然意味着当地层面的社团活动同样也相当有限。但《白露》没有留下相关有说服力的记录。

与社团的主要分支机构相比,文艺研究会采取了更为好战的姿态。早在《白露》第 1 期中,一则短小的通告印刷在版权页上,声明如下:

> 本刊系纯文艺性质,竭诚欢迎国内外青年无名作家投稿。但所谓名流杰作,恕不接受。④

研究会在第 2 期发表了自己的宣言,其中满是夸饰的语言,把文学比成熊熊火焰,融融醇酒,一幅表现社会丑恶的画图,一朵娇艳鲜丽的玫瑰。宣言的作者与研究会主要的推动者王宝瑄,用当时通用的语言,悲叹社会和文学的堕落,并呼吁旨趣相同的青

---

① 《进社总社启事》,《白露》第 9/10 期,目录页后面紧跟的未标页码页。
② 这份杂志,由杨幼炯自己编辑,最后确实在 1928—1930 年由泰东图书局印行,但进社没有赞助,而是由"中国社会科学会"赞助。
③ 编者:《编辑余话》,《白露》第 11 期(1927 年 5 月):39—40。
④ 《本刊启事》,《白露》第 1 期(1926 年 11 月),后封内页,未标页码。

年:"来吧,和我们合作;Muse 在微笑的伸张这双臂哩!"①这份宣言的一些语言,彰显了这样的事实:凭借任何可资利用的文学意识形态,都可占领文学场内部的先锋位置。尽管宣言的文体与早期创造社相像,但其内容更让人联想起后者的敌手,即文学研究会和它设定的"为人生而艺术"的姿态。用王宝瑄的话说:

> 现在我们进社里的同志,感着文艺和人生关系的密切和重要,并且觉得我们目前的文艺上的贡献,委实太岑寂,太颓废了,因此组织一个文艺研究会,来继续历史上伟大的使命与工作。我们的学识能力都很薄弱,当然没有什么虚浮或过奢的希望;但总想集约许多爱好文艺的朋友们,互相研究,注重修养,使得我们的思想与作品,能渐渐走上文艺的正轨,跨到人生的坦途……②

同样将与文学研究会有关的一个著名口号与先锋修辞混合在一起的情形,可从《白露》第 3 期开头署名为"进社文艺研究会"的公告中看出来。这份公告值得在此全文征引:

无名作家的联合战线:
  偶像们霸占了文艺之宫,于是天才永被埋没,无名的作家永被抹煞。我们不能再懦弱了,我们要似怒狮般跃了起来,将我们的血和泪一齐洒到纸上。无名的作家,还不走向这儿来!?
  这儿有您们心花怒放的园地,这儿是我们联合的战线!我们向伪文学家下总攻击,我们愿做文艺的忠臣。无名的作家呵,《白露》在欢迎您们!

---

① 《本刊启事》,《白露》第 1 期(1926 年 11 月),后封内页,未标页码。
② 同上。

进社文艺研究会启①

在谷凤田(1927)稍后撰写的名为《起来,我们的战士!》的文章中,作者像下面这样把无名作家的姿态与双重的决裂联系起来:

> 那一般不要脸的自命为文学家的不肖子孙们,已经亵渎了我们的最高洁,最神圣的文艺之神!而且更叫他们侮辱了我们这至尊的文艺之园地!只有他们戴了假的面具,只有他们装鬼作怪,来到我们这文艺之园地里蹂躏了一场,因而我们这园地里,就再也产不出几朵灿烂的花儿了!我们试睁眼看看,无论他们是什么会,无论他们是什么社,更不要问他们是不是美其名说自己出版。然而我们看看那一个团体还不都是充满了妖魔?充满了臭气呢?可怜一位圣洁的文艺之神,被他们污渎了!而这溲沃的文艺园地,也被他们糟蹋了!那一群臭而不可闻的文丐们,我们就不用说了;就是那些狗似的自命为文学家者,又那个不是腥臊遍体呢?……凡是我们的同志们,都来站在我们的一边,我们要作一个大的联合战线,去向那般不要脸的文妖文丐去攻击!

让人有点惊讶的是,《白露》的作者们使用的批评的攻击性文体(在第 6 章中有更多这方面的例子),根本没有反映在他们的文学作品中。这些年间,由像前南社成员柳无忌这样的作家所著,发表在杂志上的许多小说,若不考虑到它们过度感伤的话,相对来说写得精彩;②但是,很少有特别愤怒或是对抗性的。我的

---

① 《无名作家联合战线》,《白露》第 3 期(1926 年 12 月),目录页后未标页码页。

② 例如,见柳的小说《圣诞夜》,《白露》第 7 期(1927 年 2 月):23—24。

感觉是,这些使用无名作家称谓的人,通常完全意识到自己的策略性质。1920年代,泰东图书局扶持许多使用相同策略的团体。这一事实表明其中涉及了商业方面的因素。不过,有这么多的团体和集体企图把自己称为无名作家,终究令人印象深刻。

这个说法在1930年代频繁出现,当时,更多的人尝试着把无名作家组织成大型的集体。① 其间,商业暗示变得越来越强烈。在许多宣言和编辑的话中,无名作家被描绘成有抱负的作家,更有才华但缺乏关系,其急于发表的热望,常常被只对从著名作家那儿购买稿件感兴趣的杂志编辑弄得垂头丧气。无名作家的困境,最后变成了上海文学圈讨论的主题,并使这一说法失去了它最初策略上的实用性。这里有着对下面这样的事实的担心:成名作家作品的质量,承受着要购买他们稿件的杂志编辑所施加的压力。这里也有着对这样的事实的确认:诸如此类的编辑行为,违反了质量的准则,并使没有关系的新来者难以发表可能是高质量的作品。许多杂志,不仅是先锋的杂志,也开始在它们的出版说明里包含特别的声明,说它们欢迎无名作家的来稿。张资平的杂志《洁茜》甚至走得更远,出版了特刊,其中所有的撰稿者都匿名发表,它欲借此来挑战读者,看看他或她是否能够辨别著名和无名作家作品的不同。② 在第6章中,我们将会看到,曾今可甚至更熟练地在策略和商业两方面发掘了这个说法的潜力。

"无名作家"这个说法,最初是一个被热切地想跻身文学共同体的先锋团体广泛使用的策略性概念。后来,它也成了文学名人中论争的一个主题,这些文学名人担忧编辑的惯常做法,并对培养潜在的人才感兴趣。在这两种情形中,潜在的假设是:文学

---

① 范泉(1993:156—7)提到创办于1931年的"无名作家组合"和创办于1933年的"无名文艺社"。另一面向无名作家的杂志,题为《无名月刊》,公告于《中国新书月报》2:7(1932年7月):34。

② 《洁茜》1:2(1932年9月)。这条信息源自另一杂志的广告和参考文献中的出处。我还没有见到这一杂志,它只出版了两期。

不仅仅是严肃的职业,而且也是可以让参与其中的人获利的事情,以金钱上的收入(酬金、版税),以及特别是象征性的收益(名声、认同、发表)的方式。那些已经获得名声的人被质疑的眼光审视,而那些还没有获得的人则受到激励来获得它。从策略的角度看,在某人身上贴上无名作家的标签,是变得更为有名的最好方法之一。

1930 年代别的社团和团体

上面讨论的例子表明,许多人意识到无名作家这一标签的策略性质。我征引的其中一些宣言,至少有一部分应被解读为是在摆摆姿态,这有时甚至是讽刺性的。策略的想法和两极分化,在民国时期许多文学领域的社团中非常典型,尤其是在第一个十年或新文学的发展中。当然,仍然还有许多其他社团,不那么热衷于"声名游戏",而将更多的注意力放在集体活动上。

华龄社就是一个很好的例子,尽管我无法征引任何参考书,但它显然活跃于 1935 年左右的重庆文坛。[1]

在华龄社出版于 1935 年 6 月 15 日的一期《烂漫》杂志上,出现了一封显然已经离开这个城市的社员写的信,它被冠以"社友之音"的标题发表。[2] 在下一页上,有三份面向社员的声明:第一份敦促每个社员告知"常委会书记"其地址的变动;第二份通知在 6 月 30 日举办面向社员的茶会;第三份提到由社团出版的两份暑期特刊的出版物,这使人猜测其大部分成员是学生。就像大多数杂志常做的那样,投稿规则刊登在版权页上方。第一条规则声明,欢迎外来稿,除了诗——这是社员偏爱的文类。再往下,它也声明,作品被发表的投稿者将获得稿酬或免费杂志。印刷在版

---

[1] 在北京的中国现代文学馆的杂志阅览室,我查阅到了这一杂志的不完整版。
[2] 《烂漫》1:6/7(1935):59。

权页上的编辑者和发行者,都是华龄出版社,但提到另两个发行机构中的一个,是位于上海的一所中学。

另一个例子是在北京创立的浪花社,根据范泉的说法,它计有100至200名社员,每两周举办一次聚会,"或者讨论当时的文学问题,或者讨论社员的作品"(范泉 1993:355—356)。1936年,社团将自己的名字署在机关刊物《浪花》上,既作编辑者,也作发行者,但用同样大小的字体把总代售,即上海杂志公司,印刷在上面,后者在全国的书店发行这本杂志。①

1930年代,人们也可以见到数个更大的研究会,尤其是在北京的大学里,它们出版的杂志致力于古典文学或民间歌谣研究。由于这些杂志的许多撰稿人(和这些学会的成员)都是知名作家,这些组织有时也被认为是文学场的组成部分。对我来说,它们的杂志,像《文学年报》,无论是在物质还是符号的文学生产上,都没有发挥什么积极的作用。然而,考虑到第7章讨论的1930年代的文学审查,有一样东西值得注意,即像郭沫若这样常被审查、禁止和惩罚的作家,可以毫无问题地在这些杂志上发表学术文章。

在1930年代的上海,涌现出了许多团体和出版物,它们重建文学名人有食物、酒和茶(和不断增长的咖啡)相伴的集会传统,新文学的追随者倒也常常参与其中。它们是公共领域的组织,既属于上海文化精英特定成员的文学生活,也属于他们的社会生活。它们中两个最显著,而且可能是最大的组织,将在下文中讨论。

茶　话

1932年,来自上海文艺圈的一群人,包括许多从法国留学归

---

① 《烂漫》1(1936),后封。

来的人士,开始每周星期天在上海举办名为"文艺茶话会"的集会。自第17次集会后,该团体出版了自己的杂志,名为《文艺茶话》。杂志的第一任编辑是章衣萍(1902—1946),但他参与这个团体的时间并不是很长。① 大致的情形是:这个团体三个主要的积极分子,即徐仲年(1904—1981)、华林(1889—1980)和孙福熙(1898—1962),坚持每星期会面,并在此后两年中每月出版杂志。他们三人都曾在法国学习,华和孙专攻艺术,而徐从里昂大学获得了文学博士学位。然而,这个团体最受人尊敬和敬仰的成员,则是前南社社长柳亚子。

关于成立茶话组织的原因,章衣萍在这个团体杂志第一期"编辑的话"里作了解释。章不仅将这样的集会归因于中国自身的传统,而且也归因于英国的文学聚会,尤其是法国的沙龙②,章说,那儿"是有漂亮的女人们在座的"。章断言,参加这样的集会的所有作家,无论过去还是现在,都是"我们的同志或朋友"。在同一篇文章稍后的段落中,章更详细地解释了茶会的作用:

> 在斜阳西下的当儿,或者是在明月和清风底下,我们喝一两杯茶,尝几片点心,有的人说一两个故事,有的人说几件笑话,有的人绘一两幅漫画,我们不必正襟危坐地谈文艺,那是大学教授们的好本领,我们的文艺空气,流露于不知不觉的谈笑中,正如行云流水,动静自如。我们都是一些忙人,是思想的劳动者,有职业的。我们平常的生活总太干燥太机械了。只有文艺茶话能给予我们舒适,安乐,快心。它是一种高尚而有裨于智识或情感的消遣。
>
> 有的人说话比作文好,有的人作文比说话好,有的人绘

---

① 章很快创办了一份相似的自己的杂志,名为《文艺春秋》。
② 有关稍早另一与法国很有关系的上海团体,即以曾朴和曾虚白父子为中心的圈子的描述,见 Fruehauf(1993:143—5)和 Lee(1999:18—20)。

画比作文说话都好,那都没有关系,因为说话和作文和绘画都是表现(Expression)。都是表个人的思想和情感的最好方法。我们要口里的文艺茶话有点成绩,所以我们刊行这个小小的《文艺茶话》,这是我们同人的自由表现的唯一场所——不,我们也希望能引起全国或全世界的文艺朋友的注意,接受或领悟我们的一些自由表现的文艺趣味。我们是欢喜而且感谢的。(章衣萍 1931:1)

我之所以不加删节地征引章衣萍的话,是因为他的评论提供了对这个团体成员的审美价值的简要介绍;这一价值将友谊和交流放在中心,同时鼓励面向受众,当然,还有获得成功的企望。值得注意的是,让茶会成为高尚消遣的方式的建议,显然是一种要将这个团体的活动,与更普通的大众文化形式区别开来的企图。同样,章有关"大学教授"的评论,可能影射北京文坛,可被看作一种区分行为。然而,与上面讨论的那种占位的两极分化的方式相比,茶话团体的文体显得更放松,并更关注文学活动的社会因素。

在创刊号的第二篇文章中,华林将相同的观点推得更远,他用的是从民族主义的角度处理事情的方式。根据华的说法,那个时代的中国人过度沉溺于赌博、嫖妓和吸烟这样的"低级娱乐";而文艺茶话团体的使命则是依靠提倡"文艺的高尚娱乐"来纠正这些陋习。华继续指出,在欧洲,可以找到许多这类娱乐的地方,尤其是在咖啡馆里。然后,他介绍了欧洲许多常被作家和艺术家光顾的著名咖啡馆,还提供了一些照片作为插图(华林 1932)。

然而,第一期中孙福熙所写的另一篇文章则持不同的立场。孙强调的事实是:茶话意在为那些以文学和艺术为职业的人提供美好的星期日活动。除了娱乐和消遣,他也看到了一些更实际的优点:

你编辑先生缺少些小说戏曲这类货色,你可在茶话会中征求;倘若你是有诗篇想出卖,你可带了货色到会中去兜售。你既然以文字为职业,自然要尽量地推销你文字的用处。这有什么好笑呢?

天天有职业上的辛苦,到了礼拜,我们可以寻些消遣。为了趣味相同的缘故,最好是与文艺界的同行来往。

从事文艺的人,思想与趣味都很高超,所以,不但是只为消遣,在这饮茶消遣的时候,或者产出很大的作品,那是意外的收获了。

相对来说,茶话集会似乎是非正式的集会,在那里,成员可以阅读或展示彼此的新作品,参与讨论,或发表幽默的讲话。尽管难以确定,但《茶话》杂志的一部分内容,像是由集会期间产生,或是为了集会而产生的文本和绘画的复制品构成的。在有些情形中,集会的记录,配以照片作插图,发表在杂志上。一个很好的例子,是有关1933年8月6日举行第59次茶话集会的记录,它发表于杂志1933年8月号。这次集会专为艺术家周碧初的作品而举办,展示了那个夏天他画于苏州的风景画。不翻译整个叙述,我改述整个会议记录如下:

孙福熙致开会辞。

华林说周碧初是他朋友中很用功的一位。他评论了新画作中的用色,并说现在周先生的爱情有把握,所以他的画也是快乐的。

汪亚尘谈到了周先生的体健,这使他能够在夏天的毒太阳下继续工作。他邀请主办者,即孙福熙发表意见。

孙福熙解释说,不是他,而是正在埋头记录的徐仲年,才是这次会议的主办者。他也提到周先生在毒太阳底下的辛勤工作,并将之与他画作中的颜色使用联系起来;解释了今天的小展览是如何组织起来的;表达了希望文艺茶话中别的画家也来陈列作品的愿望;并介绍新回国的谌亚达先生谈话。

谌亚达解释说他不懂绘画,实在不知从何说起。(在文中的注里,徐仲年解释说,在未曾正式开会前,谌先生很是称赏周先生的作品。)

汪亚尘解释说,谌先生以前从来没有参加过文艺茶话;他今天早上碰到谌先生,于是说服他一道同来;谌先生以前在北京读书,到了法国,专攻绘画。他请谌先生谈谈巴黎习画的同胞。

谌亚达说,言及于此,他有些伤感,那边的同学因为经济困难,很少能安心用功,还是不提的好。

汪亚尘评论说,谌先生与有学问的人一样,不肯多言。他邀请谌先生下次带些大作到文艺茶话来。

郎鲁逊回到周先生身上;说他起初并不相信周要去苏州写生。(杭州更是意料当中的选择。)作为对华林的爱情化绘画论的回应,他指出周先生独自一人去苏州,因此是将爱情和艺术分开了。

荣君立女士同意郎先生所说的,并请周先生叙述作画及恋爱的经过。

周碧初说他不会讲话,并脸红了。

彭荣桢说周先生的作品表现了他的个性。绘画,犹之文学,有无数派别,而能表现作者的个性则一。例如,爱用红色的画家多火性。周先生的画是清明的,他的个性是乐天的,他的作品也给我们一种快感。

李向荣说他去过苏州,看到周先生的画,让他想起了那段经历。

徐惠芳女士说她不懂画,然而喜欢看风景画,并想象她从未到过的地方的风景。尽管她对苏州很熟,不过还要谢谢周先生,使她重新徜徉于那个美丽的城市。

俞秀文女士为她不敢讲话道歉,因为她是第一次参加。

孙治公说他不懂画,但周先生的画给了他一个快感,他相信作者是一位乐天主义者。

李亮恭作了一个简短、幽默的讲话。他第一次参加文艺茶话(他没有住在上海)。这里有"茶"有"话",但他没有预备"话"。在"茶"和"话"外,又有名画,实在令他高兴。尽管他自己虽无话可说,却爱听别人都很艺术化的话。他重提周先生的爱情可能影响艺术的话题,并询问周先生是承认呢,还是否认。

方宛珊女士说她真不会讲话,所以不想开口。

刘雪亚女士说她自己的画的程度很浅,对于周先生的画,望尘莫及。周先生的画与他的爱人一样好。

陈承荫说他于艺术是门外汉。在他看来,有两种画:一种是你可以看得懂的,一种是你看不懂的。看得懂的画使门外汉看了觉得有这种的"需要"。或起于作者与观者经验的共鸣,或观者虽无作者的经验,然而看了他的画,很起劲,有深刻的印象仿佛身临其境。他赞美周先生的作品,尤其喜欢它清朗的颜色。

徐仲年不想评论周先生的画,他也不懂画,还有,他此前已经对周先生的画发表过意见。他要讲的是周先生的治学精神,这明确说明他从事艺术不是为了名,不是为了利,而是因为艺术本身。正是这种精神将他与沪上只知追名逐利的一些所谓的"画家"区分开来。

周碧初对徐先生及所有人的指教表示感谢。他先是不敢同意孙福熙要求他到文艺茶话办小展,后由于到场的各位都是熟人才答应了。至于大家感兴趣的爱情,他不敢说是有把握的,爱情是神秘的,将来再谈。

华林说由周先生的画可以看出他纯是心旷体胖。他代表了黑暗的中国社会里的光明。他把黑暗观察清楚,但不与它相混,并给我们光明。

　　郎鲁逊说他最近每次问及周先生的爱情,他都说"有把握",他刚才说"没有把握"只是客气的说法。请诸位等待两个月以后的消息吧。

　　孙福熙说华林的话概括了周先生的个性。周先生爱绘青天,或许没有意义,或许与他的爱情生活有关,或两者兼而有之。孙感谢周先生和所有发言的人。(徐仲年 1933a)

尽管上面的概述并没有公平地对待原作修辞的品质,但它确实传达出了什么是茶话会肯定会有的典型气氛。成员会参与到兼有搞笑的取乐和友善的批评的氛围中。他们的批评陈述会主要关注作家或艺术家的个性和个人生活。

出席集会的人数变动不居,最大的一次集会,可能是1933年11月12日的茶话会。这次集会有共有34个参加者的官方集体照作纪念,照片刊载在杂志1933年的12月号上。女性出席集会的数量相对比较多,而且,茶话团体的女性成员,肯定多于那个时代任何别的文学团体。

就像我们可从章衣萍上面对法国沙龙的评论中看出来的那样,茶话的男性成员把女性的在场视作集会必不可少的气氛的一部分,而且,在他们的作品中,经常指出有女士(在大多数情形中是他们的伴侣[①])在场的愉悦感。然而,女性的在场远非是装饰门面的,因为许多女性参加者,本身即作为作家和/或艺术家活跃其中,而且,女性作家和艺术家为《茶话》杂志供稿,数量很多且多样。不过,在集会的环境中,男性成员倾向于强调性别话题,而且,他们对待女性成员的态度,是一种挥之不去的优越感,混杂着罗曼蒂克情调的殷勤和对性关系的社会习俗的挑战。然而,就像

[①] 有关这个时期"文学情侣"更详细的研究,见 Findeisen(1999)。

吴福辉(1995:72)敏锐地观察到的那样,社会批判常常不过是为了掩盖那些去写跟性有关的东西的冲动,下面何德明写的名为《荡妇曲》的诗(何德明 1933)就是这样的。这首诗以打油诗的形式写成,而且很可能在其中的一次茶话会上朗诵过。

> ……
> "欲"长时候给男人专有,
> 女人对这只示着柔羞;
> 这不能把男人诅咒,
> 意只是我们未看透。
>
> 如今我把"荡妇曲"奏,
> 我要解放"爱""欲"自由。
> 女人别再把贞操愚守,
> 要和男人样玩它个透。

写诗,是这个团体许多成员最喜欢的活动。他们杂志的内容给各类文体多样的诗以特殊的地位,从传统的词到白话自由诗都有。1934 年 4 月号全都专门用来纪念诗人刘大白。他于两年前去世,他的遗作由茶话团体另一名积极的成员钟敬文收集。这期的许多稿件指出,刘大白对诗的形式感兴趣,还有,他能以任意可能的文体写作,其中也包括新文体。这使得他的作品在一定意义上成了茶话团体许多成员渴望效仿的榜样。①

团体的散文写作,就像在其杂志的版面上所发现的那样,难

---

① 与之相似,这个团体对艺术的兴趣,也不局限于传统的山水画,而是将现代艺术和外国艺术包括在内的。与外国艺术圈子也有某种直接的交流。第 87 次茶话会,举行于 1934 年 2 月 18 日,记录在 1934 年 3 月号的《茶话》上,专用于意大利艺术家 Carlo Zanon 的访问。

以归到任何单一的规范形式下面,但相对来说似乎更不受惠于传统。这份杂志众多的撰稿者都偏爱小品文,虽然这是一种植根于传统的文类,但徐仲年在一篇文章(1933)中认为,它与散文诗这一现代文类有关。与之相类似,柳亚子在这份杂志上发表一篇短短的自传时,他指出,这篇文章最初用与古典的行术相似的文体写成,但在他儿子的建议下,他将它改得更为现代(用白话)了。杂志也包含短篇小说(主要但并不完全是爱情小说)、随笔和批评,以及一些向读者介绍团体成员的文章。除了《茶话》,另一与这个团体有关系的杂志是《艺风》(1933—1936),它在外表上很像《茶话》,并有着许多相同的撰稿人,但它几乎完全致力于艺术。另一有关的出版物,我至今没有查到,是《中国日报》的副刊《弥罗周刊》,由华林、徐仲年、李宝泉和天庐(即黄天鹏)编辑。《茶话》第1期上刊登了创立这一副刊的广告,冠之以"以文艺提高爱情,以爱情提高文艺"的口号。另外,我找到了零散的报纸副刊或名为《小贡献》的杂志的参考资料,后者由孙福熙编辑,包含更多与茶话会有关的报道。《茶话》杂志办到第2卷第10期,即1934年初夏时就停办了。在最后一期上,徐仲年承诺会用一份新的和"更大"规模的刊物来取代它,但并不清楚会是怎样,而且,也不知道它是否会付诸实践。考虑到柳亚子对茶话会的介入,以及茶话团体和旧南社风格上的相似,徐仲年令人迷惑的声明,可能暗示着南社的某种复兴。后者,就像我们在上一章中看到的那样,确实发生于下一年。① 茶话会是否在杂志停办以后还在上海继续举办,也并不清楚。

---

① 根据Daruvala(2001),如何复兴南社是整个这一时期柳亚子身边的圈子所常常讨论的。

国际笔会中国分会

1949后的经典化进程,很大程度上完全逆转了中国现代文学场域象征资本的原始分布,这方面堪称最狡猾的例子,或许是享有很高声誉的国际笔会中国分会几乎完全被学术界遗忘了。幸而,现在已经有了陈子善(1998:405—51)撰写的对此有极佳研究的论文。陈的这篇论文详细地描述了分会的全部活动,下面的匆匆一瞥就建立在这篇论文的基础上。

梁启超是国际笔会的第一个中国会员,他于1923年被授予荣誉会员。正式的国际笔会中国分会则成立于1930年11月16日①,并在不久后派代表出席了国际笔会在欧洲的集会。分会的第一任理事长是蔡元培,辅佐他的是任书记的记者戈公振和任会计的诗人邵洵美。② 分会的成员,大体上由与四个知名团体有关的文学名人组成,其中有的团体在那个时代已不复存在。它们是:文学研究会,以它从前的核心成员郑振铎、赵景深和庐隐为代表;新月社,以徐志摩和胡适为代表;围绕着《论语》杂志的团体,最著名的是林语堂本人;还有"真善美"团体,包括曾朴和曾虚白。分会的集会也有茶话团体和别的上海名人参加,像王礼锡、章克标、张若谷、章衣萍、曾今可和虞岫云。

徐志摩在1931年辞世前是分会主要的推动者,分会甚至计划出版自己的杂志。根据章程,分会每月在上海举行聚餐会,并发誓不讨论政治,这种态度甚至坚持到日本侵略满洲以后。无论是政治立场,还是聚餐会的集会形式,分会都被左翼作家联盟的

---

① 陈子善的论文达成的许多任务中的一个,即是证明只有这个日期,而不是其他各式各样的参考书中提到的日期,是中国笔会准确的成立日期。

② 有关邵洵美研究的论文,谈及他参与中国笔会,见Hutt(2001)。有关邵,也可参见Fruehauf(1993)和Lee(1999:241—57)。

成员所诟病。后者成立于同一年,认为分会是"资产阶级组织"。然而,分会于1933年2月设宴招待国际笔会成员萧伯纳时,左联常务委员鲁迅却出席了,尽管他对事件的描述是高度讽刺性的(鲁迅1981,4:494—9)。1930—1933年,在社会集会和招待外国访问者方面,分会相对来说比较活跃。1933年后,它走向了休眠似的存在,直至1935年,又短暂地复活了,再一次处于蔡元培的领导之下,直至抗战爆发。

1930年代早期,曾今可是最频繁出席中国笔会集会的人之一。他宣称,作为一个作家的职业,是他参与分会的直接后果,曾本人在他第一部短篇小说集的序言中是这样解释的:

> 因为笔会的会员,必须要有著作出版,所以我就不得不勉强把这几个短篇去印行了。说起来也真是笑话,世界各国的笔会会员都是先有著作出版然后才加入,我却是因为加入了笔会做会员才不得已来出版这一册小说集。

除了参与集会,曾也经常在自己的杂志《新时代》上报道这些集会,在第6章中,我将详细讨论这个杂志。

在这一章中,我已经讨论了1920和1930年代的文学和公共领域组织、它们的活动,以及它们为了在文学场内占据自己的位置所采用的方式。本书的核心观点,即传统与中国现代文学两者间的延续可在社会的,而不是文本的特征上看出来。根据我所提供的材料,可以得出两个相关的结论。首先,十分明显,集体的文学活动继续发生在整个中国的各个层面,而且这样的活动不再局限于上海,尽管许多社团的机关刊物是在上海印刷并在上海发行的。这意味着,上海在物质上的现代性,在文学行为的各种方式形成的过程中,不再是起绝对主导作用的因素。第二,这一章已经证明,虽然先锋的占位方式肯定是显著存在的,甚至通过"无名作家"这个概念变得体制化,但民国时代的文学集体,并不仅仅使用先锋的手段。换言之,更不挑事端的集会和出版方式同样通行并可见,包括茶话团体在内,它们重视超越了两极分化和排他性的社会性和包容性。下一章,我将回到民国时代的开端,追溯现代文本文体的出现,联系新的文学杂志的媒介,提出可以补充文学社团的历史研究的阅读策略,并为随着时代前进而变得越来越明显的文体疆界和冲突的分析奠定基础。

第四章　集体作者与平行读者：
文学杂志的审美维度

　　本章涉及两个问题，一是方法，一是价值。它们都源于之前各章中得出的主要观点，即文学杂志是民国文学生产的主要媒介。这并不意味着，在这一时代任何给定的时间里，都有比文学书籍更多的文学杂志出版，尽管在必要的统计数据的支持下，或许这样的观点也仍然可以成立。我真正的意思是：事实上，民国时代所有作家撰写的所有文学作品，主要都是为在杂志上发表而写的。这一时期的绝大多数文学作品，在以书的形式出版前都曾在杂志上发表过。即便小说也是如此，它们常常在杂志上连载。①

　　有鉴于此，发现学者和批评家在阅读和阐释这一时期的文学文本时，更喜欢将这些诗歌、小说或散文从其语境中剥离出来，再对它们加以批评分析，竟很少将杂志出版这一事实考虑在内，确实令人惊讶。在这一章中，我打算采用不同的方法，更公平地对待这一时期的出版实践，以及围绕着文学作品的生产而开展的集体的文学活动。我把这种方法称为"平行阅读"（horizontal reading），以强调在同一杂志的同一期上发表的文本间的空间关系。当然，我并不主张把它当作阐释民国时代的文学唯一有效的方

---

　　① 即使是在今天的中国，杂志仍然是重要的媒介；而且，在文学杂志上连载小说的现象，或有时甚至在一期上发表，仍然存在。尽管这是延续性的绝好例子，但是，它完全超出了现有研究的范围。

法。事实上,在随后的几章里,我将回到更传统的方法上,关注由个人所作的贡献。不过,我觉得有必要尝试一下这种不同的阅读方法,因为它可以揭示出,在处理来自显然不同的中国文学实践中的文本时,有那么多现代西方有关文本和作者的性质的概念是想当然的。此外,我也觉得,我提出的这一方法,在讲授民国文学的一般方法之外,也提供了另一可能的选择。最后,我相信,使用这种方法,将为阐释文本的文学和文化价值开辟新的途径。在这一章中,我将有关平行阅读的例证都限定在1910年代这个时期内,集中关注这个时期出版于上海,并或多或少具有商业性质的杂志,关于这一点,我在第2章有关南社的讨论中简要地提到过。在1910年代,有范围广泛的各类文体可供为杂志写作的作家选择,不同阵营也不存在任何明确或严格的两极分化。当这种两极分化实际发生时,会导致什么样的情形,将在第4章和第5章中讨论。下面,我将首先更细致地介绍我的阅读方法及其基本原则。

文学杂志的定义

在开始讨论研究1910年代文学杂志的方法之前,有必要先解决这样一个问题,即是否有可能——或至少在一定程度上——定义文学杂志是什么或应该是什么。只有这样,我们才可以决定将某些杂志纳入分析当中而将另一些排除在考察之外。其他国家有关文学杂志的一般研究,也意识到了这个问题;最明智的方法,通常是最具包容性的方法。例如,在爱德华·E. 奇伦斯(Edward E. Chielens)有关美国文学杂志里程碑式的研究指南中(1975;1977),专门区分了高雅杂志和低俗杂志,全国性发行的杂志和区域杂志,商业杂志和非商业杂志,以及"大型"杂志和"小型"杂志。奇伦斯的著作也认为有可能将非文学杂志和文学杂志区分开来,并有充足的理由。在大多数社会中,杂志出版和一般印刷文化的兴起,都与职业化、专业化和区分化的发展齐头并进。最近一部有关维多利亚时代期刊研究的论文集的"导论"中,提到了下述内容:

> 新兴起的职业特性几乎贯穿了整个 19 世纪生活的方方面面。……人们看到期刊怎样影响了"职业"作家的发展;国际版权法、版税制度和文稿代理人的成功实行,又怎样有助于"提升作家职业的声誉",并且还催生了"作家职业的社会学"。
>
> (Vann & VanArsdel 1994:5)①

从这可推导出:认识到不同领域杂志之间的边界不仅是可能的,而且还确实是从早期期刊出版的兴盛年代就延续下来的传统。在 1910 年代的中国,类似的职业化进程也在发挥作用。自晚清以降,"文学"概念就发展出了更专业化的意义(参见 Huters 1987;1988;Andrš 2000),与此同时,更大众化的"小说"概念,则似乎常常被赋予几乎与英语中的"文学"概念一样广泛的意义,但又小到可以避免与别的写作类型相混淆。② 此外,在编辑实践中,文学和非文学杂志确实划分出了边界。这从杂志的出版说明上就可以轻易地看出来,它通常包含说明受欢迎的文稿类型的条款。这些出版说明一成不变地包含了征求小说(长篇或短篇,翻译或原创),各种形式的短篇散文和随笔作品,通常是戏剧、诗歌以及与文学相关的作品的来稿。此外,出版说明也常常要求提交视觉材料(照片和插图)。这种让文学杂志具有视觉吸引力的习性,可能会为把插图作为中国现代杂志文学的审美整体的一部分,提供了某种最初的辩护理由。

---

① 感谢 Denise Gimpel 把这本书推荐给了我。
② 关于本时期小说定义的更多内容,见第 5 章。

建立起可能而且已经充分地在这个时期窄化了的"文学"范畴之后,接下来要问的问题应当是:这一范畴是否过于狭窄? 如果这一时期所有的文学杂志在形式、文体和内容上都极为相似(就如同它们被后来的新文学共同体竞争者不加考虑地设想成的那样),如果这个"场域"中没有区分明确的"位置",如果相竞争的团体或个人没有任何对抗,那么,"文学杂志"这个术语的使用,就可能只是强加上去的。虽然每种杂志在内容上的丰富多彩显然是有目共睹的,特别是从文类、文体和语言方面来看,通常还表现得比后来许多杂志中所见到的更让人印象深刻,但问题是,是什么将杂志彼此区分开来的呢? 例如,是什么促使读者在1914年购买或订阅《中华小说界》,而不是《余兴》《眉语》①或《繁华杂志》? 这四份杂志都是月刊,但前两份的价钱只是后两份的一半(每期0.20元对每期0.40元)。前两份通过其各自的支持机构——中华书局和《时报》的网络,可能会有更好的市场,也更容易买到。然而,这些都不是文学的考量。

所有这四份杂志都在宣言或发刊词中宣称对娱乐感兴趣,但《中华小说界》和《眉语》显得更为羞羞答答,二者均指出看似娱乐或游戏的东西,可以服务于严肃的目的。另一方面,《繁华杂志》则在征稿规则中明确声明,如其刊名一样,它希望来稿尽可能地多样化,但不接受任何政治性质的作品。《余兴》则用"余兴部"制定的许多可笑的"法令和宣言"开始其创刊号,它毫无保留地表明了自己使用讽刺——包括政治讽刺——的意图。

一旦翻开这些杂志,更多的区分会变得更加明显。《余兴》绝对是一份幽默杂志,包含有笑话和趣闻,以及大量的漫画栏目。该杂志办了一年,之后被有着十分相似外观的《滑稽时报》所取代,然而,后者只出版一期便夭折了。《繁华杂志》的内容的确多

---

① 杂志第1期的宣言解释了这有点不寻常的名称,说它指的是月亮在每月杂志出版的时候所呈现的弓形形状。

样有趣,除文学文本外,还包含与魔术有关的定期栏目,以及一个有关游戏和谜语的栏目。它也包含了以滑稽模式呈现的作品,包括有关30年后的诗歌可能怎样的猜测。杂志第三期(未标日期)刊登了3首匿名的"新诗",这些诗寓怪诞的意象于传统的形式之中,如"鲤鱼飞在树头上,波面何人跨黑螺"。

如果说,新诗成了笑料的话,那么,新戏则显然代表了《繁华杂志》13位(!)编辑的浓厚兴趣所在。在我所见过的杂志中,它有着最具特色的常设的"新剧"栏目。尽管它并没有发表很多戏剧作品,但却以范围广泛的有关新剧理论的批评性讨论,以及对演出的评论而独具特色。

正如林培瑞(Perry Link1981:171)指出的那样,《眉语》通过强调其编撰者的性别(或假定的性别)清晰地达成了自己的区分。该杂志由一位女性(高剑华)编辑(名义上的,根据林培瑞的说法),但有她的伴侣许啸天的支持;后者继续从事其通俗小说杂志的编辑职业,且至少持续到1930年代。① 第1期刊登了三位妇女的照片,她们也都宣称参与了杂志的编辑,同时为其供稿。根据第1期的宣言,杂志的内容,是有才华的女性在其"职业之暇"时撰写的,既为了提供娱乐,也为了间接地为男性和女性读者提供道德指导。投稿规则强调女性投稿者尤其受欢迎,但也不排斥男性投稿者。

《眉语》于1914年2月突然出现在文坛上,第1期封面极具挑衅性(图1)。这封面描绘了一个裹缠在长长的披纱中,裸露着一个乳房的中国女性,题为"清白女儿身"。这一封面或许是太出格了,这样的猜想可从下面的事实中获得证明:它在后来的印刷中被删除了,或者很可能被审查掉了。因为上海图书馆所藏第1期副本,确实有着上面所说的封面,而藏于斯坦福胡佛图书馆的副本则有着不同的封面,其主角换成了穿着齐整的女性(图

---

① 1930年代,许啸天与曾今可有过一次短暂的争吵,见第6章。

图1 《眉语》第一卷第一号

2)。这两本杂志的内容,就我所知完全一致(斯坦福的那期损坏严重)。即使是目录上面写的封面插图的标题,也保留不变。

《中华小说界》可能在四份杂志中最具声望,这部分是由于它两个主要撰稿人林纾和包天笑的声誉,他们都在该杂志上连载长篇小说。然而,这份杂志对待文学严肃和专业的态度,也很明显,例如,它关注文学理论的研究,为吕思勉(成之)提供了充裕的版面,用来连载其有关小说的性质的见解(见 Andrš 2000)。杂志还吸引了那些对西方"高雅文学"有兴趣的人,因此,与科南道尔(Conan Doyle)的小说译稿一起,我们还能碰到刘半农翻译的屠格涅夫和托尔斯泰的作品,以及周作人翻译的古希腊拟曲。[①]《中华小说界》,连同它主要的竞争对手《小说月报》,都由实力强劲的商务印书馆出版[②],后者几可被视作新文学运动的摇篮。

在后来十年中,文学杂志甚至办得更为专业,这部分是由于场域内具有引领性地位的人士的影响。1917年,包天笑创办了《小说画报》,这是一份专门刊载白话作品的杂志。1918年,徐枕亚创办了《小说季报》,这是一本昂贵的高雅出版物,只刊载主要用文言写的原创小说,不刊载译稿[③],不过接受短小的笔记文本,只是要求寄来时应该是结集的,而不是零散的篇章。

总之,我相信,有足够的证据可以证明:这个时期确实存在着一个文学场;而且,把文学杂志作为考察对象挑选出来,或者为此把文学栏目作为专业的文学实践的一部分,从一般的杂志中挑选出来,确实是有其意义的。除了杂志出版,文学实践当然也包括书籍出版。因此,接下来的问题就应当是:什么把杂志与其他媒介区别开来? 还有,什么方法适用于研究杂志?

[①] 更多细节见第 5 章。
[②] 有关早期《小说月报》,即其被文学研究会接管之前的内容,在 Gimpel(2001)的著作中详尽地描述与分析过。
[③] 这条规则,并没有被严格地遵守,因为创刊号中就至少有两篇译文。

图 2　《眉语》第一卷第一号(副本)

研究文学杂志的方法

研究文学杂志最常见的方法,是在与杂志本身无关的研究框架内,将杂志作为文本的储藏室来看待。研究者可能会查找由某个特定作者撰写的或与某个特定主题相关的作品,或对某些观念的发展感兴趣。在许多情况下,研究者会先从书籍出版物或文集中收集材料,而只有在相关文本从未以书的形式出版过,或文本更早的版本(也许会稍有不同)已经在别的地方发表过,才会转向杂志。其实,转向处在杂志版面中的这些文本,将为研究者提供必不可少的语境信息。这会表明文本或其作者是否属于某一特定的团体或学派;这会提供一些有关可能的读者或围绕着文本发生的可能的论争的信息;还有,比如在连载小说的情形中,这会为文本的结构分析提供有用的信息。所有这些方法都是有效和广为使用的,但就本研究目前的意图看,它们都在一定程度上曲解了文学杂志的性质。

一期杂志到达读者手中,是一个完成品,是一份文本,而不是一个语境。一拿到文本,读者可能会马上决定是从头读到尾,还是只读某些部分,或者只是匆匆浏览,这和人们可能的其他各种阅读方式相类似,比如说,阅读一部小说也是这样。换言之,一期杂志,至少在物质的意义上以及其他可能的意义上,拥有一定程度的统一体(unity)性质;在小说的情形中,这可以通过分析和阐释的手段来加以强调。

当然,至于为什么通常不这样做,理由各种各样。例如,统一体的假设已经暗示了"作者"的概念。被视作一个分析的统一体的一期杂志,就不能视作一个单一作者的产品。反之,它会被视作以下三种之一:作为一个集体创作的文本,作为一位编辑的产品,或作为一个没有作者的"众多声音"的集合。所有这三者,实际上都很符合结构主义和后结构主义的互文性(intertextuality)和

"作者之死"的概念。但这些概念仍主要只适用于那些仅仅以个人的名字作为创造者的文本这一事实,应当足以让我们认识到:"作者"并没有完全像在西方理论中讲的那样死掉了,或者至少没有像她或他可能的那样死掉了。这并不是理论不充分的结果,而是实际的出版实践使然。

欧洲的出版(我推想美国也一样)从未超越"作者",而且图书出版物被赋予杂志极少拥有的象征资本。结果,作家把自己完整的文学产品交给杂志时相当勉强,而且,即使这么做也相当有选择性,或是在杂志发表过后将文本首发版本加以修订,再以书的形式出版,或是故意提前在杂志发表,为即出的新书造势。别的制度,例如文学奖,也仍然明确地将作者置于文学场的中心。有关文学的学术研究,仍然被这一做法所掌控着。

民国的文学实践则可被设想得有所不同。虽然,我也意识到了,我有出于个人目的将中国变成方便的"他者"的危险,不过,在从已经阅读过的民国时期杂志中收集到的证据的支持下,我仍然要提出:在这个文学场的结构中,杂志占据着比西方要更为核心的位置。[1] 出现这种情况的首要原因,似乎是经济方面的:作家依靠在文学杂志上发表作品获得的收入谋生。结果,他们写作的每部作品,都先发表在杂志上,尔后才以书的形式出版,通常还不加修订;这也表明,图书出版物并不必然被看作要拥有高得多的象征价值。然而,那些由于经济上的独立而可以少写点并不多求发表的人,也同样坚持先在杂志上发表的做法。因此,且不管杂志被当作商品看待和使用这一事实,杂志确实成了民国时期文

---

[1] 以历史的视角来看,可能存在争议的是:在西方文学中,也存在杂志出版要比现在重要得多的时期。Vann & VanArsdel(1994)的导论中强调,杂志在英国维多利亚时代是文化生产中占主导地位的媒介。然而,这并不会使我这样的观点失效:过去五十年左右西方学者使用的大多数文学理论和方法,都基于单个作者撰写的书籍出版物或文本是唯一合法的研究对象这一假设之上。所有这一切都意味着,中国的情况并不是唯一挑战这些最广为人知的文学思想的潜在假设的。

学生产的基本媒介和主导媒介。这引发了许多问题。

第一个问题是投资回报的问题。如果说,高生产率是杂志惯常的模式,在一部单个作品(书的长度)的生产中,时间和精力的长期投资不应当被看作是必不可少的策略,那么,除了稿酬和版税,什么是作者期待从他们的努力中获得的回报?在杂志这种高效的文学经济中,可以获得任何形式的象征资本吗?如果有的话,什么是获得这种承认的标准?

紧随其后的第二个问题,是作者的身份问题。下面这种情况是否可能:个体作家并不是杂志这一实践唯一的关键作用物,因此,他们并不需要作更多的投资?在杂志上发表的倾向,以及在文学社团中工作的习性,是否迫使我们认为,是集体而非个体,才是这个场域内主要的运作者?

最后,如果杂志是集体创作的文本,那么,难道我们不应当分析它们的全部内容?包括那些1910年代众多杂志在投稿规则中特地征求,并显著存在于此后几十年众多杂志中的视觉材料?如果要这么做,我们又如何对这一具体的内容进行描述和分类?还有,我们如何阅读它?

前两个问题对本研究与民国时期文学文体有关的观点来说是关键的。对高速、集体的定期生产的偏好,似乎是那个时期所有种类的文学写作共有的,无论它是新文学,所谓的"鸳鸯蝴蝶学派",还是任何处于两者之间的东西。一旦从某种涵盖一切的、具有包容性的视角来看待这些看似强烈对立的团体,差别就会变得模糊得多。它们似乎只是文体上的差异,而不是本质上的。一旦意识到这一点,就会让人惊讶地发现,文学论争的参与者本身,是那么频繁地召唤非常传统的文体观念,这一文体观念认为阅读和写作经验由共享的规范来决定。这导致了一个后果:作者不是西方文学实践中主导的、被抬高的形象,而是某个更熟悉的、与读者处在同一水平线上的人,这也是某个让读者通过阅读作家的作品可以真正加以了解的人。

由于文学与个人如此错综地交织在一起,可以想象,作家的多产——这是此种实践非常惹人注目的特点,不仅仅源于经济的动力,还源于尽可能多地投入到与读者频繁接触的愿望。在被认可的规范或体裁的界限内建立诸如此类的接触,使某类共同体的建立变得很有必要,这为在集体中工作的实践提供了文学的解释。① 这还为中国现代文学实践的另一特点提供了某种解释,它在今天仍然还可以看到:作家和编辑们说服尽可能多的"朋友"参与写作与出版,并不顾其质量不懈地催促他们的作品。换言之,杂志出版,预设着亲密性和即时性(intimacy and immediacy)的诗学,其文学文本以亲密无间的方式,服务于与一个读者分享思想、情感、经验的需要,同时带着娱乐、教育或只是沟通的目的。这种沟通越是有效,文本(及其作者)的象征资本就越高,而不管杂志的实际身份只是可有可无的消费产品。

1910年代文学杂志的魅力,是提供了如此令人眼花缭乱的多样的文体与形式,而没有此后二十年间文坛所具有的彼此不相容的敌意,至少就读者来说是这样的。在1910年代,现代文学的场域可以说"正在建设中"(under construction),尽管存在着明显的差异,却没有变得非常突出。一方面,这种情况会给阅读和阐释造成额外的困难,因为难以使用对此后时代的中国现代文学变得如此熟悉的一些特征。另一方面,有关1910年代的杂志更综合的阅读策略,可以很好地为我们带来同样综合的研究民国其他时期文学的方法。将1910年代的杂志存在的各种不同的写作文体,看作庞杂和多样的文学实践的一部分,指出了理解此后几十年文学场的基本方法,即囊括在内的不同文体,是彼此渗透与互为文本的,而不是彼此反对或压制的。因此,我现在要着手研究的阅读问题,也许意义重大。在进行更系统的阅读尝试之前,我

---

① 正如我们在前面几章中看到的那样,在集体中工作也有着非文学的、实际的理由,这与需要将时间和精力一起投入于一份杂志中有关。

将先简要展示平行阅读可能涵盖的各类杂志内容。

平行阅读的要素:封面和插图

将每一期杂志都作为独立的文学文本,并将其作为一个整体来阐释,并不意味着你必定要从最开始入手,比方说,从考察封面开始。然而,封面通常是读者首先注意到的,并在一定程度上决定了他们有关杂志和杂志背后的人的文体(风格)的设想。《小说时报》杂志的封面特别漂亮,我见过1909至1914年间的24期原刊。① 每期大开本杂志的封面,都刊印着精美的女性色彩画,她们都是工作中的女性,背景和姿势各异。第一期头几页图画以蓝色和绿色绘制,饰以各种艺术品,其质量同样高超。其中大多数图画,持续关注封面上呈现的女性的体格,并展示其不同角度的细节,以中国、日本和法国的美女图画来与缠足的、题为"中国苦状画"的图画加以对比。更普遍的对变革和进步的兴趣,弥漫在第一期的内容中,这一期包括与"新事新物"有关的片段,配有图画,还有58页的白话科学小说。粗略的印象是,这份杂志肯定不是为了寻常的或大众的娱乐而创办,它每本0.80元的相对高价,以及后来一期中刊有英文广告,都证实了这一点。

有关这一点特别明确的信息,似乎是由出版于1911年6月的第12号(图3)的封面给出的。这期封面展示了一位愉快的年轻女性,她坐在土星环上,乐观地仰望着群星,并挥舞着帝国的旗帜。三期之后,在第15号上,鲜明的对比显现在封面上,它展示了一个外表看起来有点忧郁的、穿着古板的女性,她小心地举着一盏装饰着民国旗帜颜色的灯笼(图4)。自然,对按顺序翻阅现在馆藏合订本的读者来说,这一对比尤其醒目。不用说,这两期

---

① 据郑逸梅(1961:6)的说法,该杂志的全部33期都出版了,最后一期出版于1917年。

图3 《小说时报》第十二号

图 4 《小说时报》第十五号

杂志的封面一出现,就很可能成了阅读潜在的出发点。

图画及插图对这一时期文学杂志的形象与价值的重要性,可以通过考察目录,还有杂志上替其他杂志刊登的广告来确认。大多数插图和图画都位于各期杂志的开头。各种图画的标题总是列于目录和杂志广告中,例如,刊登于《小说时报》上为《妇女时报》所作的广告(图5)就如此。插图显然是这一时期的杂志内容整体的组成部分。从这些杂志的阅读中排除插图,就如同从一部小说中删除一个章节。①

在阅读汇集于同一期杂志上实际的文学文本时,可能再次遇到插图。文本的插图未被列入目录,但不用说也是阅读体验的组成部分。与之相似,但更不明确的是,这一时期的文本越来越多地使用起强调作用的圈点。我认为,这是阅读体验中的一种视觉因素,用各种符号强调文本中作家(或编辑?)认为最重要或最美妙的部分。文本的阅读和阐释,可以将这些因素考虑在内。至少,这类标点必须被视作文体的重要指示物。因为后来的新文学共同体将会完全抛弃这类圈点,任何使用这类标点的杂志,会马上被认为是在赞同一套不同的文学观念与标准。

平行阅读的要素:目录、出版说明和广告

在阅读中,把杂志的目录、出版说明和广告包括在内的情形,要比上面展现的封面和插图的情形显得更不直接。为将此类事物包括在阅读之内辩护的一种方法,是去证明一部文学作品的接受总在一定程度上由其周围印刷着什么来决定。这是有关书籍历史的学术领域里一个共同的假设。这种立场由米歇尔·莫伊

---

① 郑逸梅(1961)的条目进一步证实了插图的重要性。在描述这一时期的杂志内容时,郑总是一定要提及那些他认为有代表性的文字及有代表性的插图的标题。

第四章　集体作者与平行读者:文学杂志的审美维度　131

图5　《妇女时报》在《小说时报》上登的广告

兰(Michele Moylan)和莱恩·斯蒂尔斯(Lane Stiles)在《阅读书籍》(*Reading Books*)一书的导论中概括过:

> 难道(印在一册梅尔维尔的《泰皮》[*Typee*]中的广告)之所以无关紧要,是因为它们并不代表作者有意为之的意思? 或者是因为它们并不是这本书原创的产品文化的造物? 或者,难道这些页面之所以休戚相关,是因为对阅读任何特定版本或文本形式的读者来说,它们也构成了意义的语境的一部分?
>
> 我们有关文学的意义栖居于何处的假设,会指示给我们对这个问题及其他相关问题的答案。像威廉·查瓦特(William Charvat)这样的早期书籍历史学家们,反对新批评将文学作为理想的客体来定义的局限,不过他们也担心,对书籍进行过于偏重社会学的研究,可能也无法把握"文学性"。这方面有代表性的学者,将文学性与物质性联系起来;他们使用宽泛且有时散漫的文学客体定义,但他们理解并阐释书籍和文本间的基本关系。插图、装帧、学术导论,所有这些都在他们对文学意义的分析中发挥着决定因素和参与者的作用。对于这些学者,在"理念的"和"物质的"两者间并没有一条清晰的界线。
>
> (Moylan 和 Stiles 1996:11)

不用说,认为目录、出版说明和广告就像插图一样都是杂志完整的组成部分,可能言过其实。然而,在一些情形下,它们的确道出了将杂志作为文学作品来对待的一些东西。例如,在杂志的目录中,是否提到了每篇文稿的作者姓名,确实有其意义。在后来的民国时代,惯用的做法是提及作者的姓名,但在1910年代并不这样。一些杂志只提及栏目和/或每一篇文稿的题目,却没有提及作者。然而,另一些杂志,不只提及作者姓名,甚至还把作者照片印刷出来——如果照片与手稿一起投来的话。这些差异表明了文学场内略为不同的定位,并在某些情形下可能会影响到阅读和阐释。

　　由于1910年代杂志中编辑的位置和身份,这里还可能会产生另一种特殊的情形。即使那些在目录中并没有提到作者名字的期刊,也往往会给予编辑的名字以相当显著的地位,而且,编辑的肖像通常会装点着任何杂志创刊号的开始几页。在一些情形中,编辑的身份会被提升到这样的程度,以至于他的名字几乎起着成为整本杂志"作者"的作用。例如,在《小说画报》杂志的封面上,我们发现,除了刊名,还有"包天笑主任"这一行字。在前三卷《新青年》的封面,编辑甚至还被赋予了更多的象征资本,紧挨着刊名的一行字写着"陈独秀先生主撰",这里的"先生"一词明显是尊称。似乎可以理解,对于这些杂志潜在的买家与读者来说,这样的封面起着类似于提到题目和作者的书籍封面的作用。

　　版权页,则可能最不容易吸引读者多加关注并去认真阅读的了。但研究者可以从版权页获取部分信息,例如杂志的价格和发行的区域,从中可以知道历史上的读者可能以怎样不同的方式(例如通过向书店的店员询价)拥有或获得这份杂志。此外,杂志的"投稿规则"常被当作版权页的一部分印刷出来,它会被那些想要自己尝试写作和/或寻找地方推销自己作品的读者仔细阅读。最后,在我碰到过的一个案例中,版权页还提供了不太可能的一种剽窃情形:1915年,一份便宜的小月刊《小说海》的版权页上,刊有与著名的《小说月报》相同的英文刊名(*The Short Story Magazine* [*Issued Monthly*]),甚至用相同的字体印刷。

　　广告,就它们包含的东西常常超越编辑控制这一意义上,与杂志的内容是相分离的。出版者对特定杂志的读者类型的估计,对哪些广告出现在哪份杂志上的决定会有影响。在一些情形中,读者会注意到广告并阅读,购买将可能由此发生,但却难以发现广告在杂志整体的审美结构中的任何功能。杂志中含有的广告的数量和种类,当然也会显示出与杂志定位有关的某些东西。大量广告的存在,改变了杂志外观,并因此在一定程度上影响到了读者。然而,值得怀疑的是,广告的内容在何种程度上会与阅读有关。考察所作广告的类别更有意义:它们主要是普通消费品的广告,抑或主要是书籍和其他杂志的广告。研究为别的杂志所登的广告,正如我们上面所看到的那样,还有额外的好处,即可以收集有关杂志已佚失的信息。

为《香艳杂志》第 2 期刊登的一则广告,甚至让我们有可能对杂志本身进行了初步的平行阅读。这则广告(图 6a)提到,《香艳杂志》第 1 期风行各省,销数已达八千以上,女性读者订购尤多。"图画"栏目中的图画标题似乎表明,它们既描绘著名的女演员或交际花,也描绘女校长;而文本内容既包括秋瑾传记,也包括与闺阁有关的诗作和趣闻。《香艳杂志》给人们留下的清晰印象之一,是尽管宣称拥有大量的女性读者(这究竟是怎样被衡量出来的呢?),但主要还是为了迎合男性读者的。

在 1910 年代,有一些杂志几乎不含任何广告,这表明:要么它们有足够的资金来支撑其生存,像后来一些年里的《新青年》之类;要么它们是小型的(且不可避免地短命),像 1914 年的《小说旬报》之类。《小说旬刊》以雄心勃勃地计划每年出版 36 期开始,却于三期后夭折。1910 年代的杂志,大多以后来民国时代最常见的模式来运行,即依附于文学社团,由社团成员承担大部分生产费用,因而很少需要广告。除了南社出版物,我所见到的 1910 年代在这方面唯一成功的例子,是《诗声》杂志,它由创办于澳门的雪堂诗社出版于 1915 到 1920 年。该诗社在香港和横滨拥有分社。① 一个不太成功的例子,是 1913 年出版于苏州的《滑

---

① 《诗声》也是我知道的这一时期唯一的诗歌杂志。我只查阅到第 3、4 卷(1917—1920)。由于每卷包含 12 期,每月出版,我推断,杂志应创办于 1915 年。第 3 卷第 1 期中(日期为 1917 年 9 月)一篇征召新社员的短文,也提到社团已经存在了四年,杂志已经存在了三年。杂志的内容一直只有用古典文体写的诗歌,自第 4 卷开始,才引入一个新的包含各种形式的散文写作的栏目。

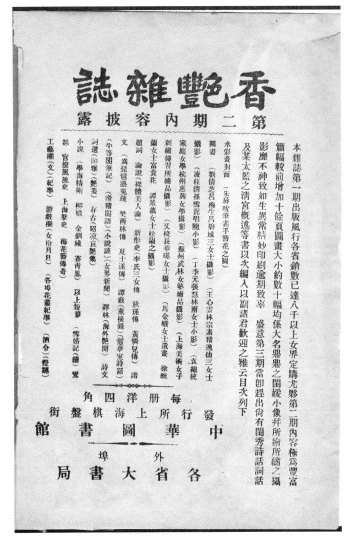

图6a 登在《游戏杂志》上的《香艳杂志》的广告

图 6b　登在《游戏杂志》上的《二十四史全书》广告

稽杂志》。该杂志第1期号召读者成为"滑稽杂志社"的成员,只要支付一元,提交一张照片,就可以获得社员身份。这份杂志甚至还含有俱乐部颂歌性质的乐谱,名为"滑稽杂志万岁"。然而,这一杂志似乎在一期之后就关张了。①

民国时期(不只是1910年代)文学杂志中的文本,差不多总是被分成几个栏目。最常见的方法是根据文类来划分栏目,这在1910年代意味着分成短篇小说、长篇(即连载)小说②、诗歌和戏剧,再加上另外的散文栏目(像笔记)和杂项的"趣闻和游戏"栏目(通常叫"杂俎")。在一期杂志的阅读或阐释中,注意所有这些栏目,也对研究者提出了值得注意的问题,因为只有了解各种不同文类的标准,才能理解这些栏目中的每一栏都是什么。我的一般印象是,在大多数1910年代的杂志中,小说和戏剧栏目最具实验性,经常试图建立新的标准与范畴,而不是墨守成规;诗歌栏目则大都因循守旧。但像"杂俎"这样的栏目又如何呢?有任何文类的标准可以用来辨识这个栏目吗?如果有的话,又是什么呢?

我相信,对多种多样的杂志栏目,进行富有成效和以事实依据为基础的跨文类阅读,将不得不是学者团体协作努力的结果,而不是个人的事业。因此,下面提供的阅读案例,肯定是不完整的。不过,我仍然希望,这些案例阐明了杂志阅读如何可以成为愉快的、美学上令人愉悦的体验。为了强调这不仅仅只对某种特定类型的杂志(商业娱乐杂志)才是真实有效的,在我列出的三个例子中的最后一个,将讨论著名的新文化杂志《新青年》。

---

① 仅有的一期在冯平山图书馆可以找到,在那里我查阅到了它。由于这份杂志并没有列入到陈伯海和袁进(1993:60—6)中,难以确定之后是否还出版过。
② 虚构文类通常根据内容被分为范围广泛的子文类。有关早期虚构文类的理论的详细研究,见Andrš(2000)。

《眉语》

就像上面已经提到的那样,《眉语》杂志(1914—1916)大概由以高剑华为首的一群女性编辑,而且似乎发出了女性解放的信息。然而,即使是非常粗略的平行阅读,也会马上削弱这一判断。这份杂志以一份宣言开篇,它以大字体宣布高剑华的编辑地位。在期刊开头的照片栏目,我们找到了一张高剑华和一个叫许则华的男性的照片,许则华显然站得更高,超过高剑华并将她降至微小的地位(图7)。在接下来的一页,出现了所有四个女编辑的照片。然而,紧随的是两个男性的照片,他们被称为"编辑襄理",用的是比前一页介绍女性所用的大得多的字体(图8和9)。两个男性中的一个即是许啸天,他与前面提到的许则华被证实是同一个人。

许啸天还是《眉语》同一期惹人注目的一部短篇小说的作者,这篇小说使用了同样的强调女性话题的策略,最终却是为了确立男性的支配地位。这篇名为《桃花娘》的小说,用很自然的白话文体写成,凭借其开始几行就立刻能引起读者的注意:

> 好呀!我们女学生是不服从男子的。男子是个奴隶,女子是个主人。今天我爱上了你,你做男子的应该服从我,和奴隶服从主人一样。我唤你来,你便不许去。我唤你朝东,你便不许朝西。这样子才能讨我们女子的欢喜啊!可是我们女子欢喜男子,是很自由的。譬如我今天欢喜你了,由我;明天不欢喜你了,也由我;我欢喜一个男子,由我;我欢喜两个男子,也由我。我欢喜谁便是谁。我欢喜两个男子,我便有了两个奴隶。我欢喜四个五个男子,我便有了四五个奴隶。推而至于欢喜十个八个几十个男子,都可以,都是我们女子应享的幸福,应有的权力,不是你们男子可以干预可以

图7　高剑华与许则华(许啸天)的合影,见《眉语》第1期

图8 《眉语》四位女编辑

第四章 集体作者与平行读者:文学杂志的审美维度 141

图9 《眉语》两位编辑裘理君、吴剑鹿、许啸天

管束的。这便是鼎鼎大名的学说,叫做恋爱自由。①

只有在这种"令人震惊"的导入后,读者才会意识到:这些话并不代表作者/叙述者的观点,而是由主角,一个叫桃花娘的女性说出来的。在故事的其余部分,作者/叙述者显然竭尽全力地赋予桃花娘非常消极的印象,表明她自由恋爱的激进立场,仅仅只是道德堕落、贪图金钱与权势的借口。在她同样腐化的朋友魏文明("未文明")先生、贾俊子("假君子")先生和金崇势女士的帮助下,她可耻地利用了富裕却有点天真的胡图("糊涂")先生,并在他的钱一花光时就离开了他。然而,厄运降临到了桃花娘身上,她最后成了贫困潦倒的妓女,苦受性病的折磨,并开始为所有过去的错误作为感到痛苦的悔恨,这时,又正是胡图先生作为解围的人出现,将她从苦境中拯救出来。

另一短篇小说,由一个叫吴佩华的女性②撰写。③ 小说前面有简短的导言,作者在其中介绍说,她的文本是对平常情事作某种详细描绘的试验,她声称这可以在西方小说与《红楼梦》和《西厢记》中找到。这篇小说用白话写成,从男性的视角描写一对年轻夫妇的婚礼当天及其婚姻生活的头几日。不过,这篇小说最成功的地方,是详细地刻画了这位女性在新婚丈夫家中的孤独,以及对丈夫的完全依赖。而且,这段婚姻被描写成自由恋爱,而不是家庭间任何安排的结果,男性的声音还有力地为这种婚姻的优点辩护。尽管这篇小说并不具有前一篇小说那样的震撼效果,也没有显示出女性解放或独立的信息,但它对夫妻双方感情的敏锐

---

① 《眉语》1:1,短篇小说栏目,第2篇小说,第1页。译者补注:其中标点原为句读,此处为译者根据现今标点符号规范所加。

② Link(1981:171)已经证明,在这一杂志中,并非所有署名为女性的稿件都确实由女性作者撰写。上面讨论的这篇小说是从男性视角来写的事实,可能暗示这篇小说也由一位男性撰写。然而,没有任何确凿的证据可以支持这一结论。

③ 这篇小说是短篇小说栏目的第17篇。

描绘,似乎指向更现实的性别关系的改善。虽然这种改善显然是极微小的,但这也是婚姻伴侣自由选择的结果。

上面提到的《眉语》第 1 期中的任何图片或小说,都可以很好地独立出来,或与其他有相似主题的文本联系起来加以阅读和阐释。由于选择的文本和语境,作品的意义可能会显得更具性别歧视或女权主义。只有通过阅读相互关联的文本,将其作为一个更大的整体的组成部分,才能获得有关《眉语》的完整意义上的复杂讯息。就像在开卷的图片和主张里所表明的那样,如果《眉语》确实是女性和男性的编辑和作家协作的产物,那么其结果就是:这样一个独一无二的、集体创作的文学产品,是值得被阅读、解释和欣赏的。

《游戏杂志》

The Pastime 是《游戏杂志》的英文名称,它由王钝根编辑,刊行于 1913 至 1915 年。① 它由中华图书馆出版,且价格非常合理地定为每期 0.40 元。十九期杂志中的每一期都超过一百页的篇幅,这也是为什么有关第 1 期的阅读也只能是局部的原因。下面的阅读涉及所有囊括在第 1 期中的各类材料:封面与封底,两则广告,投稿规则,序和导入性的"小言",图片,以及来自"滑稽文""译林"和"说部"栏目的文本。

鉴于《游戏杂志》每一期都体量庞大,第 1 期封面上描绘的手持杂志的人物显现的那种显而易见的轻松,最让人印象深刻(图 10)。尽管男人手中的杂志只露出了封底,而且上面的字迹实际上并不可读,但只要瞥一眼这份杂志实际的封底(图 11),就

---

① 《游戏杂志》声称是一本叫作《自由杂志》的类似杂志的延续,后者只办了两期。这两个出版物都与围绕在著名的《中国日报》副刊《自由谈》周围的作家和编辑团体有关系。

图 10 《游戏杂志》第一期封面

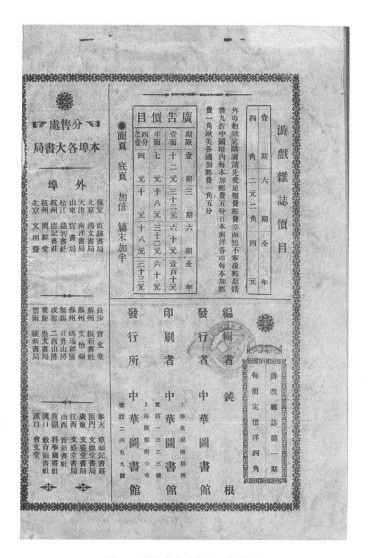

图11 《游戏杂志》第一期封底

会明白这个男人手里拿的肯定就是第 1 期的《游戏杂志》。这立即为这个画面增添了游戏因素。当然,如果面对的是影印本,就像我们现在这样,画面中男人持有的这份杂志的封底确实就是读者拥有的实际的杂志封底这一事实,就更容易被察觉到。但对历史上实际的读者来说,这会困难得多,他必须不断地在自己手中将杂志翻来覆去。① 尽管图片中的人——一个传统文人装束打扮的老人——正把目光从他手中的杂志移开去,但他脸上的笑容似乎表明,阅读已经给他带来很大的愉悦。类似笑面人物的漫画手法,大量出现在这个时期里其他采用"滑稽"或搞笑模式的杂志封面上。

当你翻过前面的封面,并与两个广告面对面时,其中一个在封面内页上,另一个在其对页上(见插图 6a 和 6b),你会发现时代和娱乐的结合在继续进行。《香艳杂志》的广告与《二十四史全书》的广告形成了鲜明对比,这种对比不仅存在于做广告的产品方面,也存在于广告所使用的字体方面。即使两个广告都与中华图书馆的出版物有关,但我猜想,在出版商决定在哪些杂志上刊登哪些广告时,是有某种"瞄准"(targeting)在其中的。换言之,仅仅根据这些开卷的印象,就可以蛮有把握地猜测,杂志隐含的读者是男性,受过良好教育,并且既需要学识的象征也需要娱乐的来源(我假定,这里的男性会要拥有《二十四史》,但也会想阅读《香艳杂志》)。

投稿规则出现在下一页,简明直接。所有文类"有趣之文字"都被接受,而"游戏照片"尤受欢迎。② 它还为期望中的投稿者提供了两种不同的激励。第一种是经济上的,提到了三类稿

---

① 我之所以使用男性第三人称单数,是因为就像我的阐释将显示的那样,我推测《游戏杂志》的读者主要是男性。
② 在这一期杂志前面的图片中,有一张是一对着婚礼服装的夫妇,题为"游戏结婚之图"。标题明确表明,图画中的人是为了取乐而打扮成这样的,它并不是拍摄自真实的婚礼。

酬。而诗歌,像往常一样,被排除在酬劳之外。第二种更具象征意义,投稿者被鼓励随稿提交自己的照片。一旦稿件被选中发表,照片也将会被收入到前面的图片栏目中。显然,这一政策已经在第一期中实行了。图片栏目相当大,且确实包含投稿者的照片,他们所有人都是男性,且大多比封面上的男性年轻,但着装相同。

出现在下一页的《游戏杂志》序,继续着前几页的主题,轻佻和可敬、实用和象征相交织,但伴随着强烈的忧思底色。首先,它列举了许多中国历史上的重大事件,并宣称所有这些"及今思之""如同游戏"。然而,序接着称赞了那些使用"游戏之词"和"滑稽之说",规劝君主和批评不道德行为的历史人物和文章。由于对现在这个忠言逆耳的时代深感悲痛,文章得出了这样的结论:在这个时代,只有含蓄的批评才是可行的,因此,这份杂志,若置其题目不论,有一天可能会引人们步入正轨。在下面一页类似于"小小的声明"的宣言中,这种犹犹豫豫的承诺,又被用毫不含糊的措辞推在了一边:

> 中国游戏杂志,有之自本杂志始。本杂志将来,能于中国杂志界上占一位置否,未敢自必。然要之为文人别开生面之作,受一般社会之欢迎,可断言也。故作者以游戏之手段作此杂志,读者亦宜以游戏之眼光读此杂志。①

声明最后以规定结束,再一次用毫不含糊的措辞,规定杂志不得牵扯进政治或"毁誉"当中。

一旦读者进入图片后面的第一个栏目,即"滑稽文"栏目,那种反对卷入政治的说法,又马上会被许多分散在各篇稿件中的尖锐的政治讽刺所冲淡。该栏目第一篇列举了许多歇后语性质的

---

① 译者补注:其中标点原为句读,此处为译者根据现今标点符号规范所加。

当地谚语,并将之与当前的政治事件联系起来(滑稽文栏目:11—13)。第二篇以伪造墨西哥总统给中国总统写信的方式写成,在信中,前者恭贺后者在议会中不须遣散议会就可以除掉反对派的极聪明方式,并在最后欢呼"世界英雄唯中墨两总统耳"(17)。第三篇将自己展现得像是专门"收购废品"的上海商店的广告,它请求人们售卖诸如来自清王朝宫殿中的物品之类的废品,以便出售给想要展览这些废物的国外博物馆。商店尤其感兴趣的,是帝国官员剪掉的发辫和妇女的缠足布,也十分欢迎民国政府的勋章和奖章(17)。

在读到这些讽刺时,"以游戏的方式阅读游戏杂志"意味着什么,就变得更为清楚了。显然,杂志不只提供娱乐,而且激励它的读者对人生具有鲜明的冷嘲热讽的态度,玩世不恭,无论是对老的帝国还是对新的民国。而这新的民国,可以有把握地假设,仅仅在两年前,还是许多人为之奋斗或反对的。然而,在幻灭中,似乎还有两样东西,一是实用的,一是象征的,即金钱和教育,是这些文人为自己开辟的新天地,他们会继续认真对待。这也可以从另外两个文本中看出来,一篇出自"译林"栏目,一篇出自"说部"栏目。

译林栏目并不由文学翻译组成,与其他杂志通常的情况一样,是由来自异国介绍奇闻趣事的报纸和杂志文章的译稿(或节译)组成的。一篇题为"小说家之入款"(译林栏目:11),是某个叫常觉的人撰写的(感兴趣的读者可以在图画栏目中找到其相貌),它介绍了为伦敦报纸写作的小说家的报酬体系。它解释说,这些作家每小时赚取50美元(为什么生活在伦敦的作家会赚到美元尚不清楚),而且,他们可以通过版税或将版权卖给电影或戏剧公司以获得巨大的收益。文章最后评论说,那些靠写小说为生的人,比那些写"寻常文字"的人挣钱更多。在这一点上,感兴趣的读者可能会翻回到"投稿规则",以便找出常觉因其翻译可能赚到的钱大致界于0.20—0.50元之间,这取决于他商谈得来的稿酬比率。

教育的价值与获得教育的难度,是小说栏目的子栏目"说部"中一个小故事重视的主题。① 这篇故事由一个叫梦犊生(无照片)的人所写,题为《小学堂三日记》(说部栏目:27—30)。开篇几行由于对小说文本较之其他形式的文学在难度上的内在判断,值得征引:

> 吾乡村串中有一童子,颇聪敏。四五岁时即由其母口授诗歌,皆能背诵。至七八岁,四书诗经都已诵毕。能读浅近小说,及各种报纸。(27)

这几行文字是作者/叙述者所作的介绍的一部分,说当男孩九岁时,他的父亲在长期离家之后从首都返回来了。母亲怕她的丈夫对儿子的学业进展不满意,决定送他去一所(大概是新式的)小学。上学第一天回来,这个很喜欢学习并渴望得到正规教育的男孩,非常苦恼。第二天,他似乎同样不开心,并花了整个下午翻阅书籍。第三天,他哭着回来,并说再也不要去学校了。根据这个导言的说法,紧接着的故事即是这个男孩最终为自己的行为给出的简明解释。

这个故事由九岁的男孩以第一人称来讲述,用的是古典的文言。事情是这样的,入学第一天,男孩被分到两个班级中的低级班,班上小学生只被要求跟着老师读黑板上简单的字。不幸的是,那位老师有口音,把人字读成银,以致当他试图教他们人人的时候,全班都在喊着银银。失望之余,男孩要求转到较高的那个班,并在第二天就如愿以偿了。高班的教师不再局限于单个的字

---

① 由于另外两个子栏目是"传奇"(这里指这个名称的戏剧形式)和"弹词",小说在这里不应该被翻译成"fiction",而是"fictional texts"(虚构的文本),尤其因为说部也是"小说"(fiction)的通用说法。

和词,而是解释完整的句子。然而,年幼的男孩惊讶地发现,老师的解释完全是错的(且对读者而言相当有趣)。由于不能确定,在第三天面对老师之前,他回家先对照着许多书籍检查自己的解释是否正确。但老师通过给出其中一个字甚至更为荒唐的解释来为自己的阅读辩护,孩子决定再也不去学校了。故事结束了,没有任何来自作者/叙述者的进一步评论,或任何有关小男孩之后发生了什么等进一步信息。

愤世嫉俗是这期《游戏杂志》整体的基调(尽管其余各期未必这样,对此可能不得不进行独立的解读),上述这个故事的做法在这当中也很典型,它只打算提供"事实的"信息,而不浪费笔墨去传达什么确凿无疑的信息。这些事实的信息包括:目前这一代文人正在将自己的文化资本(教育、身份)转化成职业化的象征资本(报刊界中的职业和位置),却没有获得应得的经济上或象征上的回报;下一代学子则被教育弄得垂头丧气,这是由更关心"钱"而不是"人"的骗子提供的;文人唯一的出路就是嘲笑一切——包括自己和彼此,就像封面图片中的那个男人,不仅在看杂志,而且嘲笑拿着同一期杂志的读者。

在一篇题为《游戏杂志》的短文里,这样的态度表现得尤为明显。它被作为"短篇游戏"列在说部栏目中。这篇短文的署名为一个叫"我恨"的人,全文如下:

> 却说我恨一日方提笔要想做篇小说,寄到游戏杂志社去。不想刚写得游戏二字,忽被一人从背后把手捏住了。不许我写。道:现在时局如此的乱,国家和人民如此的贫弱,你有此功夫不做几篇有用的文章,提撕政府,激励民气,却在此做那游戏的勾当,岂不浪费笔墨,辜负韶光么。我恨听了,便对他笑道:不差不差,你的话实在是金玉之言。你的心也实在是热血之心。不过你还不知道现在那些自称言论家的几千百万。要找一个大公无私的人,实在比那缘木求鱼恐怕还

要难些。他们满口的国利民福,说得天花乱坠。你若细察他的用意,不是诋誉一人即是互争私见。况且有些人受了金钱的魔力,他的论调便渐渐的更改了。你想此等言论,到底有什么价值,对于国民有什么益处。不要说我没有他们那样资格,即使有了他们的资格,我也不屑去做他们的事。倒不如写几篇小说解解寂寞。我看世界上的文字,还是那些小说中的言语,很有些良心些。道理你若不信,好在那纯根所编的游戏杂志已经出版了,内中有一篇我恨投稿的小说,也叫什么游戏杂志,你把他读了一遍,你便知道小说是极该做的。非但你以后不再禁止我做小说,恐怕你自己也极欢喜做小说了。那人听了我恨这番言论,便把手放了,立刻去买了一册游戏杂志来从头至尾读了一遍,果然他也勤勤恳恳的做起小说来了。

(说部栏目:40—1)

这个文本有着循环的讽刺性,立即会令人想起杂志封面。如果将其从杂志中独立出来阅读,那它几乎不值得受过良好教育的读者或文学评论家去关注。然而,当将它与同期杂志上的其他文本一起阅读时,即便这些文本都由不同的人撰写,这篇短文还是饶有深意地被赋予了某种深刻的无价值的感觉,而这正是写这篇文章的文人体验到的东西。如果说,我们上面所看到的,是经由对职业生涯和教育危机的担忧,将这种感觉延伸到了社会和文化领域,那么,我恨所写的这个"故事",则将这种感觉延伸到了语言领域,将文人对"良知"和"理性"的号召转变成了空洞的姿态。我恨正在说的是,"当你听了我说的,你会相信我",但事实证明这就是他要说的一切。此外,就像强调他的努力无价值一样,我恨在括号中为自己的文本增加了三个字:"不受筹。"把这翻译得随意一点,就是:"不要为这付酬给我。"

我对《游戏杂志》第 1 卷的平行阅读,肯定不是唯一可能的阅读。如果强调不同的着重点,从杂志不同的栏目中选择不同的部分,还可以有很多的阐释方法。此外,如果《游戏杂志》历史上的实际读者真的径直从头读至结尾,就像我恨在故事结尾建议的那样,读者很可能会提出许多其他的解释,这尤其是因为这样的读者拥有我并不拥有的庞杂的文化负担。然而,如果诸如此类不同的阅读确实是可能的,而且,如果其他杂志的其他期号也会导致其他的阅读,那么,这将只会有助于证明:1910年代中国杂志的各个期号,是对多元阐释开放的多价的个别语言(polyvalent idiolects)。或者,用平实的语言来说,它们是文学的文本。唯一不同的是,它们并不由一个单一作者所写,而是集体努力的产品。我的最后一个例子与都出版于1918年的两期《新青年》有关,它将用来强化上面的观点,同时说明:即使这份被认为非常严肃的改革者的杂志,也显示出了审美特征的混合,一些是严肃的,一些则更是游戏的。此外,这最后一个例子,触及了可能最常被阅读和阐释的中国现代短篇小说,即鲁迅的《狂人日记》,这表明,即使是最为人公认的文学文本,平行阅读也可以从中发掘新的意义。

《新青年》

在与中国现代文学早期历史有关的故事中,我最喜爱的是下面这个:

> 大约是民国六年的夏天①,她(陈衡哲)和几位女同学到纽约去参加胡适主编的《留美学生季刊》的会议,那时,能够来美读书的女生还是凤毛麟角。会后,有些兴致勃勃的好事者,非常巴结,发起每人捐一点钱,欢迎她们去郊外风景区野

---

① 据下面所言,这个日期肯定不准确。可能应该是1916年。

餐,并在赫贞江上摇船打桨,游目骋怀,追寻生活的乐趣。忽的,好事多磨,天气骤变,风雨大作,把这些男士小姐们淋得像落汤鸡一般,原来是出于男士们一番殷勤接待的盛意,没有料到搞成这个尴尬的局面,有的男士们把盛意变成歉意,而被欢迎的小姐们,也由高兴而扫兴,大家懊丧不止;然这情景却挑动胡先生的"烟丝批利纯",他就写好一首在当时认为的白话诗,在留美学生季刊发表出来。有些能诗的男士们如任鸿隽、梅光迪、胡先骕、朱经农等等,疑心胡先生是讨好小姐们,故意在她们之前卖才使气,骗取她们的青睐和温情,便对胡先生的白话诗,大肆攻击,讽刺为无聊的打油诗;胡先生自然不甘示弱,立刻予以还击,不惜耗费更多的时间,躲在图书馆寻找证据,为自己的白话诗建立理论的基础,大家都是为了争取小姐们的赞美……这一个在中国文艺史上有名的革命运动,就是这样爆发起来的。①

尽管这不足以改变已经树立起来的胡适1917年倡导文学改良观念的重要性,但故事在这一点上确实令人耳目一新:它抵消了中国民国时期的作家作为苦难的知识分子,沉迷于将自己的国家从帝国主义压迫中拯救出来,并启蒙普通大众的已成陈规的形象。"五四"启蒙者的平均年龄,以及他们处在相对受保护的(国外的)大学校园环境中的位置,使他们的思想活动包含游戏的成分。这一点是极有可能的,尽管人的思想活动通常具有极强的目标指向,并且是有计划的。重新发现这样的游戏性,是我解读下述案例的目的之一。

我的解读聚焦于两个文本,它们相互间的密切联系已有人注意到了,但还没有人研究过。这两个文本是一位男性作家写的第一篇白话现代短篇小说,一位女性作家写的第一首白话诗。二者

---

① 王平陵描述,引自陈敬之(1980:31—2)。

除了都是其所属种类的开山之作外,彼此间的联系还可以进一步扩展到:两个文本都刻画了一位疯了的主角;两个文本都发表在同一份杂志(《新青年》)上,且发表在同一年(1918)。这两个文本就是鲁迅的《狂人日记》与陈衡哲的《人家说我发了痴》。由于后一个文本在今天完全被遗忘了,且其作者也鲜为人知,所以在实际讨论之前,先对陈衡哲及其作品作简要的介绍。

陈衡哲

陈衡哲(1890—1976),又名莎菲,在江苏长大。① 13 岁前,她与父母一起生活,之后迁居广州,住在一个叔叔家里。一年后(1904),她又搬到上海的亲戚家住。在上海,她开始上学。她的叔叔一直鼓励她上学。她原本打算去蔡元培的"爱国女校"(蔡是她父亲的一个朋友),但到达上海时,学校已经关闭了。于是,她在另一所学校里度过了三年。据她自己的回忆,在那里,除了英语外,她所学甚少。1907—1914 年间,她就学于多所学校。在这一时期将近结束时,她显然受到过来自她父亲的压力,要她嫁给他为她挑选的一个年轻人,而她一直以来都不同意。1914 年,她成了最早参加清华大学留美奖学金考试的女性中的一个。她出色地通过了考试,并于同年离开中国。

一年预科之后,她进入著名的女子学院瓦萨学院(Vassar College)就读。1919 年,她以优异的成绩毕业。她是第一位被选入斐陶斐荣誉学会(Phi Beta Kappa Society)的中国女子。她还获得了芝加哥大学的奖学金,并于一年后(1920)获得了该校西方历史专业的硕士学位。在芝加哥大学,她还辅修了西方文学。

---

① 有关陈衡哲传记信息的最好材料,是她以笔名 Chen Nan-Hua 发表的英文自传(1935?)。另一有用的材料是 Boorman& Howard(1967:183—7)中的传记条目,由陈衡哲的女儿撰写。

受之前提到的蔡元培邀请,陈衡哲回到了中国。当时蔡元培正在北京大学推行大刀阔斧的改革,其中就包括男女同校教育。她接受了在北京大学教授西方历史的职位,从而成了中国第一位女性教授。那时,为胡适的观点所激励,她已经开始用白话写作短篇小说和诗。她于1916年与胡适相遇,并与他保持了一生的友谊。① 她的第一部短篇小说《一日》,1917年发表于《留美学生季报》,这是最早发表的中国现代短篇小说,比鲁迅的《狂人日记》早出版了好几个月。②

这篇小说讲述了美国女子学院一个学生生活中的一天,由一些对话和相对较少的叙述构成。除了一个叫张小姐的小角色,主要的角色都是美国女孩。张小姐耐心地回答其他女孩有关自己国家和人民的问题和评论,如"中国人喜欢吃死老鼠,可是真的?"或者"中国的房子……也有桌子吗?"或者"我……认得一个姓张的中国学生,这不消说一定是你的哥哥了"。

也许因为这不是一篇非常卓越或有魅力的小说,《一日》经常被中国现代文学的史学家所忽视。③ 这些史学家通常把中国现代第一篇短篇小说的荣誉授予鲁迅的《狂人日记》。在有关中国现代小说的研究中,赵毅衡在一个脚注中提到了陈衡哲的这篇小说,证明《一日》被排除于主要文本之外:

> 第一篇现代小说是《一日》,作者是陈衡哲,一个在美国学习的女学生。说它是"现代小说",我们并不仅仅指它是用白话写的小说(因为中国小说用白话来写已经有相当长的时间),还指它是有着新的独特的叙述特点的小说。陈的小

---

① 有关陈衡哲与胡适关系的流言的真实程度的概述,见郭学虞(1967)。
② 陈衡哲的这篇小说在 Dooling&Torgeson(1998)和 Chung(2003)中被讨论过。陈衡哲其他作品则在 Larson(1998)中被讨论过。
③ 例如,它就没有在杨义(1993)另一极为出色的记录中被提及。

说肯定是够格的,因为它完全摆脱了任何传统小说的惯例。然而,小说只是芝加哥大学(原文如此)的一个女学生的生活的印象的游戏式呈现,而且发表在一本传播很有限的杂志上。(赵,1995:33,note 4)

赵的最后一个观点尤其值得注意。虽然《留美学生季报》由上海商务印书馆出版,但它的编辑者和撰稿者,以及大部分订阅者,似乎都居住在美国。① 结果,这篇小说在1928年再版前并没有对中国读者产生任何重大的影响,而且在很大程度上未被注意(见下)。这就可以解释为什么它也逃过了民国时代文学史家的注意,且没有被编入《中国新文学大系》的小说卷,虽然后者只收1917—1927年间的小说。

陈衡哲的第一首题为《人家说我发了痴》的白话诗(也是中国诗人在自由诗上的最早尝试之一),之所以遭到了相似的命运,则是由于更不明显的理由。既然这一作品是发表在《新青年》上的(1918年9月),那肯定就会最大程度地曝光于中国的读者中间。因此,不管怎么说,陈衡哲作为中国第一个现代女诗人的地位可说是毫无疑义的,但这一资格通常留给了冰心,后者的作品又一次被认为比陈衡哲的更有意思,并得到了比陈更多的关注。

在后来的生活中,陈衡哲更为人所知的身份是历史学家。她的《西洋史》(1926?)据说曾是一本畅销书。② 陈衡哲,她的丈夫任叔永(即上面提到的任鸿隽)和胡适,一起位列于民国时期中国最著名的自由主义知识分子之中。1928年,新月书店出版了

---

① 我要感谢 Daria Berg,她帮我找到并复印了这份杂志在英国的唯一一期。
② 我未能找到有关此书的更多信息,但北京大学图书馆留有一册此书的第九版,日期为1930年,这似乎支持了这本书卖得很好的假设。1926年,陈衡哲还在商务印书馆出版过一本《文艺复兴小史》。

一本薄薄的短篇小说集,书名为《小雨点》(陈衡哲 1985),用的是早期一篇小说的题目。该小说集囊括了她早期的所有作品。1930 年代,她是《独立评论》的创始人和定期撰稿人之一,且主要以散文家的身份名世。她还以英文发表作品,并在太平洋学会的一些会议中任中国代表。1949 年后,她选择留在大陆,一直保持低调,并再也没有发表任何新作。她于 1976 年逝世。

发痴的女人

在原初的语境中,也就是著名的新文化杂志《新青年》中仔细阅读陈衡哲的诗作《人家说我发了痴》,并把它与发表于早些时候同一份杂志上鲁迅的《狂人日记》两相对比时,这首诗就不再仅仅是一项统计资料。① 下面是这首诗的全文。由于这是一首长诗,为了在下文的讨论中便于参考某些段落,引文添加了诗节的划分和行序。

"人家说我发了痴"

陈衡哲

1918 年 6 月的上旬,藩萨女子大学举行第 53 次的卒业礼。其时我适在病院中。有一天,正取着一张校中的半周刊,看他预告卒业的胜礼,和五十年前的老学生回来团叙的快乐新闻,忽然房门开了,走进一个七十余岁的老太婆,手舞脚蹈的向我说话。我仔细听了她一点多钟,心中十分难过。因此便把他话中的要点写了出来,作为那个半周刊的背影。

1918 年 6 月中旬,衡哲

---

① 鲁迅的小说发表在于《新青年》第 4 卷第 5 期(1918 年 5 月),而陈衡哲的诗歌发表于第 5 卷第 3 期(1918 年 8 月)。

1. 哈哈！人家说我发了痴,把我关在这里。

2. 我五十年前,也在藩萨读书。因此特地跑来,看我
3. 小妹妹的卒业礼。
4. 我的家在林肯离开此地共是一千五百里。

5. 你可曾见过痴子吗?
6. 痴子见人便打,见物便踢。
7. 我若是痴子,
8. 你看呀——我便要这样的把你痛击!

9. 我方才讲的什么?
10. 哦,我记得了。
11. 我不是讲到林肯吗?

12. 我在林肯的时候,我的老同学约我到此后,在一
13. 个院子里居住。
14. 我便立刻写信给校中的执事,报名注册。
15. 岂知到了此地,册上名也没有,更不要说起我们
16. 的住处。
17. 这还是小事。
18. 我的同学忽然病了,他们便叫我作他的看护妇。
19. 可怜我车子里几天的辛苦,
20. 那晚又是一夜没睡。

21. 明天医生便来,
22. 说我发了痴,
23. 把我送到这里。

24. 他们又打电报给我的儿子,
25. 说我智识没有了,叫他立刻就来。
26. 我儿子在林肯的西方一千里,离开此地共是
27. 二千五百里。
28. 可怜那个电报定要把他吓死。
29. 况且他又如何能够立刻赶到这里?

30. 哈哈!你要睡了去吗?
31. 我可该走了。
32. 我们在月亮的那面再见罢。

33. 哦!你可知道这个金匙是什么?
　　我不瞒你说,
34. 我年轻的时候,可也不算是一个平庸的人哩。
35. 这也不必提起。

36. 记得我前天离开林肯的时候,有无数的亲戚朋
37. 友,围绕了我的车子。
38. 说,"你东去藩萨真是福气。
39. 你须把各种的新闻,一一牢记。
40. 回来我们可要细细的问你。"
41. 我说,"这个自然。"
42. 哪里晓得我的大新闻,
43. 就是说我自己忽然变了一个痴子!

44. 明天我回去了,
45. 少不得要说几句谎话。
46. 不然,岂不要被他们笑死。

47. 哈哈！人家说我发了痴，把我关在这里。

　　与许多早期的中国现代诗一样，陈的诗以非常口语化的白话和似乎是完全自由的形式写成：大多数诗行的长度不等，而且没有贯穿始终的重复的格律或韵式，尽管行末主要由音节"li"所占据，尤其是在诗的开头和结尾部分，但押韵相当随意。

　　乍一看，这首诗似乎就像它所宣称的那样，是医院里一名女性的言语的文字记录。然而，对这首诗的结构进行仔细阅读，发现它其实具有很强的组织性。在相同的开头和结尾诗行之间，10个部分很是紧凑。其中的8个部分组成四对，它们在长度和意义上都是平行的。第2部分（第4—7行）和第8部分（第29—32行）都以一个问题开始，并包含着由这个疯女人提供的暗示她根本没有发痴的信息（"金匙"说明她是斐陶斐荣誉学会的成员，陈本人后来被选为该会会员）。由三行组成的第3部分（8—10行）和第7部分（26—28行）显现了主角更多语无伦次的言语，并暗示着真正的发痴，这被第7部分提及的月亮所强化。由七行组成的第4部分（11—17行）和第9部分（33—39行）提供了有关这个疯女人的背景信息，它以一种直截了当的、"心智正常"的方式叙述出来，暗示她的"疯狂"可能只是暂时的，并且是由极度的疲倦所导致的。然而，相互平行的由三行组成的第5部分（18—20行）和第10部分（40—42行），都以"明天"开始，这又立即给上述解释打上了一个大大的问号，尤其是一旦把它与中间部分（21—25行）联系起来阅读的时候。为什么医生宣布她发痴？如果她的儿子还没到，她明天就回家，这又如何可能？

　　诗歌本身被作者组织得井然有序，这引起了我们对开头的序的地位的注意。这篇序，尽管由作者署名并签署了日期，却至少包含了一个谎言。作者（或一定程度的叙述者）并非只是写下了疯女人告诉她的话的"要点"，而是在操纵着疯女人的言语，如果确实有过这种言论的话。序也告诉了我们这种操纵的原因：作为那份预告卒业的胜礼和团叙的校刊的"背影"。这个疯女人,还不至于疯到不能解释自己身上发生了什么,她带着对所有的快乐来说都会有其另一面的信息回家了。

这是对诗的常规阅读可能会带给我们的东西。然而,问题仍然存在,为什么陈衡哲,或者《新青年》的编辑认为任何中国读者会对批评一所美国学校团叙的组织者感兴趣,或者会同情一位上了年岁的美国疯女人?在我看来,这个问题的答案不应该在文本本身中寻找,而是要到发表这首诗的同一期《新青年》前面的一些页面中去寻找。在这本杂志中,位于陈衡哲诗作前面的,是胡适的一篇长文。它是胡适在北京女子师范学校的演讲,题为《美国妇女》。在这篇文章中,胡适描述了非常有同情心的美国妇女的一般情况,不仅考虑到她不同于中国妇女,也考虑到她不同于欧洲妇女。根据胡适的说法,美国妇女的不同之处,在于决意超越陈旧的"贤妻良母"而"自立"。他声称,这种差异是教育的结果,他还引用了美国妇女以学生和教师身份参与教育的统计数据。他也介绍了美国最著名的女子大学,包括瓦萨学院。

在胡适文章的结尾,一则有关"女学用书"的小广告,恰好位于支持妇女教育的声明的地方(图12)。这是一套包括《女子算术》《女子代数》《女子几何》《女子化学》《女子物理》和《女子生物》的教科书。然而,位于同一跨页上的陈衡哲的诗,则严重削弱了胡适的呼吁,或至少使其变得更复杂了。这首诗提醒读者注意:即使是受过教育的妇女,而且,即使是受过教育的美国妇女,最终也会疯狂。

与胡适这种在一篇随笔或长文章中表达他更为悲观的看法不同,陈衡哲选择了这种文学的方法。对这个时期的知识分子来说,写一个文学文本,并不必然意味着从事纯粹和独立的美学创造;他们写的许多文学作品,都包含着与当代社会问题有关的其他写作同样的信息。当然,他们也努力在文学写作中更间接地传达信息。作者或叙述者隐藏在被记录下来的言语、日记和信件后

图 12 《新青年》上的"女学用书"广告

面,角色被不加评论地描绘出来,多元的阐释因之变得可能。文学文本并不是以严格的详细分析的方式概述眼前的问题,而是应该提供情感或智力的冲击,刺激读者感受或思考虚构人物的困境,从而领悟隐含的讯息。正如安敏成(Marston Anderson)在《现实主义的限制》(*The Limits of Realism*, Anderson 1990)一书中指出的那样,某些"情感障碍"(emotional impediments)往往会阻碍作家完全忠诚于这些文学原则。在大多数这类"现实主义的"叙述中,作者的声音迟早会在文中鸣响,以确保将讯息传达给读者。值得称赞的是,陈衡哲避免了诸如此类的障碍,这首诗从头至尾都保持着某种含混。对诗序中提到的美国校刊上的文章,以及与这首诗发表在同一期中文杂志上的胡适的文章来说,这首诗起到了充任它们的背景,或者"另一面"的作用,但是它既不提供解决方案,也不提供问题的出路。由于主角不稳定的个性,问题的存在与否也不能完全确定。这首诗尽管写得粗糙,但展现了写作的智性类型,其目的在于使人乐于思考,并思考更多。

疯狂的男人

陈衡哲的诗,在结构上似乎受惠于鲁迅著名的短篇小说《狂人日记》甚多,后者仅仅早几个月前发表在《新青年》上。鲁迅的小说也以序言开篇,在这当中,叙述者将自己与文本的其余部分拉开了距离。鲁迅的小说,也由若干部分组成,其中一些是平行或交叉的,而且,在自始而终地维持着读者对主角——狂人——是否真的疯了的怀疑这一点上,它做得相当成功。有趣的是,鲁迅的小说比陈衡哲的诗多出一部分,即第13部分,它构成了中国现代小说中最著名的"情感障碍",作者的声音变得响亮而清晰,高喊着"救救孩子!"

许多评论家已经指出,任何对《狂人日记》进行阐释的企图,都会以自相矛盾而告终,这就是因为它构筑巧妙的序言。这篇序言声明,在作者得到他手中的日记时,患者已治愈且外出到某地做官去了。如果读者选择相信狂人有关中国社会腐败的讯息,那么又如何解释他一"治愈"就回归传统的路数? 还有,如何解释他真正疯狂的症状? 正如奇纳里(J. D. Chinnery1960)所指出的那样,这症状描绘了与那个时代的医学知识相一致的东西。胡志德(Theodore Huters 1993:276各处)注意到,大多数读者似乎都完全忽视了小说复杂的结构,只把社会批判的信息作为表面价值,从而共同承认了这样的事实:在传统的中国社会中,那些想法异于常规的人都是疯子。这种解释本身成了常规,至少在中国大陆,几十年来都没有人可以疯狂到与此不同。这种进退两难唯一可能的出路,或许是这样一种解释:它假设(为什么不?)序言本身就包含一个谎言,它并不是由叙述者,而是由狂人的哥哥讲述的,当他将日记交给叙述者时满面含笑,他编造了他弟弟恢复和离开的故事,而其时那个可怜的男孩实际上已经被吃掉了。

然而,同时代的人对鲁迅的小说最为人所知的反应,似乎是把信息(message)看得理所当然,而忽略了送信人(messager)。名为《吃人的礼教》的文章,很快出来对这个故事作了反应,很好地彰显了上面提到的同一主题的文学与非文学讨论的不同。如果我们将陈衡哲的诗视作对鲁迅小说的回应或接受,那么,我们就会发现,并非所有同时代的读者都忽略了小说的巧妙结构,以及唯一的瑕疵(最后一句话)。因此,尽管陈衡哲肯定不是比鲁迅更好的作家,但她至少是鲁迅的好读者。

然而,不幸的是,陈衡哲在写作自己的诗之前不太可能读过鲁迅的小说。《人家说我发了痴》的序标示的日期是"1918年6月中旬"。假设这个日期不是假的,这就意味着,陈只能在我们讨论的这期《新青年》确实准时出版的情况下,才有可能读到《狂人日记》。这期杂志标示的出版日期是1918年5月15日。然而,这似乎不太可能:周作人在日记中提到,收到这期的免费赠刊是在1918年6月15日(周作人1983:203)。

另一种(微弱的)可能性是,陈衡哲在发表前,得到了鲁迅定稿于1918年4月的手稿,例如,《新青年》的编辑给了她一份副本作评论。① 通常,我在这一章中讨论的所有发表在(同一期)同一杂志上的文本间的联系和相互作用的例子,都可能是编辑有意识处理的结果。然而,我阅读的目的,不是要揭示这样有意识的建构,而是为了阐明阅读这一时期全部,而不是有选择的杂志时,都会遇到多样的声音。即使排除了陈衡哲和鲁迅间有直接影响的可能性,但我仍然认为:在它们各自发表那一期《新青年》的语境中,对这两个文本进行比较阅读,仍然可以取得丰硕的成果。在这一特定的情形里,这种阅读方法,可以让我给鲁迅小说的一般阐释补充新的维度。

陈衡哲把疯女人称作"痴子",而不是"狂人"或"疯子",可能完全只是习语或方言的缘故。然而,这把注意力引到了鲁迅小说接受的另一方面。鲁迅在整个小说中避免使用"痴"字,称疯狂的男性为"狂人"或"疯子"。然而,"吃人"——这在《狂人日记》中被描绘得如此突出——这一表述,当写作另一个"痴"时,将会成为"痴人"。这个双关语可以赋予鲁迅的文本游戏的一面,在其序言中,就有著名的声明"记中语误,一字不易"的话。这无疑还会留下小说中究竟谁才是真正的"狂人"的问题,因为"吃人"现在几乎可与精神错乱联系在一起。

正如陈衡哲的诗一旦被置于发表的当期杂志的语境中来阅读,便会在意义上有所拓展一样,对《狂人日记》的充分阅读,也可以从对当期杂志其余部分的全面考察中获益良多。还可以将《狂人日记》与胡适的一篇文章联系起来,这本是演讲稿,题为《论短篇小说》。在这篇文章中,胡适指出中国十分迫切地需要别样的短篇小说,这样的小说与那种流行的有关"某生……游某园,遇一女郎"的流行故事不同,可以用"最经济的文学手段,描

---

① 我受惠于 Glen Dudbridge,他提出了这种可能性。

写事实中最精彩的一段",它关注具体的人物和事件,不矫饰,不用陈腔滥调,力图展现"一个人的生活,一国的历史,一个社会的变迁"的一个断面。

几乎不可能是巧合的是,鲁迅的小说是在胡适于北京大学作演讲后的三周内写成的;同样不会是巧合的是,演讲和小说两个文本都出现在同一期《新青年》上。《狂人日记》的文学身份,还被进一步以小写字体突出出来并附加在标题后面:狂人日记(小说)。但是,极大的反讽是这期杂志上这篇著名小说的下一页创造出来的。同时代的读者,在阅读完对中国经典的道德价值进行严厉攻击的小说之后,看到的第一样东西,居然是整页为一本中国经典的书籍所作的广告(图13)。

在原始语境中,或更准确地说是带着原始语境来阅读早期的中国现代文学,可以是极其丰富的体验,不仅在学术活动中是这样,课堂教学中的情形也是这样。像《眉语》《游戏杂志》《新青年》这样的杂志,尽管各自有着非常不同的文体和定位,但都是文化产品,并且应被如此讨论。它们是观念、冲突、兴奋和幽默的温床,集体创造的作品在杂志各期上被联在了一起。为了阅读和阐释这样的作品,可以并必须使用许多策略和方法。这一章展现的平行阅读的策略,可以补充现有的阐释,并强化一篇小说或者一首诗的整体影响、兴趣和价值。然而,更重要的是,这种阅读策略承认:在大多数情况下,单个的小说或诗不可能成为分析中独立的单位。它们不能被称为"文本"。相反,这种阅读策略针对的"文本",是各期杂志本身,是它们上面所有的文字和视觉内容,这种阅读就像历史上的读者的阅读一样。因此,平行阅读使自身处于更传统的阐释方式,即将文学文本要么置于其他文本的语境中,要么置于一般的历史语境中。平行阅读所要做的兼具这两个方面,但将范围限制在一本杂志的前后封面之间。在这一章中,我的多数阅读都是传统的细读。当然,这并不是说其他阅读方法(例如,结构主义分析或解构)就不能被应用到同一或其他

第四章 集体作者与平行读者:文学杂志的审美维度　167

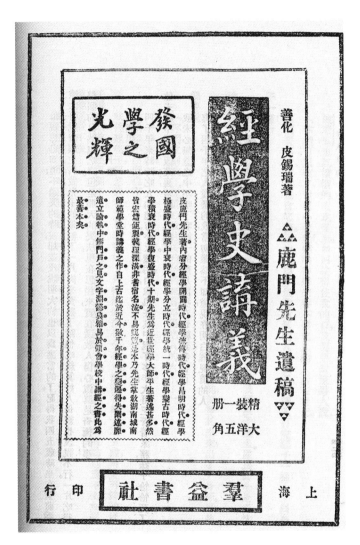

图 13　鲁迅的《狂人日记》之后所附的广告

杂志上。方法本身并不重要,重要的是构成其基础的文本的定义。

在这一章中,单一的方法被用于若干非常不同的杂志上,这可以用来证明:所有这些杂志,无论它们在中国现代文学经典中目前处于怎样的地位,都是文学分析适合的对象。然而,我的意图不是抹杀或否认这些杂志之间文体差异的重要性,即使这些差异大多数在1910年代还并不明显。在下一章中,通过考察与一个著名的个体有关的杂志材料,我将探讨文学场里过激的区分与两极分化的出现。

第五章 冲突中的文体：
刘半农与新诗的形式

刘半农

刘半农（侬）（刘复，1891—1934），是1917年文学革命前即开始其职业生涯的诸多新文学作家中的一个，那时，他给在上海出版的商业杂志投稿。刘在上海文坛度过了五载光阴，在《中华小说界》《小说月报》《小说海》《小说大观》《小说画报》和《礼拜六》上发表了为数众多的翻译和原创作品。他也出版了许多（包括翻译的）书籍，并与人合译了柯南道尔的福尔摩斯侦探案全集。[1] 1916年，刘响应陈独秀的邀约，开始在《新青年》上发表作品。一年后，即1917年10月，刘加入了北京大学陈独秀的行列，并开始其学术生涯，渐渐地中断了与上海文坛的联系。除了在伦敦和巴黎学习的这段时期（1920—1925），刘一直任教于北京的大学，度过他短暂的余生，并在音韵学领域建立起了稳固的名声。终其一生，他一直作为诗人、散文家和翻译家活跃在文坛上，他的两部诗集（《瓦釜集》和《扬鞭集》），都出版于1926年，后者包含1917—1925年间的诗选。在他死前不久，出版了两卷散文选（《半农杂文》，1934）。计划中的第三卷，拟主要收译稿，但从未付印。

---

[1] 除非特别指明，所有的传记资料都来自鲍晶（1985:3—10）。

据刘半农自己承认,他于1916—1918年间从上海报刊文人到北京文学知识分子①的转变,并非轻而易举。1917年,在一封写给他亲密的朋友和文学改革的同道钱玄同的信中,他把这个过程描述为"洗刷自己",并认为他在《新青年》上前后所登各稿,构成了发生在他身上改变之轨辙的最好例子(鲍晶1985:136)。在他"洗刷自己"的过程结束之后,刘启程留学海外很长一段时间。② 离开中国前,他路过上海,在那里与先前上海文坛的朋友和同事话别。正是在一次饯行宴会上,他突发奇想地发明了"鸳鸯蝴蝶小说"这个说法,他用一个便利的修辞标签来描绘他已经抛弃了的文体的特征。这一说法在中国现代文学的研究中获得了显著的地位,并维持了几乎一个世纪。③ 这个标签是由一个不顾一切地否定先前与它描述的文体有关系的人发明的,其本身就是这个时期文学写作的所有文体高度相关联的证据。因此,刘半农的经历,处在本书试图研究的课题的核心位置。

刘半农"洗刷自己"的方式,主要通过研究、写作和诗歌翻译来进行。在这个过程中,刘范围广泛地讨论了文类和诗歌形式问题,并实验无韵诗和散文诗的写作。但是,就像"洗刷自己"这个说法所表明的那样,不仅仅是写作,也包括个性,刘在这个时期都经历着变化,因为他确实是被困在两种相互竞争的文体之间了。与我在第二章中有关分离的观点相似,我将在这一章中证明,对像刘半农这样具有创造力的知识分子来说,参加文学革命,远非激进地抛弃旧习性的问题。同时,这是将某人对新的可能性的选

---

① 术语"报刊文人"出现在 Lee(1973),指的是晚清和民国早期上海职业作家共同体中的成员,他们奠定了现代文坛的基础。术语"文学知识分子"出现在 McDougall and Louie(1997)中,用来描述20世纪中国文学界的成员,他们与教育界和/或政府保持着密切的联系,而且,他们促进了将文学作为与社会相关联的、非商业的、知识分子活动的观念。
② 有关刘海外留学的简短概观,见赵毅衡(1999)。
③ 参见魏绍昌(1980:127—9)。

择,局限于那些被革命的知识分子领袖认为是最合适的领域内的自觉过程。

在这一章中,我将特别留意刘有关屠格涅夫散文诗的翻译,其中四首他在1915年译于上海,另两首他在1918年译于北京。除了他的诗歌翻译,我也将简要地考察刘的原创诗歌写作。根据其后数十年建立起来的批评标准,刘通常只被认为是一个小诗人,但正是通过研究这样一个所谓的小作家,我们才能够进一步认识到这种批评标准本身有多么随意,进一步认识到对20世纪初期的中国知识分子来说,那时存在着多种多样可供选择的诗歌形式。

以历时的方式往前推进,我将先详细考察1910年代的上海文坛,刘半农在那里开始其作为一个作家的职业生涯。与前一章我总体地讨论1910年代的杂志文学相比,现在,我将聚焦于文类问题,这处在刘半农后来实验的中心。

1910年代上海杂志中的文学文类

众所周知,19世纪后半叶,上海这一通商口岸新的印刷技术的发展,国家科举考试的衰落及最终废除所带来的文人职业兴趣的转变,激发起了前所未有的出版"繁荣",及各式各样的文学产品市场的增长。同样众所周知的是(甚至仅仅从那个时期的文学杂志的名称来看就很明显),晚清和民国早期的作家和读者,都有着对小说这个文类超过一切的兴趣。像梁启超这样的改革者,很热衷于将小说假定为教育力量的来源。根据他们的想法,以小说的方式掩藏社会信息,可以更好地将这些信息传播给大量的非文人读者,小说因此在社会改革和民族复兴中扮演着关键的角色。许多学者已经指出,实际的情形并不如此简单,到1910年代,"改良小说"衰落了,而"娱乐小说"主宰着上海文坛。李欧梵和黎安友将这种情形简明地描述如下:

希望塑造国民精神的精英知识分子热衷于采用平民主义的意识形态,但没有完全达到目标。在平民主义意识形态和大众实践之间,仍存在着一道鸿沟。换言之,平民主义仍然在很大程度上与大众相疏离。现代化的压力在许多方面是增强而不是打垮了大众文化。对待想改变一切的热望的一种方式……是既为作家也为读者创造一个虚构的介于他们和外在现实之间的缓冲地带,一旦现实变得难以忍受时,它甚至可以是一个逃避的避难所。现代的大众媒介,让阅读小说和观看电影的大众可以比以往更多地获得这种安慰。(Lee and Nathan 1985:392)

就像我们已经在前一章中看到的那样,上海文坛的小说是向范围广泛的欣赏和阐释敞开的,我们也用不着怀疑上海文坛小说原创作家的成就,但是,或许可以这样说,这个时期许多小说杂志的稿件,都直接译自或改写自各式各样的西方语言或日语资料。用古典的韵文,杂糅以所谓的报章文体或朴素的白话译就的稿件,通常非常自由,不拘一格,而且并不总是承认其原初的来源。除了提供"安慰"和娱乐的目的外,翻译也为读者提供中国之外的世界知识,并通常带着拿中国和其他国家相比较的观点选择异国价值。[①]

将非小说的翻译作品作为小说来发表,也是常有的现象。这部分是因为杂志最初只向小说的撰稿人付酬,而其他文类的稿件仍然是没有或者是很难得到稿酬的(参见陈伯海和袁进 1993:70),这部分也是因为人们很宽泛地理解小说这个术语。[②] 这就

[①] 有关翻译方法及其潜在动机的详细探讨,见 Wong(1999)。亦见 Gimpel(1999)。后者指出,这个时期杂志中翻译对象的选择,并不仅仅是由它们的娱乐价值决定的,也是由它们和当地的政治话题的关联性决定的。

[②] 也见第 2 章。小说的定义问题,是很重要的,需要作更多的研究。然而,在目前的环境下,它太复杂了,以至不能作更多的研究。

可以解释刘半农为什么将他第一批屠格涅夫的散文诗译作,作为小说发表在1915年7月号的《中华小说界》上。他在译序中写道:

> 俄国文学家杜瑾讷夫(Ivan Turgenev),与托尔斯泰齐名。托氏为文,浅淡平易者居大半,其书易读,故知之者较多;杜氏文以古健胜,且立言不如托氏显,故知之者少。至举二氏并论,则实不能判伯仲。杜氏成书凡十五集,诗文小说并见。① 然小说短篇者绝少,兹于全集中得其四,曰《乞食之兄》,曰《地胡吞我之妻》,曰《可畏哉愚夫》,曰《嫠妇与菜汁》,②均为其晚年手笔。(按氏生于一八一八年,卒于一八八三年。此四篇,成于一八七八年二月至五月间,时年已六十。)措辞立言,均惨痛哀切,使人情不自胜。余所读小说,殆以此为观止,是恶可不译以饷我国之小说家。(半农1995a:1)

可以理解,刘之所以选择上面提到的这四首来发表,是因为它们都有某种虚构的品质,而这种品质并不是屠格涅夫所有的散文诗都具有的。这些散文诗都有一个以上的角色,都有简单的情节,而且情节都具有某种张力,并有封闭的结尾;此外,相对说来,这些散文诗都较少叙述者的角色形象或情感参与。由于刘并没有努力让译作充满诗的品质,所以,似乎可以肯定的是,他对原作的文类名称并没有意识到或不感兴趣。尽管康斯坦斯·加尼特(Constance Garnett)(Turgenev 1897)的英文译本是刘翻译的版本

---

① "诗文"这个说法,既包括诗也包括(非虚构)的散文写作,而且通常用来指这个时期的小说的对立面。

② Turgenev(1897)中的这些诗的本来标题,分别是:"The Beggar","Masha","The Fool"和"Cabbage soup"。

来源①,但他根本不管这些文本在英文翻译中明确被定位为散文诗这一事实。翻译肯定存在错误,但主要是误读,从其中一首来看,这种误读似乎是由不同的文化假设导致的。这里拿来讨论的是《嫠妇与菜汁》("Cabbage soup"),我先提供加尼特的版本,然后是刘的中文译本。

Cabbage Soup

A peasant woman, a widow, had an only son, a young man of twenty, the best workman in the village, and he died.

The lady who was the owner of the village, hearing of the woman's trouble, went to visit her on the very day of the burial.

She found her at home.

Standing in the middle of her hut, before the table, she was, without haste, with a regular movement of the right arm (the left hung listless at her side), scooping up weak cabbage soup from the bottom of a blackened pot, and swallowing it spoonful by spoonful.

The woman's face was sunken and dark; her eyes were red and swollen … but she held herself as rigid and upright as in church.

"Heavens!" thought the lady, "she can eat at such a moment … what coarse feelings they have really, all of them!"

---

① 然而,应当注意到,在加尼特的译丛中,这些散文诗收在其中的第 10 卷,其标题是《屠格涅夫小说》(*The Novels of Ivan Turgenev*),这可以解释某种混淆。尽管刘没有提到加尼特 1915 年版的译本,但是,人们可以相当肯定地认为他用了这个版本。首先,他确实提到这是他 1918 年那些译作的版本来源。第二个证明是,他声称屠格涅夫的作品包含 15 卷,确切地说,这是加尼特译本的数目。刘熟悉英语,通常根据英语版本来进行翻译,这一点是没有疑问的。

And at that point the lady recollected that when, a few years before, she had lost her little daughter, nine months old, she had refused, in her grief, a lovely country villa near Petersburg, and had spent the whole summer in town! Meanwhile the woman went on swallowing the cabbage soup.

The lady could not contain herself, at last. "Tatiana!" she said … "Really! I'm surprised! Is it possible you didn't care for your son? How is it you've not lost your appetite? How can you eat that soup?"

"My Vasia's dead," said the woman quietly, and tears of anguish ran once more down her hollow cheeks. "It's the end of me too, of course; it's tearing the heart out of me alive. But the soup's not to be wasted; there's salt in it."

The lady only shrugged her shoulders and went away. Salt did not cost her much. (Turgenev 1897:257—9)

刘半农的译本如下(括号中的评论是原有的,强调为引者所加):

乡村之穷苦老嫠妇,乃不幸而复遭其子之丧,遂终日饮泣以为生。其子年二十,无兄弟,力田以事母,一乡有孝子名。逮其既葬,乡主夫人(乡主者、一乡之主,即乡民之佃主、富有一乡者也)闻而怜之。酒食脂粉之余,往唁其母。抵门见彼,无告之。嫠妇方在其小屋之中央,立桌旁,俯其首,左手下垂不少动,其右手,则起落有序,疾徐中节。手中为一勺。勺之所及,为一黑色之土釜。釜底有稀淡之菜汁。嫠妇搅之以勺,引入口。啜之,若有美味。勺勺不绝。其面黯淡而沉落,眼则红且肿,顾躯干垂直庄严,一似置身礼拜寺中者。乡主夫人观此,讶甚。念菜汁粗恶不可口,通人且难,堪矧彼。抱大戚,何竟嗜此耶(此与胡不食肉糜一鼻孔出气)。又复回念及己。谓数年前,我丧一九月之爱女。觉天地为愁,万物多寂。**乃不耐居于圣彼得堡附郭之别墅中,移家入都。日与繁华空气接触。越数月,始略宽解。今彼处此枯屋中,景色雅不逮我之别墅。何竟能忍之。思至此,**扬其首见嫠妇啜菜汁如故。不解,所以诘之。曰媪:余睹汝乃骇甚,岂汝丧爱子而不悲耶,脱悲者胃必败,何能啖此菜汁,汝子有孝名,汝顾应如是耶。嫠妇见谴。莫能自白,默然久之。丝丝之老泪汩汩自负屈之目眶涌出,下流于凹皱之颊间。有间,凄然曰:夫人幸勿苦责,余子法西亚死直如摔吾之心于体外,末日已届,生又何为,余已三日不能进滴水,今略饥取菜汁啜之,诚属多事,然余胃未尝不败,往者力不能贾盐,菜汁恒淡啜,今日调之以盐,味转美,始克下咽。夫人闻之,略耸其肩,旋即引去。自语曰,盐价殊不贵嗟夫。此殆夫人所以唁嫠妇者矣。

上面的译作与英文原作相比有许多小的改变和增补,这极可能既是由于解释的需要,也是由于想增加字数的需要(刘主要以写作为生,而杂志稿件是按字数计酬的)。此外,上面用黑体字强调的部分还表明,刘正在一个很不同的文化背景中阐释文本。作为一篇为都市读者写的都市作品,刘不能或不愿想象,在大都市中度过一个夏天,如何会被看成消极的事。于是,他完全改变了原来段落的内容。

刘对这首诗结尾的全面修改,似乎也是一种解释行为,并有其特定的理由。刘在括号中的评论表明,他把乡主夫人的伪善与一个和西晋时惠帝(290—306年在位)有关的故事联系起来了。据说,惠帝在天下荒乱时,问道:"胡不食肉糜?"[①]刘让乡主夫人对寡妇建议,变成了她应当吃点更精细的东西,而不是不应当吃任何东西。于是,乡主夫人的感叹"what coarse feelings they have"

---

① 见辞典《辞海》中的"肉糜"词条。

在刘的译本中成了对汤的"粗恶"的评论。结果,老寡妇最后不是以汤不应该浪费为由为自己辩解,而是以她的胃只能接受加了盐的汤为由为自己辩解。

刘的屠格涅夫译本最初使用的语言,是简单的文言。与同时代的译者一样,刘也偏好意译(与直译相对),他似乎也在寻找平常的措辞、短语和习语,使之与英语的意思大致相应,而且也不会违反业已存在的中国文化和语言的惯例。他在译诗《嫠妇与菜汁》中改变意义的举动,是否为有意为之?这一问题并不能用来说明他在实际的翻译过程中并不依赖原作。然而,在他开始为《新青年》写作之后,刘对自己的翻译实践评论得更为细致,这使我们有可能对他讨论的各种有关形式的话题作更详细的讨论。

《新青年》早期稿件:《灵霞馆笔记》

在上海所有的报刊文人中,为什么独独只有刘半农会受到陈独秀邀约,让他为《新青年》供稿,个中原因并不完全清楚;又是什么使得刘半农决定如此积极地参与这份杂志,原因也并不完全清楚。证据提供了许多可能性。首先,陈和刘可能已经通过周作人对彼此有了初步了解。尽管刘在搬到北京前实际上没有见过周,但他们在此前很可能有过通信往来。周和刘都是《中华小说界》的定期撰稿人。刘在那个时候为中华书局工作,也有可能已经参与编辑这份杂志。此外,刘在《中华小说界》上发表过希腊拟曲的翻译,为的就是响应周相似的出版物。[①] 其次,刘肯定以

---

① 见周作人(1914)和刘半农(1915[b])。我特别感谢 Susan Daruvala 确定了术语"拟曲"的正确翻译,同时为我指出,根据周作人在刘逝世后所写的纪念文章,他们两个在他们到北京前从未见过面。在同一文本中,周宣称,在他读到刘为《新青年》撰写的稿件之前,他从未听说过刘。然而,考虑到周在《中华小说界》上发表作品的事实,而刘的作品在这个杂志所有的版面上到处都是,而且他们两人都翻译过希腊拟曲,这一特定的表述显得可疑。周的作品收入在鲍晶(1985:353—7)。

自己在语言和语音领域的一些学院证书,或者至少是在他前往北京之前,就因其文风而让陈独秀深有印象,因为刘1917年在北大的最初任职,即是北大预科的国文和文法老师。最后,我们可能也不应夸大出版于上海的早期《新青年》与上海文坛上各式各样其他文学或非文学杂志间的差异。换言之,陈独秀本人最初也是一个报刊文人,并很可能与刘半农经常联系。早期《新青年》与其他小说杂志的相似性,也可以从下面这样的事实上得到进一步的证明:刘1916年和1917年投给《新青年》的稿件,在一定程度上与他为其他上海杂志撰写的作品相似。刘选来翻译的文本,仍然没有什么系统,完全建立在个人兴趣、英语文本的可获得和它们的娱乐价值的基础之上。然而,他为《中华小说界》和其他杂志撰写的作品,使用了多样的语域,这当中也包括很自然的白话,这是他专门拿来使用在滑稽小说中的。相比较而言,他早期为《新青年》撰写的稿件,几乎无一例外地都用古典文言文写成,只有那些有明显理由的除外,像戏剧文本中对话的翻译,用的就是白话。

刘早期为《新青年》撰写的稿件的另一个差异,表现在译作,尤其是诗歌译作上。刘的这些诗歌译作在《新青年》上发表时,通常附有原作文本,表明他面对的读者是被期待懂英语的,或者,他意识到了自己的翻译作品可能具有的对话价值。因为将外文原作与中文翻译一起发表,是《新青年》文体从一开始就有的标志,以这种方式发表翻译的可能性,或许也成了刘乐于加入这个杂志的另一个理由。那些年里,他的批评作品也常常点缀着英文术语和概念,这表明刘经历了一个对外国文学和文学理论进行广泛阅读和研究的时期。

在移居北京前,刘最常为《新青年》撰稿的,是一个题为"灵霞馆笔记"的栏目。这个栏目每期包含一篇或多篇来自英文书籍或期刊的译作。这个系列最早的作品是刘为法国国歌《马赛曲》全译本写的序,刘在其中解释了自己的翻译技巧,他宣称这在中国是没有成例的。在简要地讨论了现有法国国歌的英译本之后，他接着说：

> 华文译本，余所见有二种。一依音韵填译，似有牵强处。一译四言古诗，又微病晦涩。且两种多未译全，不能餍读者之望。兹以吾国习法文者较英文略少，特踵 Paraphrase 之成例，用英文浅显之 Prose 直译法文，对列其下。又不辞谫陋，译为华文附之。惟华法文字相去绝远，又为音韵所限，虽力求不失原意，终不能如 Paraphrase 之逐句符合也。此不独华文为然，即英法二国，文字本属同源，字义相同者十居三四，而对译诗歌亦往往为切音（syllables）、叶韵（rhyme）、诗体（poetic forms）、空间（hiatus）诸端所限，不能尽符原意。故 Paraphrase 之法尚焉。惜吾国译界，尚无此成例也。

刘在上面这个段落中提到的诗歌翻译问题，是广为人知的。这里的中心意思是，刘不想把用散文来翻译或"意译"作为他努力的最终目标。他之所以会将有着固定形式的原作翻译成散文，只是为了将它再一次译回（或多或少的）固定的形式。在一些情形中，这被证明是可能的，没有太大问题："Contre nous de la tyrannie / l' étendard sanglant est levé" 被意译成 "Against us by the tyrany [sic], the bloody standard is raised"，最后，被翻译成精致的五言对句"暴政与我敌，血旗已高扬"。在有的情形中，这种转化不甚通畅："Le jour de gloire est arrivé"（"the day of glory is [sic] arrived"）变成了负担着古典出处的四言对句"今日何日，日月重光"。

与上面使用的译法相同，但更为极端的一个例子，出现在一篇讨论《咏花诗》的长文中。据刘说，这篇文章基本节译自一本

叫 *Among Flowers and Trees with the Poets* 的书。① 刘翻译了贺拉斯·史密斯(Horace Smith,1779—1849)的《咏花诗》("Hymn to the Flowers"),不仅附上英文原作,还提供了英语散文意译。因为诗中有不少宗教意象,刘认为这首诗难以翻译。中文译作又被称作"直译",但最终主要是四言诗,在括号里添加了字词和意译。原作第一节的意译和翻译如下:

原作

Day stars! that ope your eyes with morn to twinkle
From rainbow galaxies of earth's creation,
And dew-drops on her lonely altars sprinkle
As a libation!

意译

(O flowers that may be called) "Day stars"! that open your eyes with the morning to twinkle from the rainbow-coloured milky-way of the earth (made by various flowering plants), and that sprinkle dew-drops on the earth's lonely altars as a liquid poured in honour of a deity.

翻译

(嗟尔群卉,)尔如明星。(明星于夜,)尔耀於昼。晨光甫动,尔即启目,闪耀(向人。)有如大地之上,亦有银河。(河具五色,)燦若长虹。又或朝露凝珠,(集于尔身。)(尔所在处,)遂如神坛。(神坛)幽静,露珠圆洁。如酹以祀天神,

---

① 这里讨论的这本书肯定是 *Among Flowers and Trees with the Poets: or, The Plant Kingdom in Verse; A Practical Cyclopaedia for Lovers of Flowers*, Minni Curtis Wait 和 Merton Channing Leonard 编辑(Boston: Lee[1901])(资料来自哈佛大学图书馆网上目录)。

(天神来格。)

(刘半农 1917b:9)

在意译的最后一行中,用"a liquid poured in honour of a deity"替代"libation",使人联想起热忱的学生形象,他穷尽字典以便在陌生的语言中找出有难度的文本的意义。记录在这些文字中的严格和顽强,表明刘在翻译上转向更注重语言上的精确。考察一下刘给自己的翻译所作的注释,可更进一步证明这种观点。当中有许多是讨论语法结构问题的,下面这个例子,出自 Edmund Waller(1606—1687)的《关于玫瑰》("On the Rose"):

原作

  Go lovely rose,

  Tell her that wastes her time and me,

  That now she knows,

  when I resemble her to thee,

  How sweet and fair she seems to be.

注:

  首章第二句 that…me 乃一 Adjective Clause。其 that 一字、当作 who 字解。……第三句 That…Knows = In order that she may Know 当置于 How Sweet…一行之下解。

(同上:3)

虽然刘更注重语言的精确性,但起初似乎不准备接受有关诗与散文的区分的观念,这让他在以固定的形式发表他的诗歌译作外没有选择的余地。这在他著名的文章《我之文学改良观》中甚至变得更为明确,这篇文章发表于《新青年》1917 年 5 月号,只在胡适呼吁文学改良和陈独秀呼吁文学革命四个月之后。

文学改良观

刘半农有关文学改良观点的长篇文章,开篇即努力为"文学"下个定义。挺典型地,刘宣称问题只能通过转到西文来解决。从区分一般的文字和文学开始,他(用英文)仿制了如下的定义:

[文学是] the class of writings distinguished for beauty of style, as poetry, history, fictions, or belles-lettres. (鲍晶 1985: 113)

(可译为:[文学是]以文体之美为特征的写作类别,像诗歌、历史、小说,或纯文学。)

通过精心设计的淘汰过程,刘最后断言:"凡可视为文学上有永久存在之资格与价值者,只诗歌戏曲、小说杂文二种也。"据此,他最后将"文学"概念正式区分为"散文"和"韵文"。"韵文"这个术语已经指示了区分的性质。在刘的定义中,"诗"只包括押韵的文学文类。然而,当他进一步提出改良的具体建议时,微妙的转变出现了。除了呼求提高各种地方戏曲的地位,刘还提出了两个相对具体的建议:第一,"破坏旧韵创造新韵";第二,"增多诗体"。

在讨论第一点时,刘直接把自己与白话文学运动联系在了一起,他提到"吾辈主张之白话新文学",并指出,用白话写作已导致诗韵观念的改变,因为许多在传统声谱中相协的音,无论以何种方言读,都决不押韵。刘对这个问题提出了三种解决办法:

(一)作者就土音押韵,而注明何处土音于作物之下。此实最不妥当之法。然今之土音,尚有一着落之处,较诸古

第五章　冲突中的文体：刘半农与新诗的形式　183

音之全无把握,固已善矣。

（二）以京音为标准,由长于京语为造一新谱,使不解京语者有所遵依。此较前法稍妥,然而未尽善。

（三）希望于"国语研究会"诸君,以调查所得,撰一定谱,行之于世。则尽善尽美矣。(120—121)

与"国语研究会"（和后来的"国语统一筹备会",刘在1919年成为其会员）的目标——它企图为独立于任何现存方言的国语建立新的标准——相类似,刘的目标似乎是要为中国诗歌引入一套新的声谱,它与旧的一样,最终与任何口语形式都没有任何联系。①

在这样的语境中,更让人惊讶的是,在刘提议增多诗体时,他像是在一定程度上抛弃了自己所有的诗都必须押韵的观念。下面的段落值得在此全文征引：

当谓诗律愈严,诗体愈少,则诗的精神所受之束缚愈甚,诗学决无发达之望。试以英法二国为比较,英国诗体极多,且有不限音节不限押韵之散文诗。故诗人辈出,长篇记事或咏物之诗,每章长至十数万字,刻为专书行世者,亦多至不可胜数。若法国之诗,则戒律极严。任取何人诗集观之,决无敢变化其一定之音节、或作一无韵诗者。因之法国文学史中,诗人之成绩,决不能与英国比。(121)

---

① 值得注意的是,早期倡导用"白话"写作的作家,并不全对建立口语和书面语间的直接联系感兴趣。例如,数年后,刘半农建议,为"他"这个字引入不同的字,专用来指女性,即"她"字。它现在普遍用来指女性。他认为,用"她"比用"伊"（这此前用于白话写作中）更好,因为"伊"只用在特定方言的口语中。然而,他补充说,这新的"她"最好发音为 tuo,以确保将它与男性的"他"区分开来（见鲍晶[1985：194]）。对许多参与白话运动的人来说,重要的东西似乎是为书面语建立新的标准,这标准只在有限的程度上建立在口语的基础上。

此处"散文诗"这一术语的用法,并不清楚是否真的指 prose poem。在刘心中,这似乎指非常长的作品。再说了,prose poem(散文诗)在英国文学中从来就不是一个流行的文类。因此,刘更有可能指的是"诗化散文"(poetic prose)。就像约翰·西蒙(John Simon)在有关19世纪欧洲文学中散文诗的研究中所指出的:

> 确实,英语中诗化散文的大师为数众多:弥尔顿、特拉赫恩(Traherne)、泰勒(Tailor)、斯威夫特(Swift),吉本(Gibbon)、伯克(Bruke)、卡莱尔(Carlyle)、纽曼(Newman)和一大群别的人。但是,如果你用一只手的手指来计算散文诗作者,而且如果你要计算的是伟大的散文诗作家的话,那么,你几乎只能把手揣在兜里。
>
> (Simon 1987:622—3)

同样让人惊讶的是,刘对法国诗歌的评论,似乎指至少半个世纪以前的情形。最后,他对无韵诗——他本人会在一年后付诸实践(见下)——的支持,像是与他诗的定义和在押韵方面的建议相互矛盾。在上海的最后几个月里,刘半农似乎构想了对新文学的建议,将之作为改变和纠正旧的惯例,同时增添新的惯例的办法。① 尽管其中一些新的惯例,像无韵诗的形式,与他本人对诗的定义是相冲突的,但是,他似乎没有将之看成一个主要的问题,也没有觉得有必要对传统采取更为激进的立场。但这一切都会在他于1917年晚期到达北京后发生改变。

---

① 这能通过参考刘的文章《诗与小说精神上之革新》来得到更多的证明。这篇文章发表于两月之后,他在文中认为,他所提倡的诗的革新事实上是"真"诗的复旧,它体现在《国风》和陶渊明、白居易的作品中(Liu[1917c:1—3])。

抛弃过去

一到北京,刘半农便迫不及待地改了自己的号,他拟定了一个新的谦恭的字或"号",读音仍然相同,但写起来是不同的字(用"农"代替"侬")。刘成了经常出入绍兴会馆的访客,鲁迅和周作人那时都寄宿于此。众所周知,1917年末,在张勋复辟之后,绍兴会馆的集会——也包括刘的密友钱玄同——在很大程度上导致《新青年》在内容上变得激进。周氏兄弟和他们的圈子日益坚信:只有对守旧势力进行全力攻击,才能将人们的思想从渴望回归帝制中解放出来。结果,1918年的《新青年》各期(第4和5卷)可能是最激烈和最有争议的。3月,刘半农发表了著名的对"王敬轩"的复书,后者是传统的辩护者,意欲攻击《新青年》作家。但就像后来所知道的,"王敬轩"并不存在,整个交流是一个骗局,是由刘和钱玄同设计的,他俩这个时期的通信表明,他们想求助于破坏性的方法和公开的谩骂来达成目标。①

然而,与刘诅咒过去及其代表(真实或虚构的),并敦促他们改过自新一样,别人也指责他,而且理由与他指责别人相似。鲁迅在发表于1934年②为刘半农所写的回忆录中记述,北京的学者最初认为刘是一个浅薄的人,并对他"从上海带来的"旧习皱眉头。鲁迅还指出,这旧习"好不容易才给我们骂掉了"。鲁迅回忆的可信度,可以从刘半农发表于1918年《新青年》一小页上的补白中得到佐证,在这当中,他提到自己的一首诗被鲁迅批评为"形式旧,思想也平常"(Liu Bannong 1918a)。

或许,正是这样一种对刘个人及其上海背景的苛刻抨击,导致了刘在这个时期不仅不断地抛弃一般意义上的过去,而且也抛

---

① 参见上面提到的刘写给钱玄同的信。
② 重印于鲍晶(1985:340—3)。这也可以在鲁迅(1981;6:71—5)中找到。

弃了他自己的过去。他最终于1918年7月在《新青年》上发表了第一篇白话文章（刘半农 1918c），这篇文章表达了对上海小说界道德上的腐化堕落的失望。后来，在给《新青年》一个读者来信的答复中，刘重复了这种抱怨，并明确地将他的上海背景和翻译作品联系起来：

> 《新青年》少文学的创作固然是一个缺点。但是创作的多不多是一个问题，创作的好不好又是一个问题。据我想，与其多了不好，还不如不多之为妙。如今跌低一步，取一个譬喻：前三四年，上海的各种小说杂志极盛的时候，内容大都是做的一半，译的一半。那译的一半，虽然大都是"哈葛德""柯南达里"诸公的名作，却还究竟可以算得一种东西；那做的一半，起初是风花雪夜，才子佳人，后来竟一变而为黑幕一流的文字了。所以《新青年》的少创作，正是自己谨慎，并不是贪懒。
>
> （刘半农 1918e：635）

尽管还相当谨慎，《新青年》团体的大部分成员，都于这一年开始发表自己的原创作品。刘也开始发表自己的诗。

刘半农的诗

上面提到的鲁迅为刘半农撰写的回忆录，混杂着批评和好感。尽管鲁迅称刘是"浅"的，但他也以比喻的方式补充道，他更喜欢澄澈见底的清溪，而不是烂泥的深渊。鲁迅赞扬刘在《新青年》的日子里对新文化运动所作的贡献，说他总是商量袭击各式各样的"敌人"的好伙伴，而且，不像陈独秀和胡适，他从没有任何隐瞒。鲁迅强调，即使他和刘在后来的几年里失去联系，他感到更爱以前的半农，并希望以回忆录保留刘"先前的光荣"（鲁迅

1981,6:73)。

尽管鲁迅并没有对刘在诗歌领域的成就作出评论,但人们似乎可以利用他的陈述来说明刘早期原创作品的质量。对新诗的发展来说,刘的主要成就,可能是他自己指出过的他主要关注的领域,即新的音谱和新形式的创造。下面这首诗,是最早发表的新诗之一(发表在1918年2月的《新青年》上),自那以后常被选入各类诗选,全诗如下:

相隔一层纸

屋子里拢着炉火,
老爷吩咐开窗买水果,
说"天气不冷火太热,
别任它烧坏了我。"

屋子外躺着一个叫化子,
咬紧了牙齿对着北风喊"要死"!
可怜屋外与屋里,
相隔只有一层薄纸!

(周良沛 1993,1:101)

除了人性的暗示——这实际上是刘半农所有诗作的特点,这首诗还显现了许多新诗的倡导者努力想达到的那类现代性在形式上的标志,即:长短不一的诗行,基于现代发音的尾韵,口语的结合,和印刷上诗行的分开(分行印刷,每行边缘留下大量空白)。刘也是最早实践无韵诗的诗人之一。① 此外,在《瓦釜集》

---

① 他的第一首无韵诗,题为《卖萝卜人》,发表于《新青年》1918年5月。有关这首诗不完全的译本和有关讨论,见 Hockx(1994:32)。

中,他出版了以民歌为基础的诗作,这些诗用近似于他本人家乡的方言写成。

刘于1920年代早期留学英法,期间写了大量散文诗。这些诗之所以值得注意,是因为它们可以证明:刘与他同时代的一些人不一样,①他已经掌握了无韵诗和散文诗间的差异。下面这首1923年写于法国的诗,便是一个很好的例子:

巴黎的菜市上

巴黎的菜市上,活兔子养在小笼里,当头是成排的死兔子,倒挂在铁勾上。

死兔子倒挂在铁勾上,只是刚刚剥去了皮;声息已经没有了,腰间的肉,可还一丝丝的颤动着,但这已是它最后的痛苦了。

活兔子养在小笼里,黑间白的美毛,金红的小眼,看它抵着头吃草,侧着头偷看行人,只是个苒弱可欺的东西便了。它有没有痛苦呢?唉!我们啊,我们哪里能知道!

(刘半农1993)

尽管这肯定不是刘曾写过的最了不起的散文诗,但我相信,它在简洁、排版方式(与一篇散文相像,并因此使其区别于无韵诗)、语言、意象和悬念等诗的品质方面,成了这一文类的典范,至少到最后一行前如此,这一行是约翰·西蒙所谓的"大多数散文和许多诗特有的理性因素"(Simon 1987:4)。

---

① 1921年和1922年,在有关散文诗的保守主义者和革新者间的大争论中,大部分革新者像是互换使用"无韵诗"和"散文诗"这种说法。当代批评家痖弦,在他对刘的诗的讨论中,也欣赏地谈到刘在散文诗这一文类中的贡献。见鲍晶(1985:388)。

许多刘半农的诗的缺点,确实在于他不能把理性因素不确定地悬置起来。周作人在他为刘半农的《扬鞭集》所写的序中,暗示过这一缺点。这个序有一个著名的段落,通常被看作周关于诗的原理最严谨的陈述,周在这当中承认他更偏好象征主义(他将之与中国传统诗歌技巧中的"兴"联系起来),而不喜欢在诗中"说理"。批评家周良沛曾指出,尽管这个段落并没有直接指向刘的任何一首诗,但它肯定可以被看作周对刘偏爱浅露的人道信息某种温和的批评(周良沛 1993,1:99)。

尽管有这些缺点,刘半农对新诗发展的贡献显然还是很重要的。他在白话语言的各种形式和语域里进行的实验,为后来更成功的新诗写作铺平了道路。此外,在把握散文诗形式的实质方面,他显然走在了同时代人的前面。尽管他对散文诗文类的这一特殊贡献,由于他 1920 年代早期写的散文诗要迟到 1926 年才发表这一事实而变得暗淡,但是,他的名字和作品值得在这一文类的历史上拥有一个位置。

从更广阔的视野来看,一旦认识到刘在新诗经典中相对较小的、仍然还很不重要的位置,我们就不应该忘记,刘在《新青年》时代最初的实验,像是会将他引向与新诗最后的发展有所不同的一个方向。与大部分革新者同道相比,他想努力保留更多的中国诗歌传统(这最清楚地体现在他的诗歌翻译实践中),这本来也可为新诗提供一些重要的、而且可能切实可行的选择。这些选择之所以是刘发展不了的,并不是由于他本人的任何缺点,而是由于来自像鲁迅和周作人,以及其他那些将这些选择与肤浅的上海文体联系在一起的人产生的影响。换言之,刘感到自己被迫在某些文体的疆界内运作,其中一些可能并不适合他的性情,而且正是在这些疆界内,他的作品表现出了上面所概括的缺点。下面,我将回到刘半农早期的翻译,以便显示对他或新诗来说本来是可供选择的道路,如何被堵死了。

转　变

在《新青年》引起争议的最著名的一期,即 1918 年 5 月号上,鲁迅发表了《狂人日记》,刘半农不仅发表了他第一首无韵诗(见上),也发表了一首被界定为散文诗的作品的译作。这篇作品是他在一期旧的《名利场》(Vanity Fair)中找到的,在这期杂志中,它被介绍如下:

> 下面这首精湛的散文诗,由著名的拉其普特歌唱家 Sri Paramahansa Tat 所作,他现住纽约,写作的灵感来自著名的迷人的女性 Ananda K. Coomaraswamy 博士,她是冠绝一时的伟大的佛教学者和艺术批评家。她现在纽约演唱,她的丈夫在作有关印度艺术和其他内容的讲学。她丈夫是古老的武士或刹帝利(Kshatriya)种姓成员,一个地位很高的泰米尔人、锡兰的首席检察官、受尊敬的 P. Ramanathan 的堂兄。而这位堂兄的夫人,即 Ratan Devi,开创了印度歌曲新风尚,她以完全的天才和最令人信服的力量实现了这一点。萧伯纳、叶芝和泰戈尔都将她作为印度灵魂的艾希丝(Isis)女神启示者。如果印度是亚洲的喉舌,那么,Ratan Devi 无疑是印度的喉舌。她在纽约的成功极其神速。①

人们可以想象,由于萧伯纳、叶芝和泰戈尔的高度赞扬,激发了刘半农对这个文本的兴趣,即使他们赞扬的其实并不是散文诗本身,而是激发这首散文诗写作的歌唱家。可能不是有意,这一事实被刘半农在译序中掩盖了,译序认为 Ratan Devi 实际上唱过这首诗。相同的误解,在刘的译本的标题中就很明显,标题来自

---

① "Ratan Devi: Indian Singer", *Vanity Fair* 6.3(May 1916):79.

诗的第一行("我行雪中"),副标题即是"印度歌者所唱歌"。

然而,比这些误解重要得多的,是刘半农自己加上的序,其中谈到翻译的新方法。刘写道:

> 两年前,余得此稿于美国"VANITY FAIR"月刊;尝以诗赋歌词各体试译,均苦为格调所限,不能竟事。今略师前人译经笔法写成之,取其曲折微妙处,易于直达。然亦未能尽惬于怀;意中颇欲自造——完全直译之文体,以其事甚难,容缓缓"尝试"之。

这一段恰当地概括了刘半农在翻译中体会到的困难。刘早年一直在寻找一种适于翻译这种特定散文诗的文体。问题是,没有一种刘熟悉的诗歌文体,可以给他以足够的自由摆脱形式的束缚,从而几乎完全可以照字面来翻译。他对文体概念——将形式和语言两个观念结合起来——的理解,使他难以分开想象形式和语言这两个概念。因此,只要他把诗翻译成某种形式的文言,他最终就不得不使用固定的形式,或者,如果不这样做,就像在他第一批屠格涅夫作品翻译的案例中那样,不得不将其置于不同的文类下面("小说"而不是"诗")。

在智穷才尽时,刘之所以拿佛经翻译作为典范,或许是因为这首特定的诗本身含有许多与印度有关的场景。尽管在中国历史上存在着许多不同的佛经翻译文体,但刘显然认为这些文体拥有一些普遍的特征。① 这种观点在那个时代可能相当普遍,例如,它也体现在梁启超于 1920 年写的文章《翻译文学与佛典》(梁启超 1988:81—134)中。梁启超认为许多个世纪中在佛经翻译实践里出现的"翻译文体",是"直译"和"意译"、外国因素和

---

① 我特别感谢 Joerg Plassen 帮我理解刘半农受惠于佛经翻译实践的确切性质,并让我认识到我在这章最早发表的版本中讨论这一主题时存在的错误。

中国因素的协调结合(105)。梁启超之所以认为这种文体是中国读者立刻可以辨认出来的,并且与其他所有的写作文体都有所不同,部分是因为语法、词序和语助词在使用上的不同,部分是因为解释或重复段落的插入,还部分是因为诗与散文的混杂,这包括对某些诗的段落所作的无韵的翻译(128)。

刘半农的翻译,在许多方面似乎都受惠于佛经的翻译实践,对此,我们可以从下面这个例子中看出来。在这里,我提供了英语原作和刘的中文译本的节选:

原作:

Under the ray of the champak flower that was her face the Indian jungle dawned about me. Great banyans writhed like serpents in mysterious shrines. Suddenly the fierce and subtle scent of nargis smote me, and I knew that she was singing.

译作:

乞百克花,即是此面,其光芒下,乃有印度森林,现我四周。有大榕树,悬空舞转,如在秘密神座,作火花戏。忽有那及塞香,浓烈轻巧,扑击我身;我乃觉知,比方歌唱。

与佛经的许多翻译一样,刘译本中的大部分句子都由四六言组成,这使他不得不将原作长得多的句子切断。结果,就像刘自己在序言中所指出的那样,译本尤其显得要简单得多。此外,刘避免使用常用的文言语气词,这也是梁启超提到的一个特征。最后,刘选择用现有的汉字音译不熟悉的事物的名称,像"champak"和"nargis",如果没有注释——这注释是他恰当地加上去的——的帮助,中国读者难以理解译本。值得商榷的是,注释的加入又导致了文本的简化,因为许多词语对英文《名利场》的读者来说,也同样怪异和难以理解。它们原本就没有注释。然而,正与梁启超的观察一致,佛经翻译常常包含诠释的段落。①

最后,由翻译引起的一个不太有关系的问题,是刘半农为什么把"serpent"译为"火花戏",这在英语中意为"fireworks"。答案可以从1913年的《韦氏大词典(完整修订版)》(*Webster's Revised Unabridged Dictionary*)中找到②,它给出了"serpent"的第三种意义:"一种在空中或地上蛇形运动的火花。"在中国的语境中,把神殿或庙与火花的光芒联系起来,当然是完全自然的,而且确实貌似要比与蛇联系在一起更为合理。

如果刘没有选择一条容易的路走,难以预料他的实验会将他带往何处。他写作的解决办法,已经在三个月前由周作人提出了建议;周是他的朋友和同事,同时也是《新青年》团体中最有影响的文学理论家。

新文体

在《新青年》1918年2月号上,周作人以《古诗今译》为题发表了谛阿克列多思(Theokritos)《田园诗》(*Idylls*)中的一首译诗。他在译序中作了如下陈述:

> ——Theokritos牧歌(Eidyllion Bukolikon),是二千年前的希腊古诗,今却用口语来译他;因我觉得他好,又信中国只有口语可以译他。
> ……真要译得好,只有不译。若译他时,总有两件缺点;但我说,这却正是翻译的要素。一,不及原本,因为已经译成

---

① 上面征引的刘半农《咏花诗》的翻译,可能已经受到"佛经翻译文体"的影响,因为它与梁启超提出的许多特征相像。
② 我查阅了下面这个网站的辞典在线版本:http://humanities.uchicago.edu/forms_unrest/webster.form.html。

中国语。如果还同原文一样好,除非请 Theokritos 学了中国语,自己来作。二,不像汉文——有声调好读的文章——因为原是外国著作。如果同汉文一般样式,那就是我随意乱改的胡涂文,算不了真翻译。

二　口语作诗,不能用五七言,也不必定要押韵;止要照呼吸的长短作句便好。现在所译的歌,就用此法,且来试试;这就是我所谓"自由诗"。

周作人的建议似乎完全合理,但一旦将之放到上面讨论的整个背景中来解释,马上就可以发现,这些主张显然不仅仅是只针对翻译者的实用建议。实际上,周在这里所做的,是要为新文体,尤其是用于诗歌翻译的新文体奠定基础。这种新文体具有如下特征:口语、外国形式、自由形式和不强求押韵。而其他与这种新文体的形式和语言要素的特定构造不一致的选择,则被忽视或完全置之不论了。首先,以非口语的语域达到相同效果的可能性,被作为一个信条排除在外了("相信中国只有口语可以译它")。据说,当一个作家以白话写作时,就不能(而不是不需要)用五言或七言写作。理所当然,由于中文和外国语言有如此大的差异,翻译必须听起来是不自然和不像汉文的。如果一部作品在译本中读起来很完美,那么,它肯定是随意乱改的"胡涂文"。[1] 后一主张的措辞内在的敌意,令人猜想周不仅仅是在重复古老的老生常谈"雅而不信",而是公开指控一种相竞争的文体,即上海小说杂志使用的"意译",这也是更早的像林纾这样的著名翻译家使用的文体。[2]

---

[1] 值得注意的是,相似的假设并不存在于外国语言间的翻译中。因此,翻译实践,像俄语文本的英文译本,仍然是完全可以接受的。

[2] 有关周作人对林纾和他所代表的文体(桐城体)的批评的详细讨论,见 Daruvala(2000:70—2)。

周有关翻译的诗歌的主张,与胡适几乎同时为原创的诗歌开出的处方相当一致。这肯定也是周为什么说这就是他的新体诗的理由。① 我认为,上面周作人描述的所有形式/语言构造因素,包括"不像汉文的"外表和诗的声音,都同样适用于《新青年》团体写作的原创诗歌,在一定程度上,也适用于作为一个整体的20世纪汉语新诗。例如,就有人认为1980年代的"朦胧诗"源于1950年代所谓的"翻译文体"。朦胧诗的代表诗人北岛曾经将这种文体描述为"既非已知的汉语,也不是外语,而是介于两者之间的东西"(Van Crevel 1996:36),可以看出,这不仅呼应了周作人的观点,甚至也呼应了梁启超评论过的许多个世纪前在佛经翻译中使用的"翻译文体"的积极品质。

回到刘半农,似乎是周作人的主张,使他意识到了自己需要克服的更根本的文体转变。毕竟,他以前所有的翻译,现在似乎都落入了周作人所谓的"算不了真翻译"的领域中。或许,他对《名利场》作品的翻译,是证明可能存在某种以业已存在的汉语范式为基础的"全直译之文体"的最后尝试。然而,刘没有像承诺的那样继续自己的实验。反之,他转向用无韵的白话翻译和写作诗歌。文体的转变相当彻底,而且,刘半农回到了屠格涅夫。

在1918年9月号的《新青年》上,刘发表了许多外国诗歌的白话翻译,其中包括屠格涅夫写的两首(《狗》和《访员》)(刘半农1918d:234—235)。翻译像原文一样好,很难改变或增加什么,而且语言上没有任何错误。此外,文本是作为散文诗,而不是小说发表的,也不去管它们实际上是否与中国此前已有的任何诗的形式相似。译文在纸面上由左到右印刷,与杂志其余的内容明显不同。尽管这种排版方式更多地出现在译文与原作并置的情形中,但这些译作并没有沿袭旧有模式,因为已不再提供英文

---

① 在一篇相似的笔记里,周后来把他著名的原创诗歌《小河》与他对波德莱尔作的散文诗的阅读和翻译联系在一起。参见 Hockx(1994:34 等各处)。

"原作"。不幸的是,也没有附加解释性的注释,我们无法了解采用这种排版方式的理由。由于完美的直译技巧,及对新文体的接受,刘显然觉得没有给译本作注解的必要。他的转变是彻底的吗?

两年后,刘半农从伦敦给周作人写了一封信,在信中概括了自己有关诗歌翻译的新立场。① 他重申自己遵循直译的原则,但认为就翻译文学而言,有时可以牺牲词语的意义,以反映原作固有的"情感"。他否认与原作"声调"保持一致的可能性,他提到泰戈尔在将自己的诗从孟加拉语翻译成英语时选择牺牲诗体。但他同样也不主张作任何努力使译诗具有所译语言中容易达到的听觉特点,而这显然就是他本人在写这番话前一些年里努力尝试去做的。这封信表明,他并没有完全屈从于周作人的要求。虽然他说得并不十分直率,但他明确拒绝接受译诗必须听起来别扭的观念。他认为,把握原诗神情的译者,应该可以为译文创造合适的语调。不过,附在信中的长篇译诗从未发表过。②

无论是约翰·西蒙在他上面提到的有关欧洲散文诗的著作中,还是唐纳德·基恩(Donald Keene)在《现代日本散文诗》(*Modern Japanese Prose*)(1980)的导论中,都强调,外国诗的翻译成了散文诗发展的重要先驱,因为无论是在法国还是日本,用散文来译诗都相当常见。就像我们看到的那样,中国的情形又有所不同。不仅有固定形式的外国诗常用中国传统的固定形式来翻译(如有必要通过意译),而且外国散文诗最初根本不被看作诗,

---

① 刘在1927年将信的一部分作为一篇文章发表在《语丝》139(7月)上。它也收在刘半农的《杂文》中,重印于瘂弦(1977:131—4)。

② 虽然意见不合,但周作人似乎一直支持刘半农的积极意见。晚至1949年,在一篇题为《刘半农和礼拜六派》(刘绪源[1998:384—6])的文章中,周作人还欣赏地说到刘的文学才华,说他早年向上海小说杂志投稿和所受的影响是可耻的。尽管周在他的文章中隐藏了这样的事实:他本人也向同样的一些杂志投过稿。

而是被作为小说来翻译。直到新文化运动来临,胡适和周作人这样的理论家才开始质疑散文和诗的传统区分,他们建立起了一种新的诗体。这新诗体建立在特定的形式和语言要素的构造上,这些要素包括了对自由诗、无韵诗和散文诗的偏爱,无论是在原创还是翻译上。没有任何证据可以证明,在这种情形中,翻译要走在原创之前。可能只有佛经中诗的段落被翻译成散文是个例外,这一点梁启超曾有提及。

胡和周提出的新文体是创造性的,至少在一定程度上,挑战了上海文坛当时现有的文体,后者我在前一章和本章的第一部分讨论过。对像刘半农这样的作家来说,采纳这种文体并不完全是自由选择的事,而是他根除"上海文体"——生活文体(方式)或写作文体——的全部努力中的一部分。刘以此回应他北京朋友和同事的影响。刘的文体转变,不仅包括严肃的研究,还包括与他自己的背景及早年相关的文学观念——譬如他最初对用文言和固定形式翻译诗歌的偏爱——明确地断绝关系。要不是一些刘在他自我刷洗时期实验的可供选择的翻译文体,可能已导致了有意思的"真"和"美"的妥协,或许这些翻译文体对刘来说还有继续实验下去的可行性。另一方面,至少从西方的视角来看,刘对新文化文体的研究和接受,似乎确实使他对散文诗形式有了更深刻的理解。

刘半农自己的诗或散文诗,从来没有真正让批评家满意过。然而,因为大多数这类批评都建立在相同的审美标准上,而且也正是这些标准迫使刘半农抛弃自己的倾向,转向可行的供选择的文体,所以,这些主张过去是且将总是折中的。更好地理解刘半农与新文化文体的对话,具有重大的历史意义,这是因为:这种对话会向我们表明,新文化运动所做的,远不止是将中国诗歌从传统规范中"解放"出来;它也以新的、有时同样是严格或武断的界限代替这些规范,而且这些界限仍继续主导着中国现代诗歌写作和欣赏的方式。

到1910年代晚期,北京的知识分子垄断了西方现代高雅文化的阐释和理解,他们将这些文化产品"翻译"成一系列相当接近原先事物的文体,但不用说,这是显得别扭和不像中文的。虽然这些文体很快在全国其中也包括上海普及开来,但1920年代,它们总是容易引起民族主义或保守主义的反应。在诗歌领域,《新青年》诗人对自由诗和散文诗的偏好,不断地激起回归"民族形式"的号召。甚至直到今天,新诗让自己脱离传统并接受西方影响的做法,仍为许多人所痛惜。新诗的文化身份因此还是——仍然还是——成问题的。然而,就像下一章将揭示的,在1930年代,新诗成问题的地位,既引发了没有预料到的新的试验,也引发了激烈的批评冲突。我对这些事件的分析将会证明,新文学范式,如果不考虑其笼罩于像刘半农这样的个体之上的权力,它从来没有像设想的那样,是作为一个整体的中国现代文学场的主导形式。

第六章 文体中的个性："骂"的批评与曾今可

中国文学批评中的作者

在前一章中,我将文体定义为形式和语言因素的特定构成。同时,我注意到,在1910年代后期诗歌改革的特定情形中,这些构成如何与知识分子其他更广泛的喜好和生活方式联系在一起。因此,像刘半农这样的作家,并不能完全自由地选择文体,而是受到将他们联合在一起的某个共同体的规范的限制。在这一章中,我打算在以下两个方面建立起更紧密的联系:一方面是文学的形式、语言和内容,另一方面是作家本人。我将以1920和1930年代杂志上的文学批评为例,来证明这种联系。我主要关注当时流行的骂的批评习气,因为它最清晰地证明了一个广为信奉的观念,据此,作家和文本两者都成了阐释和批评的有效对象。

阅读文学并不只是阅读文本,一定程度上也是在亲密地了解这些文本的作者:这种观念在中国文学思想中有着悠久的历史。宇文所安(Stephen Owen)在评论中国传统诗学时,对此作过极简洁的描述:

> 诗并不是作者的"客体";它就是作者,里外合一。(Owen 1992:27)

宇文所安在评论曹丕(187—226)《论文》一文时,进一步详细论证了这一观点,他说:"文体中强有力的个性的直觉,是历史的事实,并有着深远的价值。"(63)这并不是常识性地声明每个作家都拥有自己的文体。确切地说,其含义正好相反:每一文体都有自己的作者。文学文本是作者和读者借之进行高水平交流的媒介。这样的交流是文学体验的本质。文学被赋予这样一种社会功能:它既在美学层面上起作用,也可以完成其他非文本的文学活动,诸如举办诗会或组织文学社团。

民国时期,对中国现代批评有影响的最流行的一些西方文学理论,同样也关心作者,但视角却非常不同。例如,1920年代,范围广泛取向不同的主要的文学团体(文学研究会、创造社、学衡派)的批评家,都对自然主义批评家圣伯夫(Charles Augustin Sainte-Beuve,1804—1869)有强烈兴趣。1922年,文学研究会成员郑振铎总结过圣伯夫的研究方法:①

> [圣皮韦②]告诉我们说,我们研究一本作品……我们必须把这个作家的全部著作都看过,并且还须进而研究作家他自己;而我们要研究一个作家,又必须进而观察作家的家庭,尤其于他的母亲要注意。如果他有兄弟姊妹,及子孙,也须把他们细细的考察一下。对于他的"最初的环境",就是他开始进入文学界,开始做第一篇诗或小说或论文时的环境,尤须注意;他的朋友们及他的同时代人也都须研究一下。还有他所受的世间的影响也须研究,我们必须同时从崇拜者与反对者的言论里看出我们的作家。综合这一研究的结果,于是真理才会发现,我们对于这个作家的特殊的天才,才可下一定义。
>
> (西谛 1922:5)

---

① 有关学衡派成员的批评中对圣伯夫的参考,见 McDougall(1971:45)。有关创造社主要成员郭沫若关于圣伯夫的讨论,见 McDougall(1971:240 各处)。
② 译者注:即圣伯夫。

上面征引的两种观点尽管非常相似,都强调了解作家与正确理解作品的关系,但它们在了解作家的方法上很不相同。在中国传统的批评理念中,作者其人主要通过文本来了解;在自然主义批评那里,有关作者的系统研究,是与文本研究分开来进行的。可以理解,这样一种相对科学的方法,对民国时代的批评家具有很强的吸引力。一方面,他们赋予批评以科学的权威和客观性,并帮助将文学场建立为一个自主的职业实践。另一方面,这些方法试图填补一个空缺,因为先前共同的使"文体中个性的直觉"成为可能的价值体系,正在逐渐消逝。当许多读者和批评家继续将文学看成媒介,要借它建立起与作家思想的联系的时候,他们担心文本不能为成功的"思想交融"提供足够的信息,这导致了对传记知识越来越多的需求。这种需求并不是为了对作品进行客观的阐释或分析,而是为了增加审美体验。

自然主义批评只是满足这种需求诸多方式中的一种。另外一种,也是更普遍的方式,那个时代的大部分文学杂志的编辑都采用过,即在名为《作家消息》或《文坛消息》的栏目中,源源不断地发布有关中国和外国作家的信息。1920 年代早期,尤其是在诗歌方面①,对诗人来说更普遍的趋势是,为他们的诗作注,以便提供传记资料。下面黄希纯(1923)写的诗就是这样做的:

过了重阳

那是最可纪念的日子(注)——
匆匆忙忙地过去了;

---

① 在诗中,诗人吴兴华(1921—1966)最贴切地描述了在作家与读者之间的交流中,文本所起的"桥梁作用"在现代的消逝。参见 Yeh(1991:14—15)和 Hockx(1999b:223)。现代诗人对失去可识别的读者的各种反应,在 Yeh(1991)的第一章中有详细讨论。

> 竟像没事般过去了！
> 母亲她如果能够说话的，
> 又当怎样呢？

> 注释：9月14日是我母亲的生日。

在这种情况下,这个时期发表的批评文章和书评,常常在不同程度上关注作家的个人生活,就不足为奇了。一些批评家甚至会认为,如果他们评论的作家是自己的一个朋友,这会是一个优点;他们会把向读者介绍这个朋友,而不是朋友的作品看作自己的职责。[①] 然而,友谊并不是反映在以作家为目标的批评中的一切。通常,当作家和批评家是(可察觉到的)敌对关系时,对作家本人的关注就会显著增长。邓腾克(Denton)注意到,诸多文学批评为"小心眼的宗派主义和狭隘的主观主义"所玷污,他认为这种现象是由施加在文学作品上的"社会和政治重压"直接导致的。(Denton1996:19)

任何阅读民国时代的文学批评文章的读者,都不可避免地注意到,批评家频繁和轻易地允许自己使用针对人身的(ad hominem)言论,这些言论常常具有"骂"的性质。当时的文学圈子强烈地意识到这种现象,许多人抱怨这种"骂"或"骂人"的做法。也有许多人认为,这种现象是文学实践中古老的、无法摆脱的一部分,他们总是引用曹丕《论文》中的开篇几行:"文人相轻,自古而然。"(Owen 1992:58)然而,引用这句话的人,很少详细论述文人相轻的理由。宇文所安(Owen 59—61)把这句话解释为,曹丕试图将自己描述成"圣贤",超越于普通文人微不足道和令人厌的争论之上。高利克(Gálik1980:65)则赞同郭绍虞的观点(1994:50),认为这是一个诗学观点:作家,鉴于其特殊的才能或

[①] 这类批评的一个例子,与诗人徐玉诺和批评家叶绍钧有关,在 Hockx(1994a:77—82)中讨论过。

专业知识,比普通读者更有资格评论其他作家。

这两种不同的学术解释,非常确切地反映了民国时期的文学人士在面对"骂"的批评时的矛盾心理。一方面,"骂"会受到谴责,并被认为是无趣的;另一方面,实际上,那个时代所有的文学人士经常将它作为批评词汇的一部分来使用。作为民国时期文学批评文体的一个突出特点,在中国现代文学思想的研究中,"骂"的写作应得到比以往更系统和更多的关注。①

在本章第一部分,我将尝试对这个时期的资料中出现的各种"骂"的类型和文体进行分类。紧接着,我将讨论使用"骂"的批评的一些理由。本章的第二部分是一个个案研究,关注 1933 年上海文坛发生的若干事件,各种"骂"的类型在其中彰显出来,它们的文学功能也变得清晰可见。

"骂"的定义和形式

根据受害者的说法,"骂"这个词意味着许多不同的东西,从剧烈的批评到恶意的谩骂都是。然而,骂的对象总是一个人(作家或另一个批评家),而不是作品。因此,对"骂"最为普遍的英语翻译,正如在中国现代批评实践中使用的那样,可以是 personal attack(人身攻击)或 *ad hominem* argument(针对人身的言论)。在本研究中,为论述方便,我经常更倾向于使用更为通俗的翻译 abuse(骂)。在文学批评中,"骂"的反面是"捧",不过"捧"同样让人皱眉,因为它同样是一种广泛存在的为了个人理由或个人利益而去赞扬作家或他们的作品的批评类型。②

---

① 除了邓腾克在讨论这个时期文学批评的形式时评论过与宗派主义有关的话题,我没有发现对这个现象作过正式的学术探讨。

② 一个"捧"的例子,是曾今可(见下)和其他上海文学名人推举女诗人虞岫云,她是上海总商会会长和现代书局的所有者虞洽卿的孙女(一说女儿)(与施蛰存的面谈,上海,1998 年 10 月 24 日)。

针对人身的批评，有着不同程度的细微差别。骂的最直接形式是辱骂，就像1920年代新文学的倡导者攻击娱乐小说的作者时所做的那样，后者通常被贴上"文丐"和"文娼"这样的标签。此类批判文体的典型例子如下：

> 我以为"文娼"这两字，确切之至。他们像"娼"的地方，不止是迎合社会心理一点。我且来数一数：(1) 娼只认得钱，"文娼"亦知捞钱；(2) 娼的本领在于应酬交际，"文娼"亦然；(3) 娼对于同行中生意好的，非常眼热，常想设计中伤，"文娼"亦是如此。所以什么《快乐》，什么《红杂志》，什么《半月》，什么《礼拜六》，什么《星期》，一齐起来，互相使暗计，互相拉顾客了。①
>
> （C. S. 1922）

在上面的例子中，辱骂表现于在全部写作中使用侮辱性的语言。在一些极端的情形中，骂甚至更为粗陋，像下面来自《幻洲》杂志的这个例子。在这份杂志上，批评家攻击刘半农，他不断地被称作"刘半侬洋翰林"。"洋翰林"侮辱性地指刘在法国所获得的博士学位，同时故意将他名字中的"农"字写作"侬"，因为这是刘还是一位上海娱乐小说作家时所使用的。在下述这个段落中，北新书店因刘半农建议要重印古籍而遭到责骂，这位批评家显然并不赞同：

> 他妈的，你要再不觉悟，再和半侬洋翰林发疯胡闹，借古书卖钱，对不起，我们青年买书的几个钱有限，便不得不打倒你这鸟书店。
>
> （山风大郎 1927:457—8）

---

① C. S.:《杂谈》，《文学旬刊》49(1922年9月):4。

这样的评论,照例会遭到其他批评家的谴责,尽管他们肯定也不会使用更友好的词语,但这带来了"骂"的批评的"亚类型"。一些例子是:

> 我想缪先生若没有精神病,决不至如此的荒谬。
> （静农 1921）

> "骂"完全是情绪剧动的表现,然而批评却是最理智最科学化的东西。的确现文坛上有不少的魍魉,不少的败类,是需要猛烈的批评来驱逐他们来惩治他们的。然而"骂"对于这些头脑腐朽神经瘫麻的他们是无效的。
> （王皎我 1927:4）

> 因为此种极无意识的举动,作者所花费了心思做出来,受者不过一笑,犹之路口癫狗追吠,永不当一件事,先天的白痴孩子,谁也不爱理他。　　　　　　（冰 1922）

狗,尤其是疯狗,是这个时期"骂"的批评中最常用的比喻。像"疯狗""狂吠""狗屁"这样的词再三出现。①

除了提及攻击的人(们)使用侮辱性的称号,批评家也会选

---

① 在骂人时使用犬类动物,决不只在中国的语境中才有。1871 年,但丁·加百利·罗塞蒂(Dante Gabriel Rossetti)抨击批评家罗伯特·布坎南(Robert Buchanan,1841—1901),因为后者使用化名骂他,他以下面这种方式描述如何努力摘下这样的"鬼鬼祟祟的"批评家的面具:"我相信,对公共安全的守卫者来说,有必要偶尔去搜查一下各种各样恶臭的积聚物;而且,毫无疑问地,对于两只死狗来说,再普通不过的是,一只在另一只下面。可以想象,如果那隐藏的一只为某种呈堂供证的目的要被搜捕出来,那么,将它挖掘出来的任务将不会是令人愉快的;而且,不可避免地,比之恰好要找的上面的尸体——可能有意如此——要花上更多的时间。"(Freeman 2001)出自罗塞蒂的小册子《鬼鬼祟祟的批评流派》(*The Stealthy School of Criticism*)的这些及其他段落从未发表过,因为作家害怕针对他的诽谤罪(同上)。至少,据我所知,文学上的诽谤诉讼及大致与之相关的立法的空缺,肯定是为什么这类批评在民国如此盛行的一个显著理由。

择一些更不具攻击性的指称方式。1920年代早期，在文学研究会和创造社的著名论争中，郭沫若常常被讥讽为"天才"，这是郭本人批评术语中的关键词汇。指称一个人更轻蔑的方式，是假装不知道他或者她的全名。例如，在上面提到的对刘半农的攻击中，除了称其为"洋翰林"外，还称其为"刘某"。稍后我们会再次碰到这类用法。

另一显示某人蔑视其批评对象的方式，是不仅假装不知道他或她名字，还公开承认没有或几乎没有读过他或她的作品。这种很普遍的对某人并不知道的东西大加声讨的策略，在攻击被认为是真正的新文学领域之外的团体身上时最常使用，像所谓的"鸳鸯蝴蝶派"作家就常被这样对待。① 在我见过的运用这一策略的一些案例中，批评家声称对批评的作品一无所知，事后看来，也并不是实情。例如叶圣陶，他本人先前就是一个娱乐作家，在一次攻击《文学旬刊》的娱乐作家时，声称从来没有读过包天笑的作品，或是像《礼拜六》这样的杂志（华秉丞1923）。换言之，在批评被认为是过时的、不道德的文学时，人们不但可以谴责，而且可以撒谎。此外，下面我们还将见到更多这样的例子。

为了让谎言不被揭穿，就像上面叶圣陶的例子那样，使用读者并不熟悉的化名就很有必要（尽管骂人时隐藏在化名后面，在一定程度上会让人不满）。茅盾也用过这种策略，在对《创造季刊》第1期略带贬损的著名评论中，他使用了化名"损"（1922）。几个月后，创造社成员才惊讶地发现，一个如此杰出的编辑和批评家，竟然使用化名来攻击他们。茅盾自我辩解说，"每个认识他的人"都熟悉这特定的化名。这种辩解意义不大，除非是用来强调郭沫若和他的朋友根本上就是局外人。

对今天的读者来说，只要去查阅一下《文学旬刊》合订本，就可以很容易地翻找到茅盾的原文，并注意到，他除了使用除他自

---

① 有关这种策略的更多例证，也见 Bärthlein（1999：220）。

己的圈子外读者并不知道的化名,还在文章的开篇介绍自己是一个在杂志界并不活跃的人。因此,难怪创造社成员没有怀疑,"损"实际上就是当时最负盛名的文学杂志《小说月报》的编辑。①

回到"骂"的批评更确切的形式方面,值得注意的是,西式标点是如何用来帮助开发针对人身攻击的批评武库的。尤其值得一提的是,问号极广泛地被用作讽刺的工具。下面是随意列举的几个例子:

> 美国一派年幼诗人(?),虽有主废弃 Form 者,然在真有学问者,无不斥其狂悖。　　　　　　　　　(缪凤林 1921)

> 为什么成氏这么一个长于英文学的人(?),竟也有这么一个错误呢?
> 　　　　　　　　　　　　　　　　　　(梁宗岱 1923)

这种具有贬损意义的问号,甚至经常出现在文章的标题中,例如:

> 中国文人(?)对于文学的根本误解(西谛 1921)

或

> 评(?)诗(?)(一粟 1926)

在"骂"的批评中,另一得到良好运用的标点,是引号。它最明显的用处是用来怀疑对手使用的措辞,其用法与"所谓的"表达相同。在一般情形中,将对手某个文本中的确切言辞征引出来,然后进行歪曲和讽刺。成仿吾在有关新诗的著名评论《诗的

---

① 这里提到的各种资料,见本书第 2 章中的文学研究会与创造社部分。

防御战》一文中,多次使用过这种技巧。成仿吾每次从原诗中引用几行,然后加上自己的讽刺性评论。就像下面的节选,他引用了俞平伯诗作中的几行:

> "朋友!说你是愚人,可是吗?"
> 恭恭敬敬的回答,
> "先生正是呢!"

然后评论道:

> 朋友!说你不是诗,可是吗?恭恭敬敬的回答,先生,正是呢!(成仿吾 1923:6)

上面对"骂"的批评的形式和策略的概述,并没有假定穷尽一切,但已触及我相信是最为常见的因素。此外,上面所列的所有因素,实际上都出现在与本章第二部分的个案研究有关的材料中。然而,首要的是,有必要超越定义和形式,探究一下民国批评家对作家进行人身攻击可能的功能。

"骂"的功能

在欧洲现代文学史上,"骂"的批评经常是先锋的标志。先锋文学家将自己视为"真正的艺术"的守护者,批评功成名就者已经违反了纯文学的价值,并因此将对功成名就者的批判集中于非文学的话题,用人身攻击或骂的措辞表达自己的观点:在寻求象征资本的过程中,这是被认可的策略。就像我在其他地方(Hockx 1999a)所证明的那样,中国20世纪文学场的特点是:誓言忠于象征法则,不仅意味着反对经济法则(为钱写作),也意味着反对政治法则(为某种集体或非文学的目的写作)。① 新文学实践中最早的一些"骂"的例子,就可以用这些术语来描述。例如,从属于文学研究会的批评家对上海娱乐小说作家的攻击,正如我们所看到的那样,将注意力主要集中于他们的商业实践方面。几乎与此同时,创造社对文学研究会最初的攻击——这在第2章中讨论过——集中在对手的党同伐异上,认为文学研究会更忠于集体,而不是文学。在这两种情形中,攻击方都将自己放在先锋的位置,声称他们更了解和致力于文学,而对手则被看作是垄断了文学生产和传播手段的功成名就者。然而,虽然文学研究会和创造社的论争,随着新文学领域的发展和成长,最终有所缓和,但是对娱乐小说,或任何被视为非常明确地迎合广大读者的文学类型的"骂"的批评,是整个民国时期中国现代文学批评中一直存在的不变因素。

新文学实践者之所以不赞同娱乐写作,除了商业因素,也有道德因素。获得庞大的读者群,同样也是新文学共同体中许多团体共有的理想。商业主义,只有在它被认为传播了"旧"的道德价值,比如缺乏科学态度,缺乏对两性平等的尊重,或普遍缺乏对中国以外的世界的了解时,才在一些人眼中成了严重的问题,并成为攻击的靶子。然而,正如第2章讨论的那样,是文学研究会的创办者发明了"旧文学"这个说法,在这样的思维定式中,被认为"旧"的东西,并不必然指属于过去的东西,而是指那些与自己的价值构成强烈对比的东西,这"旧"指的是某个人想将它降为历史的东西。

在批评实践中,这些道德判断鲜有不与美学判断纠缠在一起

---

① 这种分析模式,对描述20世纪中国文学中起作用的潜在力量的适用性,最近由诺贝尔文学奖获得者高行健所证明。在一次德国《世界报》的采访中,当被问及诺贝尔奖对他意味着什么时,他回答道:"这一奖项让人认识到,我既不为钱写作,也不服务于政治权力。"(*Die Welt* online, 14 October 2000, URL: http://www.welt.de/daten/2000/10/14/1014ku196390.htx)

的,实际上二者难以分开。与上面提到的宇文所安的看法相一致,这些现代批评家,与传统上的前辈一样,似乎非常相信可以从"文本的文体或手法"(Owen 1992:63)中辨认出作者的道德品质。结果,划定的疆界,无论是在美学还是道德的层面上,都排除了延续性,例如,在现代写作中排除了古代汉语和古典文学形式。诗,正如我们在第五章中所看到的那样,没有用文言写的自由诗,也没有像西方诗人总是延续使用十四行诗那样,延续使用中国古典诗律。① 从这个视角来看,新文学并不等同于"现代的文学",也就是说,并不是指称现代时期内任何和所有的文学,即使大多数中国现代文学史声称它就是如此。相反,我会证明,民国时期的新文学是一种"体"或"规范形式"(参见 Owen 1992:592),即不同的、相互竞争的写作类型中一种特定的写作类型,而且是一种打算明确对作家信奉的,作为一个整体的特定社会和文化观念作出解释的写作类型。

并不容易界定民国时代新文学的规范形式。它们不仅包括(白话的)语言、(欧化的)语法和(进步的)内容等方面,还包括文本的其他方面,像标点,甚至还包括与语境有关的诸如印在文本周围的插图和广告的风格(style)等,在某些情形中,甚至还包括出版物的价格。它们也包含非文本的方面,即"惯例"方面,在第三章里已简单讨论过的左翼作家联盟攻击国际笔会中国分会的案例中,攻击似乎并不是因为任何作品,而是因为其成员在晚宴中会面这一事实。

此外,《幻洲》杂志的批评家,为我们提供了一些有用的、却可能是极端的例子:逾越规范形式的界限也有可能导致被骂。例如,他们最早对刘半农(刘复)的攻击,用三页的长篇大论反对他的诗集《扬鞭集》受旧式束缚,这让刘复这一名字有了一语双关

---

① 注意,这对写十四行诗的中国现代诗人来说却是正确的,参见 Haft (1996)。

的可能:刘复复古(培华女士1926)。两期以后,康有为的出版物,则因为价格问题受到了下面这样的攻击:

> 在《申报》上看见康有为的《诸天讲》出版预约的广告:定价十元,预约七元。妈的!我虽然没有逛过窑子,然也听得说,下等住夜六毛,上等住夜十元。《诸天讲》却与上等窑子同价,这是什么一个好胞胎儿呵!
>
> (长虹1926)

然而,如果去阅读出版于1926—1928年,由叶灵凤和潘汉年主编的全部《幻洲》杂志,我们就不难发现,每期杂志的第二部分都出现了有意为之的庸俗批评。他们为此创造了"新流氓主义"这一称号。这种庸俗批评不仅仅是某种道德愤恨的产物,同时也是精心策划的、先锋的美学主张。它很好地与大胆的创造性写作并行不悖,后者常常包含直白的性描写[1],并总是由叶灵凤配上优美的插图,发表在每期杂志的第一部分。因此,《幻洲》作家的"新流氓主义",不仅是一种确证什么是新文学,以及什么不是新文学的界线的手段,同时也是将《幻洲》杂志与新文学其他出版物区分开来的美学立场的一部分。这些作家像其他作家一样骂非现代,但是以他们自己的、独一无二的、"流氓主义"的方式来这么做的。李欧梵在《上海摩登》(Lee 1999:255—67)一书中简要分析过他们的美学立场,下面这个段落是章克标总结的,也被李欧梵征引过:

> 我们这些人,都有"半神经病",沉溺于唯美派——当时最风行的文学艺术流派之一,讲点奇异怪诞的、自相矛盾的、

---

[1] 早在第2期,杂志就呼吁向《灵肉号》专刊投稿,这显然是有意要征求主要含有性的成分在内的作品。

超越世俗人情的、叫社会上惊诧的风格。(267)

一般说来,如上所述,批评深受新文学场域内宗派主义的影响。即便像文学研究会这样的组织,尽管曾一度有志于成为所有中国现代作家的"联盟",但也出现了明显具有宗派主义特点的批评实践。例如,在其机关刊物《文学旬刊》上发表的绝大多数书评,评论的是自己成员的作品。① 在较小的团体和出版物中,这更成了准则,因为这些较小的杂志,常常是专门用来宣传某一个文学社团的成员或朋友圈子的作品的。同时,参与这类实践的批评家,可能也乐于承认这是不健康的,并会导致许多如下情形:在其中,作家被骂或被捧,不是因为他的作品,而是因为他与某个关系网的关系。在《文学旬刊》1923年的一篇文章中,文学研究会成员余祥森公开抱怨"骂"和"捧"这两种对立的批评文体,认为它们划定了彼此间鲜明的界限,并发出了针对人身的言论;他说,任何使用这类文体的批评家,都可以被看作"新文学运动的罪人"。(认生1923)

批评判断除了受社团或关系网中的成员左右外,还有可能受到批评家与特定出版社关系的影响。就像我们在前一章中所看到的那样,诸多新文学人物,特别是身在上海的,要么受雇于出版社,要么参与自创的出版业。因此,批评家王皎我于1927年在《白露》杂志上一篇题为《中国近时的文艺批评》的文章中,发出了下面这样的抱怨,就并不让人惊讶了:

> [批评家]对于自家书局出版的书籍总是不肯忠诚的批评一下,更令人痛恨的即是以互相嫉妒互相仇恨——绝非讨

---

① 这一主张基于我对最早四年(1921—1925)的杂志的阅读。然而,1925年后,杂志可能改变了路向,因为在那一时期,就像第2章解释的那样,它与文学研究会不再有直接的关系。

论——的文字为批评的。

当时对待批评的含混态度,对许多文学杂志来说相当典型,在王皎我呼吁少一些骂,多一些以作品为基础的批评的同一期《白露》杂志上,就包含若干篇针对人身评论的作品。最明显的是一篇简短的、有侮辱性的有关女作家陈学昭的编者评论。陈被指责靠在一家通俗小报上刊登自己的照片作自我宣传。下面是这篇文章的标题和开篇几行,从中我们也会再次碰到问号被用作骂人的例子:

> 学昭? 女文学家? 广告!
> 婷婷的,袅袅的,飘然的,一位西洋式的,明星式的,上海时髦女人式的中国女文学家(?)的侧面像在妓女化的时报画报上出现了。①

总之,民国时期"骂"的批评似乎至少服务于下面这两个重要的功能:首先,它有助于在相互竞争的文体和规范形式之间,尤其是新文学和其他类型的传统与现代写作之间建立边界,并维持这一边界。这种功能用来确证新文学作家和读者所具有的共通点,从而在整个新文学共同体内保持某种密切的关系或联系。其次,"骂"的批评有助于吸引读者注意新文学团体的美学方案,以及它们与其他团体的差异,这常会导致严重的宗派主义。宗派主义也会产生与"骂"的批评相反的(自我)鼓吹的批评方式。自相矛盾的行为经常源自这种功能,因为宗派主义的价值陷入与其他同样被严肃信奉的有关文本地位价值的相互冲突中。一方面,宗

---

① 《添上去》,《白露》(6:46)。正如我们下面将看到的那样,另一个例证来自这个时期的一位批评家,他不假思索地承认,刊登女作家的照片,甚至同时刊登她们的作品,只是一种商业手段。

派主义批评经常被各方谴责。然而，另一方面，集体的忠诚仍然很强烈。结果，以个人为中心（person-oriented）和以文本为中心（text-oriented）的批评常常比肩而行。

在"骂"的批评背后，自然也潜藏着别的动机，特别是在1930年代，当时的政治意识形态开始影响文学生产。下面的个案研究将表明，在一场针对作家和编辑曾今可的惹人注目的批评攻击中，上面描述的机制如何与当时的政治现实因素相融合，并制造了远为复杂得多的文学论争。

曾今可和《新时代》

曾今可如何进入上海文坛很大程度上仍是个谜，因为他人生早期的传记资料相对缺乏。1920年代晚期，他以一家短期存在的名为马来书店的出版社经理的身份出现在上海。1931年夏，他创立了《新时代月刊》，由新成立的新时代书店出版。尽管曾今可似乎一直掌控着新时代书店的全部经营，但它实际上隶属于一个名为康隆吉的成功盐商。后者的照片装饰着《新时代》的最初几期，随附的文字指出他是出版社的总经理。[1] 到1930年代，上海的出版业已经成了一项非常有利可图的买卖，大多数成功的出版社都隶属于商业巨贾，或由他们投资，而这些商业巨贾常常与国民政府有关系。[2]

但《新时代》的成功之所以几乎是立竿见影那么快，并不单是由于其财政背景。曾今可在他撰写的第1期的序言中，宣布投稿者中有两位是当时最负盛名的新文学作家，即巴金和张资平。在今天，这两位作家通常被认为代表了两种很不同的、几乎相反

---

[1] 见《新时代》（1931年12月）第1卷第6期。
[2] 例如，出版1930年代主要文学杂志《现代》的现代书局，由虞恰卿出资建立（见上文注释）（与《现代》以前的编辑施蛰存的面谈，1998年10月24日）。

的文学文体。然而,曾今可似乎一直与他们二人保持良好的关系。在后来的《新时代》各期中,他经常引用自己与巴金的通信,或描述与巴金的会面。① 曾今可本人还经常向与张资平有关联的杂志投稿。不久之后,《新时代》发表了上海文坛大多数著名作家的作品。《新时代》同样吸引着与文学圈子有联系的驻京作家,包括沈从文,以及臧克家和何其芳这样的新星诗人。

然而,杂志的核心投稿人,与经常参加茶话和国际笔会中国分会的文艺界人士相同。《新时代》主要致力于树立这些作家以及其他一般作家的公共形象,它不仅让读者了解他们的近期作品,还提供与作家个人生活有关的广泛消息。这些消息刊登在刊物后面每月一期的一个叫"文坛消息"的栏目上。《新时代》的这个栏目,通常有约十页之多,并包含几十个项目。下面是来自《新时代》第1期这个栏目的摘录:

> 21. 世界笔会第九届年会
> 世界笔会第九届年会已在海牙举行,中国笔会原派会员谢寿康博士出席,后因谢博士请假返国,故已派郭子雄前往。
> 22. 潘子农将赴北平
> 《开展》月刊编辑潘子农日前由京来沪,问其不久即将赴平一行。
> 23.《声色》停刊
> 新月书店印行之《声色》半月刊,据邵洵美言,决意停刊。
> 24. 郑振铎仍未北游
> 《小说月报》编辑郑振铎,两月前便有重游故都之说,现尚未成行。据其告人,说是川资未筹好,也许暂时不去。

---

① 见《新时代》(1932年12月)第3卷第5/6期的一张照片,它显示巴金参加了一次茶话集会,坐在曾今可旁。

25. 邵洵美请吃便饭

日前邵洵美诗人在府请吃便饭,计到刘呐鸥、施蛰存、戴望舒、张若谷、曾今可、袁牧之、潘子农、董阳方、徐克培、马彦祥,以及画家张振宇、曹涵美等人,诗人夫人盛佩玉女士亦帮同招待,饭后主客大吃西瓜。徐志摩、谢寿康、徐悲鸿等人到时,则已席终矣。

26. 顾仲彝预备训练体育

翻译家及戏剧家顾仲彝氏,平素对于学问功夫,异常努力、刻苦、耐劳。近来因为在中国公学,复旦大学,暨南大学担任了二十多个钟头的课,一方面还要翻译世界名著,及到各处剧团担任导演,操劳过度,恐将来对于元气上不无损伤,据云下半年起,决意置备球拍、铁哑铃等体育工具,每日练习体育数小时,以使身体日益强壮,精神日益充足云。

27. 李赞华需要爱人孔急

现代书局编辑李赞华,眉清目秀,齿白唇红;生得一表人才,并且性甚风流,据云现在急需找一个相当的爱人,时托他底朋友介绍,有"尤须于最短期间内,促其实现!"之语。①

这样的专栏在很大程度上表明,文学名人已经不仅仅是知识精英,而且也成了范围广得多的读者感兴趣的对象。另一方面,这些专栏也表明,对作家生活的了解,被看作欣赏作品必不可少的背景知识。正如本章开头所提到的那样,许多新文学杂志都有"作家消息"栏目,1920年代沈雁冰主编的《小说月报》,施蛰存在《现代》的《艺文情报》都是如此。像《中国新书月报》(1930—1932)这样的专业出版杂志,也为有关作家的消息提供了很大的篇幅。虽然像《小说月报》和《现代》这样自称高雅的杂志,倾向于只将消息局限于外国文坛(无疑,抄自外国杂志中类似的小道

---

① 《新时代月刊》第1卷第1期(1931年8月):7—8。

消息专栏),但在所有杂志中,报道的消息通常是个人性质的,且很少与正在谈论的作家的作品有关。例如,下面来自《现代》第一期的条目:

  萧伯纳近闻二则
  (一)英国文豪萧伯纳,近在南非之开浦镇(Cape Town)初次试乘飞机,叹为七十五年来(按萧伯纳今年七十五岁)生平第一刺激事。萧夫人亦与其偕往。但萧氏郑重语人,渠无意在南非作汗漫游,且亦不欲往观维多利亚大瀑布,因渠早在银幕上见过云。
  (二)萧伯纳从南非开浦镇乘轮返英前,声称南非联邦之黑人,不仅举止品行优于其地之白人,即聪明亦过于白人。渠寓南非时,未遇一愚蠢之土人,但曾遇许多闇弱之白人,毫无聪明之气,其前途绝对无望,惟荷兰则当居例外,似比其余白人,聪明而勤敏。但非将其圣经取去,亦难望有大进步云。①

  基于个性的文学观,尽管植根于中国传统文化的品格中,但在 1930 年代的上海有了特别现代和流行的结果,这时的媒介致力于报导作家的私生活、小道新闻和自我宣传。尽管曾今可熟谙于处理文学实践中的这些方面,但需要着重指出的是:较之于别的文学共同体,他和他团体中的其他人与新文学共同体有更多的一致之处。他们肯定认为自己是新文学的实践者,而且这个场域中的其他人最初也这么认为。他们对通俗文学的人和出版物没有兴趣,也没有联系,甚至偶尔会加以批判。曾今可批评这类出

---

  ① 《现代》第 1 卷第 1 期(1932 年 5 月):175。

版物中的一个——即当时刚成立不久,由许啸天①主编的杂志《红叶》——的方式,与我们可在所有新文学杂志上找到的对通俗文学的典型批评没有什么不同。

> 《红叶月刊》是一种什么刊物?事实告诉我们。与其说《礼拜六》《红玫瑰》是无聊的刊物,那末《红叶》的无聊当更甚。然而它所以能产生,能销行,是因为社会上有着不少的无聊的人:一部分商人,老太太,姨太太,和一部分的少爷,小姐,以及流氓,娼妓。那些人是站在什么时代,那些人所爱读的刊物也是站在什么时代,"新时代"之被骂为"无聊的东西"亦不足为怪也。究竟谁是"无聊的东西"?自有公评。②

曾今可经营《新时代》的方式,还有着与新文学工作方式相符的严肃性。或许,整个事情中最重要的一点,是他对待杂志运行非常专业的态度。早在第1期,他就承诺《新时代》会准时于每月第一日出版。这是当时无数的新杂志都曾许下过的诺言。然而,曾今可确实遵守了诺言,将《新时代》变成了1930年代早期最准时出版,同时也是持续时间最长的杂志之一。③ 在整个过程中,在他自己写的各种编者的话中,他很聪明地不断提醒读者注意这个了不起的成就。

曾今可似乎也有着优秀的在文学和政治力量间保持平衡的判断力,这是要获得新文学共同体内部认同所必需的,他小心地不将自己与任何政党或体制联系在一起,但他确实表达了对紧急

---

① 许啸天(许泽斋,1886—1946?),于1910年代参与过第4章讨论过的《眉语》杂志之后,继续作为一名编辑和撰稿人活跃于整个民国时期。
② 见《新时代月刊》第1卷第5期165页的《编后记》。
③ 1931年8月到1933年12月间出版了5卷,每卷6期。另外两期出版于1934年1月和2月。1937年杂志短暂复刊。每期超过150页,一些特刊甚至超过300页。据我所知,1930年代的文学杂志,只有《现代》和《论语》寿命更长些。

政治事件的关注。例如,在《新时代》第1期开头的编者的话中,他相当清楚地声明,《新时代》没有任何政治背景,也不会服务于任何"主义"的目的。然而,在第4期(1931年11月)中,他以有关日本侵略满洲的短评开篇,谴责中国政府的不抵抗政策,并号召所有的中国人团结起来进行反抗。但他马上又为自己破坏"不谈政治"的原则向读者道歉,同时希望他们能够理解并赞同。我肯定,这是许多读者确实会的。

总之,曾今可是一位非常娴熟的编辑,他使《新时代》以其独具魅力的将严肃和稍微有点不严肃的内容混杂在一起的做法,成为一份主要的文学杂志。然而,曾本人也是一位作家,他也用这份杂志不间断地推广自己的作品。这些作品是他本人以令人难以置信的速度生产出来的。在出版第一部短篇小说集——他自称是在加入国际笔会中国分会(见第3章)之后写的——之后仅仅两年内,他出版了五部小说集、两部新诗集、一本词集和两卷散文集。他最成功的作品(从销量和读者反应来看)大概是感伤的诗集《爱的三部曲》,他声称这以真实、悲伤的爱情为基础创作而成。但曾今可本人最得意的作品似乎是散文集《今可随笔》,因为这本书由著名的北新书店出版,并且与鲁迅和冰心的新作品集几乎同时出版。曾今可不仅确实在《新时代》上刊登了《今可随笔》中的大部分作品,他也有刊登关于自己的作品集令人陶醉的评论的习惯;这些评论来自赞同他的朋友和读者,对此,曾今可随即会表现得非常谦恭。典型的例子,是《新时代》1933年五月号中他的声明,他宣布不再发表任何有关他本人作品的评论,而这个声明,是以附言的形式出现在五篇对他的词集《落花》①作肯定性评论的文章之后。

---

① 《新时代月刊》,第4卷,第4—5期(1933年5月):289。

无名作家、女性作家和友情美学

曾今可也创造性地利用了第3章讨论过的与无名作家有关的论争。在为《新时代》第1期撰写的开篇的编者的话中,他很自豪地宣布,稿件由当时许多主要的作家所提供,同时强调杂志会一直欢迎无名作家的作品。发表在随后一期杂志中大量的读者来信,表明杂志的许多读者是多么欢迎这种做法。曾今可很快兑现了自己的诺言,他宣布1932年第2卷第1期将出版"无名作家专号"。他也承诺会给这期杂志中最好的稿件颁奖。当这期杂志出版时,数量相当可观的无名作家发表了作品,但一等奖并没有颁发,这显然表明,曾今可打算认真对待在整个论争中处于核心的文学质量问题。这期专号也包含十几篇知名作家对相关问题的评论。有意思的是,这些批评家中的相当一部分,包括曾今可,都将"无名作家"这一标签贴到自己身上,这也是"无名作家"象征的潜力(symbolic potential)另一很好的例证。在开篇的对专号的评论中,曾今可写道:

> 我不是有名的人,也不曾想过要有名;虽然我并不缺乏"成名"的方法,也曾有过可以"成名"的机会。我发表过不少的作品,但我底作品亦正如我本人一般的无名。我当然还是一个"无名作家",如果我配称为作家的话。
>
> (曾今可 1932:1)

在同一篇文章中,曾今可提到他发表的作品和出版的杂志经常受到批评,但让他感到很奇怪的是,那些骂过他的人从未指出他到底错在哪儿。使事情变得更为复杂的是,在他受到谴责的杂志中,其中一份出版物名为《无名作家周刊》。①

"无名作家专号"出版后不久,曾今可宣布创办一份新杂志,即《文艺之友》。这份杂志由他创立的一个叫文友社的社团编辑。杂志每期都有一个专栏,叫《我们的拳头》,在其中,无名作家可以指摘知名作家作品中的短处。曾今可在一年左右的时间里努力同时经营和出版这两份杂志,且不考虑许多为《新时代》撰稿的知名作家都受到过《文艺之友》的攻击。所有这一切,都证实了这样的印象:到了1930年代,无名作家这一称号所代表的,并不仅仅就是文学场中的新来者,而是权力和认同所觊觎、争夺的资源。

当然,所有这些发现新天才的尝试,可能都仅仅被看作一种商业策略,其目的在于制造出任何人都能成为作家的幻象,同时达成销售更多杂志的目的。然而,在当时居然有如此多的杂志邀请无名作家投稿,我相信其中还是有着严肃的对著名的"五四"一代缺乏继承者的忧虑,还有对像沈从文和巴金这样的作家的多产(及因之产生的他们的作品质量参差不齐)的忧虑。最后,我也发现上海文学共同体的一些成员有某种反精英主义(anti-élitism)倾向。正如我们在第3章中所看到的那样,许多文学名人(特别是在曾今可的圈子里,但并非专有)在与一群好朋友一起参与到文学中获得了极大的愉悦与满足,他们鼓励那些之前并不写作的人以作家的身份首次亮相。同样,为他们的杂志或沙龙作贡献的无名作家,都被看作潜在的朋友,这使人想到孔子的一句名言:"君子以文会友。"

鲁迅和茅盾这样的老一代新文学作家,把自己的事业建立在反对"为钱写作",以及"为娱乐写作"的基础上,他们质疑这些观念,而且在后来对曾今可的攻击中,常常以在每个人的名字前加上"我的朋友"这一短语的方式嘲笑曾的文体。他们同样也怀疑

---

① 遗憾的是,我没能查到这份杂志。

曾今可和茶话团体邀请很多女性参加活动的动机。① 在有关《真善美》杂志"女作家号"的论争中,这已变得非常明显。这期专号由张若谷(1903？—1960？②)主编,出版于1929年2月,并在一个月内卖出了3000册,在随后两年中又卖掉了10000册。③ 这期专号刊登了二十多位女作家各种文类的作品(主要是现代诗,但也包括古诗),其中有像冰心、吴暑天和白薇这样的著名作家。每篇稿件同时附有相应作家的一张照片,除了别的,正是这种略显轻浮的手法,招致新文学清教徒的批评。这与上面碰到的对陈学昭的批评有所不同。正如张若谷所指出的那样,大多数批评针对的是他个人,责备他为了商业利益而出卖性,或者根据另外一些人的说法,他凭个人喜好决定女性的稿件使用与否。④ 大多数批评家明确声明,他们并不讨厌读到这期专号的内容。

　　曾今可也不时遇到类似的谴责。他也在杂志上给予女性作家的作品以充足的空间。就像上面讨论过的茶话团体中男性成员的情形,曾今可倾向于注意这些作家的性别,有时还态度暧昧。一方面,曾今可凭借着吹捧女诗人虞岫云而成名,后者是富有的买办虞恰卿(现代书局的所有人)的孙女,她的名字常常出现在"作者消息"栏目中,并且总被冠以"女诗人"的尊称。她的作品

---

　　① 但这并不意味着,女作家被认为是那类特殊的需要给予额外鼓励的无名作家。尽管曾今可的专号撰稿者中确有相当一部分是女性作家,但无名作家本身并没有性别之分。我很感谢 Jeesoon Hong 让我注意到这一区别。
　　② 徐乃翔和钦鸿(1998:329)有关张若谷的出生日期是很明确的,他们给出的日期是1903年9月29日,但没有给出其逝世的日期。陈玉堂(1993:450)给出的日期是1904—？。唯一一个提到张若谷逝世时间(即1960年)的资料是他1996年重印的小说《异国情调》,这本书给出的出生日期是1905年。
　　③ 有关这期专号的销量,见它的出版说明。我感谢海德堡中国研究所图书馆的 Hanno Lecher,他为我提供了这份资料的复印本。
　　④ 有关张若谷对这场论争的概述,包括对这期专号大约三十篇评论的清单,见张若谷(1929)。1929年晚些时候,张若谷创办了《女作家杂志》,它在出版一期后停刊。(此信息来自北京大学图书馆在线检索目录。)

也占据着一本名为《女朋友们的诗》的选集中的开篇一栏,这是曾今可在 1932 年编辑和出版的,使用的是化名云裳。① 另一方面,曾今可的一篇"随笔",如下所示,对女作家及其作品又甚少恭维之词:

> 一位朋友说:"某女士和某文学家恋爱,某女士嫁给诗人某君,不久,她们都变成'女作家'了! 这如同一个女子和资本家恋爱或嫁给一位富翁立刻可以染得满身的铜臭一般。"
> 谁能担保署名某某女士的作品或译品真是出于她自己所作或所译呢?
> 女性很少写得出好文章,然而女性写的文章总比男性写的易于得到发表的机会,并且易于得名。
> （今可 1931）

尽管像这样的段落可能只是一种反讽,或甚至可能只是一时兴起,但批评家借此质疑曾今可的道德,并称他是"轻薄少年",就不足为怪了。不过,批判性的攻击确实不曾发生,直到曾今可开始提倡一种文学文类,即词之前;词同样与轻浮联系在一起,而且,正是在这种情况下,"骂"的批评的功能及其规范形式的概念才得以更清楚地彰显出来。

词的解放

1933 年 2 月,《新时代》出版了一期专号,它关注有着悠久历史的诗歌文类——词。这种文类开始有回归的迹象,特别是在茶话集会的参加者和章衣萍的作品中。"词的解放运动",由曾今可自豪地宣布并公开领导,这是赋予词这种文类以新的生命的尝

---

① 有关云裳确实是曾今可化名的证据,见曾今可(1933:187—8)。

试,它使用现代语言和题材,同时还遵守传统的格律规范。不管这些想法可能有着怎样的优点,它们很快便变得与批评论争无关。批评论争无一例外地以下面这首曾今可作的新词为中心:①

新年词抄

画堂春

一年开始日初长,客来慰我凄凉。偶然消遣本无妨,打打麻将。都喝干杯中酒,国家事管他娘。樽前尤幸有红妆,但不能狂!

卜运算元

东北正严寒,不比江南暖;伪国居然见太平,何以"中原"乱?"全会"亦曾开,救国成悬案;出席诸公尽得官,国难无人管!

显然,诗的主题与日本侵略满洲后形成的政治环境有关。如果两首诗被放在一起阅读(它们应被纳入词的传统,这通常是形成对照的成双结对出现的诗的协作),那么,在我看来,作者正确的爱国立场是很明显的。② 对这首诗和对曾的攻击,出现在仅仅几天之后,发表在《申报》的副刊《自由谈》上。这一攻击确实与任何政治立场没有任何关系,其目标很明显是在文体。

---

① 我应该补充的是,今天大多数参考文献和中国现代文学史的概述,也将对曾今可和他的杂志的讨论局限于这一首诗和相伴随的事件上。不管人们如何看待曾今可自己的写作,这种由文学史家作出的轻率的讨论是令人遗憾的,因为这几乎造成了对他的《新时代》杂志,及其在1930年代早期文坛上的重要地位的完全忽视。

② 这也被后来大多数的参考文献和历史完全忽视了,它们倾向于仅仅引用第一首。

第一位批评家是茅盾,使用的是化名阳秋(1933)。他对包括曾今可的词在内的《新时代》这期专号的评论,混杂着讽刺与骂。批评者假装对这期专号十分敬畏,说这是"我的朋友"黎烈文(那时的《自由谈》编辑)借给他的。茅盾声称他从头读至尾,同时点着熏香喝着茶,他的妻子也在场。我猜想,茅盾的这种描述,讽刺性地指向了传统上与词的起源有关的娱乐行为和主题。对此,下面还会更多地谈到。为了强调在现代杂志上发表古诗的不合时宜,茅盾在《新时代》的标题后面加上了讽刺的"!"。他假装特别欣赏上述曾今可(称之为"曾先生XX")的词。在评论接近末尾时,茅盾未能继续保持文章的讽刺性,他转向了直接的骂,以一首打油诗来结束他的文章,在其中,他直接对曾说话,使用下面这样的诗行:"'时代'新了你守旧,管他娘呢管他娘!"

我想,这篇评论很好地阐明了规范形式的观念,以及它如何将文本和作家联系起来。对茅盾来说,曾今可的词的文体与语言的某些形式方面,足以产生与一种完整的生活方式的关联,而这种生活方式超出了现代性的边界,它既是保守的,也是不道德的,因此它不值得进行严肃的文本批评,仅仅值得讽刺和骂。

曾今可的反驳,发表在《新时代》1933年3月号上,同样以矛盾的批评文体写成。他也使用了一个不为人熟知的化名,①以上面茅盾的笔名为基础,名为阳春。这篇共四页的反驳文章的开端,是写给黎烈文的公开信,它避免了谩骂式的观点,正如作者指出的那样,欢迎任何人对"词的解放"及其基本观念进行严肃的批评,但他不理解为什么《自由谈》会发表这样一篇满怀恶意的评论。在文章的最后,他失去了控制,插入了下面这种极具辱骂性质的段落:

---

① 这里鲜为人知的是,曾今可从来没有明确承认这是他的笔名。然而,将这篇文章的语言和文体与曾今可别的作品进行比较,我相当肯定他就是其作者。

烈文先生！也许你是因为爱妻病故，心绪不佳，偶然不留神把"你的朋友"的稿随便发表了，但这是会于你编的刊物有伤害的；你的爱妻在天之灵，也一定希望你把"自由谈"编得好点……①

(阳春 1933:53)

在他的反驳文章中，曾今可也提到了这样的事实：《自由谈》先前就是一份娱乐文学的报刊，并因此仍然还有"遗臭"，直到黎烈文才改变了这个局面。他最后又一次提到黎烈文死去的妻子，并说到，希望她能够"保佑"黎烈文，帮他把副刊编辑得好一点。

并不奇怪，《自由谈》的批评家被这样的反驳激怒了。整个1933年3月，《自由谈》上还发表了其他六篇有关曾今可词的解放运动的评论，其中一些文章附有"阳秋"所写的附言。上面也发表了鲁迅有趣的反应，这是一篇名为《曲的解放》的短文。这篇短文是对曾今可词的解放讽刺性的戏拟，它并不攻击曾今可，而是像曾今可的词一样，非议满洲的危机。六篇评论中有一半包含着这样的声明：评论家从来没有读过那期专号，只是读过茅盾在最初的评论中引用的诗句。在作出如此声明的评论者中，其中之一实际上就是茅盾本人，这次他使用了一个众所周知的笔名"玄"，但他在先前的评论中声称，从头至尾阅读了这期专号。

上面提到的"骂"的其他技巧，也被使用在这六篇评论中，譬如：问号被用来指称曾今可及其文学圈子，像"作家(？)"或"词人(？)"；仅仅提到曾今可的姓("曾某某"或者"曾XX")；曾今可名字的双关，依据的是"今可"("现在可以")可能具有的意思；或

---

① 黎烈文的妻子于1933年1月生产了一个婴儿后逝世，这信息显然来自1933年1月20日《自由谈》上的一则编者小记，以及黎烈文写的一篇纪念他妻子的动情的短文。在这两篇文本的第一篇中，黎要求读者理解，他现在的心思并不真在编辑工作上，因而可能会犯错。大概正是这一番自谦之词，让曾今可觉得，他可以批评黎烈文发表了茅盾的文章。

者通过引用曾今可自己的话来骂他（当然,尤其是短语"管他娘"）。这并不是说批评家没有某种创造性。比如,当一个批评家直接把曾今可的词称为"放屁"时,"阳秋"很快评论道,现在他明白了他们的"解放"中"放"的意思,这还致使另一位批评家说曾今可的词是"他放的诗",而不是写的。

并不是所有的评论都使用此类骂的修辞。有些批评家,就像曾今可所要求的那样,开始讨论这期专号,指出他及其同伴章衣萍的词对传统的词的剽窃。章衣萍也新出版了一本词集。① 所有这些评论中最具洞察力和最为严肃的,是该系列中的最后一篇。这篇评论由曹聚仁撰写,他并没有使用化名。曹指出,曾今可认为词的解放是胡适1917年诗的解放必要的延续,是经不起审慎考察的,因为词,作为诗的一类,是胡适已经解放了的一部分。相反地,他认为,像曾今可这样用通俗语言写词,将词带回到了它的民歌起源,实际上是限制而不是扩大了词的文学潜力。从曹聚仁的结论中,可以很清楚地看出,他认为词的任何复兴,无论是用什么方式,都与现代的需求相冲突：词有自己的辉煌时代,但它早已经被埋葬,没有任何理由去挖掘它。(曹聚仁 1933)

在我看来,《自由谈》批评家对曾今可有关词的解放的专号的攻击,与任何特定的政治冲突都没有关系,尽管大多数《自由谈》作家倾向于左,而曾今可则与国民党当局有着某种关系。所有评论都肯定没有涉及任何政治。我相信,批评方式和引起的争论点证明：攻击是由曾的词中被认为是保守和庸俗的特点引起的,即是由他著名的"新年词"的形式和语言引发的道德美学争议引起的,这当中,最主要是"国家事管他娘"和"打打麻将"之类诗行。然而,矛盾的是,这种被看作触犯了一般礼仪界限的东西,

---

① 资料显示,他的集子名为《看月楼词》,由女子书店于1932年出版,该书店由张资平与其伙伴吴暑天联合经营。然而,这个集子并没有列入贾植芳(1993)。

却回响着长久以来对词这种文类及其写作者的偏见的强烈影响。① 这一观察仅仅是用来强调内在于这些评论家的反应中模棱两可的东西。一旦面对不能轻易被纳入现存的类别,或超越了新和旧、精英和大众、作家和主体的作家或文本时,他们显然就乱作一团。结果,他们的反应就成了混杂着尝试或轻率摒弃严肃批评的某种东西。

余波:转向政治

大多数中国现代文学史,如果提到曾今可,便会告诉我们:由于他的名誉受到《自由谈》上有关他的词的评论无法弥补的损害,此后不久,他便被迫退出了文坛。但这并不是实情。实际上,这次对曾今可的人身攻击,如果真的马上导致了什么后果的话,只是使曾今可变得比以往更加活跃。经过几个月的筹备,他在1933年夏创办了杂志《文艺座谈》。他同时还创办了一个同名的社团,每两周举行一次晚餐聚会。在这本杂志的第1期中,曾今可评论了国际笔会中国分会的集会已经中止的情况,并将他的新社团描述为具有相似性质的社团。② 他列举了社团创办者的名单,除了那些大家都熟悉的与茶话和国际笔会中国分会有关系的名字外,这个名单还包括张资平,甚至著名的传统作家胡怀琛(1866—1936)。③

---

① 我受惠于 Haun Saussy,他为我提供了这种关键性的洞察力。也可参见 Chang & Saussy(1999:4—5)。
② 见《文坛消息》栏目,由曾今可以化名云裳所作,《文艺座谈》第1卷第1号(1933年7月):15—16。
③ 标签"传统作家"对胡怀琛来说根本不公正,他是一位很有吸引力的诗人和理论家,他始终赞成延续传统的文学形式,而且在某种程度上,他是许多新文学批评家难以应付的对手。尽管他的观点与本书讨论的诸多主题有关,但是,在当下的语境里,这些观点值得受到比以往更细致的关注。

《文艺座谈》每期仅有16页,编辑和印刷也并不是特别专业。杂志的部分内容致力于攻击左翼作家联盟,特别是鲁迅,更多的详情将在下面说明。但与此同时,杂志也包含相对客观的有关社会主义的文学理论,甚至是对苏维埃文学的讨论;或许,它们的写作目的是要挑战左联对这些话题的垄断。在问世的4期刊物中①,最重要的是第3期,这是有关作家生活的专号,除了其他一些人,撰稿的还有赵景深、臧克家和庐隐。庐隐似乎已经成了这个社团的成员,因为在刊登于《新时代》②1934年2月号的一张集会照片中,可以找到她。

鲁迅的杂文集《伪自由书》(鲁迅1981,5:152—88),出版于1933年10月,鲁迅在后记中用很长的篇幅(重新)建构了当年发生的公共文学事件,其中包含许多引自各种上海报纸的大段引文。鲁迅断言,曾今可在1933年7月成立杂志《文艺座谈》,是试图集结一批力量反击《自由谈》作家,这或许可以解释此时曾今可联合张资平和胡怀琛的原因,因为他们两人也曾反复在《自由谈》的版面上被中伤。

为了支持他的观点,鲁迅指出,《内山书店小坐记》这篇文章为某位叫白羽遐的人所写,这可能是曾今可的另一个笔名。在这篇文章中,内山书店的老板,鲁迅的一个好朋友,被指控为日本间谍,并暗示与鲁迅相勾结。鲁迅引用的下一段,是某位叫谷春帆的人——可能是茅盾的另一个笔名——写的对白羽遐文章的回应,它发表在《自由谈》上。谷春帆严厉谴责了曾今可,因为他"阴谋中伤""造谣污蔑"以及"卖友求荣"。或许,这是政治层面的问题第一次进入讨论,尽管它不是意识形态上的:通过将鲁迅与为日本进行非法的间谍活动联系起来——因为这很可能被当

---

① 我只见过前3期,但参考文献声称确实出版了4期。
② 如果这张照片是近期的,这意味着,这个社团可能在杂志停刊后很长时间内还继续集会。

局逮捕,白羽遐将恐怖的因素带入了这场文学论争中。

谷春帆也提到了曾今可与上海文坛的另一位作家,即崔万秋①的争吵。鲁迅解释说,这场争吵的原因有二:首先,曾今可将崔万秋写给他的信中的一部分作为其词集的序发表;其次,在上海一家小报上,曾今可显然发表了一条"作者消息",在其中提到了崔的地址及其政治关系,根据鲁迅的说法,这可能会让崔万秋被捕,其目的是想恐吓他。

谷春帆的文章进一步批评了张资平,并呼吁将张资平和曾今可驱逐出上海文坛,他声称,他们是文人无行。鲁迅在两篇评论"文人无行"这个概念的杂文中(鲁迅 1981,5:176—8 和鲁迅 1981,8:354—6)明确表明,他并不愿意将曾今可和张资平归入到"文人"的类别中。相反,他认为,他们属于文人改行一类。两篇文章中的第二篇,有对二者特别恶意的攻击,基本没了鲁迅平素的讥讽,或许,这显示了鲁迅被激怒的程度。鲁迅写道,张资平和曾今可转回到诈骗上来,因为他们意识到"手淫小说"和"管他娘词"最终不能为他们带来更多的金钱和名声。

《文艺座谈》和《新时代》均以一定数量的文章作出了回击,这些文章骂鲁迅是"老疯狗"。鲁迅至少发表了另外两篇杂文②来嘲弄曾今可。在这两篇文章中的第一篇里,他甚至将曾今可(没有证据)与国民党以及政治暗杀联系起来。几乎同时(1933年夏),面对来自各方的攻击,曾今可很显然没兴趣再进行回击,他发表了即将退出文坛的声明③,虽然他继续编辑《新时代》,直至 1934 年 2 月。

曾今可的确从文坛销声匿迹多年。1937 年,他短暂地试图

---

① 崔万秋,是这个时期另一位被遗忘的作家,见吴福辉(1995:68—9)。
② 《序的解放》(鲁迅[1981,5:219—21])和《登龙术拾遗》(鲁迅[1981,5:274—6])。
③ 这份《曾今可启示》有不同的版本。我见过最长的版本,发表于《文艺座谈》第 1 卷第 3 号(1933 年 8 月)封底。

恢复《新时代》。抗战以后,他以战后《论语》撰稿人的身份回归,这本杂志由他的好朋友邵洵美主编。1947年,他发表在这份杂志上的最早一篇稿件,是有关他喜爱麻将娱乐的文章。它在开篇简要地概述了有关他的词的论争。① 在自相矛盾的缠绕里,他阐述了臭名昭著的"新年词"的政治内容,第一次泄露了"樽前尤幸有红妆"是在积极地暗指苏联(曾1947:372)。曾今可写这篇文章时,他本人已经在台湾为国民党政府工作。1949年后他留在台湾,并再次活跃于文坛上,编辑了一些杂志,并出版了至少一部诗集(曾今可1953)。

规范形式、政治和文学场

显而易见,我们可以得出这样的结论:曾今可,尽管做了勇敢的抗争,但最终还是被上一代文学界吓得不敢作声了。但与指出这一结论相比,我更乐于指出当中的两个细节,它们或许会让我们对上面描述的事件产生不一样的看法。首先,根据曾今可本人与这场论争有关的多篇文章,包括一些发表在《文艺座谈》上的文章,以及他最后的公开声明来判断,他退出文坛的决定,似乎更多是与崔万秋争吵的结果。他将崔看作朋友,当崔开始攻击他时,他觉得自己遭到了背叛。② 这发生在《文艺座谈》第1期出版后不久,在这份杂志中,崔还被列为共同创办者。仅仅几天之后,曾今可发表了他计划退出文坛的第一份声明(参见鲁迅1981,5:175—6)。

其次,在曾今可自我沉寂的几个月前,《自由谈》的批评家也

---

① 我感谢Susan Daruvala帮我获得这篇文章的复印件。
② 崔万秋后来被证实是国民党的情报人员。他这样做是否为了迎合鲁迅,仍然无从知晓。根据鲁迅日记的说法,他在这段时间与崔万秋有多封书信往来,但是这些信都没有公开出版。

都自我沉寂了。1933年5月,这份副刊公开抛弃它挑衅的立场(这就是鲁迅称之为"伪自由"的原因),宣布回归"谈风月"。结果,鲁迅首次抨击曾今可的文章,实际上从未发表过,现存的已发表的抨击文章有三篇,且全都是在曾今可服输后发表的。换言之,这场论争政治化的余波只是短命的过剩,它之所以被人们记住,是因为鲁迅的写作,以及它们对后来历史书写的影响。这场有关词的解放的论争的基本内容,是围绕着道德美学展开的,而不是政治话题。此外,这场论争并没有导致曾今可的垮台,这主要是由同时代的、个人的冲突造成的。

且不论曾今可试图用政治形势来处理文学问题,如何极大地激怒了鲁迅和其他人,毕竟,是他本人败坏了自己的名声,并感觉是被迫退出了文坛;但这恰恰显示出,即使是在1930年代这样的政治化年代,政治力量也很少直接作用于文学实践。然而,最重要的是,曾今可的个案,还有这一章讨论的其他针对人身的批评,均向我们表明,民国时期的批评实践存在着深层次的矛盾。尽管许多批评家对宗派主义和"骂"的批评深表遗憾,但他们自己从未回避使用它们。当"骂"被用来试图"禁止"文坛当中的不良影响时,即便像茅盾这样的批评家,他们的攻击通常也与被攻击的对象一样无趣和庸俗。或许,上面讨论的许多例子中,尤其在曾今可的案例中,最为显著的特点是,某些攻击显得完全没有必要。至少,对现在的读者来说,难以理解的是,为什么《自由谈》批评家不能简单地忽视曾今可的词的解放运动,或只在文学而不是个人立场上进行反驳?我认为,这样的反应之所以不太可能,是因为它与规范形式的观念相冲突,而规范形式是文体、语言、语境和个性的聚集,它们中的任何一个,包括个性在内,都可能成为文学批评的有效对象。这逗留不去的传统观念同时存在着,不时发生冲突,但从没有完全被外来的主要将批评看成文本事件的观念所取代。

曾今可的案例也表明,截至1930年代,互不包容的文体意味着更多现代和传统因素的杂糅,这与刘半农在 1910 年代实行的一些文学实验有所不同,它继续抵制着新文学的典范。近期对这个时期上海文化的研究(尤其是吴福辉〔1995〕和李今〔1999〕)很少关注这一方面。这些学者的关注点,几乎无一例外地集中于诸如新感觉派和张爱玲这样的作家身上,相对来说,他们的作品更容易被纳入到大体上被定义为新文学经典的范围之内。但本章指出的这群文化人物和活动,并不完全符合 1910 年代晚期以来新文学批评家和学者建立起来的任何二元对立。

像曾今可这样的人既不完全属于新文学,也不属于新文学两大主要的对立面,即旧文学和通俗文学。在许多新文学批评家眼中,后两者通常被看作是同一的。上面的概述清楚地表明,在中国现代的文化生活中,这些人发挥着远比今天的我们想象的要突出得多的作用。因此,当他们与左联发生冲突时,对于象征权力的持有者(像鲁迅)来说,设身处地地替那些相对来说无权的人(像曾今可)着想,并非易事。这与鲁迅十几年前曾责备刘半农,要后者摆脱旧习类似。但有所不同的是,这是两种同样可行的美学选择之间公平的对抗,当时并没有出现明显的"胜利者"。

最后,尽管 1930 年代中国的政治形势是紧张和两极分化的,但在所有这些论争中,政治只起到了微弱的作用,这一事实证明了这个非凡的文学场的力量和威望,它可以容纳这么多不同的文体和立场。在接下来的一章里,我们将会看到,在面对直接得多的政治干预形式,即政府审查制度时,文学场的自治如何得到了确证。

第七章 写作的力量：
审查制度和文学价值的建立

审查制度和文学生产

在前六章中，我已从社团组织的实践和形式，以及这些社团组织的各类出版物和个体的文体选择方面，描绘了中国现代文学场的发展。自始而终，我试着保持综合的视角，强调在一个较大的文学共同体中不同类型的写作和作家是同时存在的。整体上看，可将这个共同体的特点描述为：专业地对待出版。前一章已经就这个共同体对政治影响的抵制或转轨方面，提供了这个共同体的力量的证据，不过主要还只是关注共同体内部的区分与冲突。相比较而言，本章将更关注基本的价值和信仰，它们使文学共同体可以团结一致地去直接抵抗国民党政府在1930年代推行的政治压迫。审查制度是一个难以研究的课题，因此，我先初步地对审查制度和文学生产的关系作出解释。

在后结构主义的文学理论——除了其他因素，它强调文学和权力的复杂关系——的影响下，文学审查制度这一现象得到了更多的关注。许多学者倾向于遵循非常宽泛的审查制度概念，包括自我审查和那些也可以被归为"禁忌"（taboo）一类的现象。在这样一种方法中，审查制度成了无处不在的社会力量，它是文学创造无法逃避的一部分，而国家审查制度仅仅是这个普遍现象中的极端例子。在方法论方面，这种方法偏爱传统的"细读"，并试图确定文本中哪一部分显现出作者不愿跨越某种界限,不论它是国家、社会还是自我强加的。

安纳贝尔·帕特森(Annabel Patterson)在《审查制度和阐释》(*Censorship and Interpretation*)一书中表达了更有洞察力的观点,这本书从审查制度方面研究了英国早期的现代文学(Patterson1984)。帕特森断言,在特定的时期或体制里,国家审查制度可以成为文学实践的核心部分,它与各种施加于文学生产上的"规范"限制(出于社会规范的限制)不同。帕特森声称,在英国文学中,16世纪和17世纪构成了这样一个阶段:审查制度的威胁,导致作家越来越频繁地运用她称之为"功能含混"(functional ambiguity)的技巧。这种文学技巧最终被读者甚至是审查员自己所接受和认可,并对文学语言产生了持续的影响。

迪特·布劳耶(Dieter Breuer)在有关德国文学审查制度历史的研究的导论中,也反对那种相对主义的方法,他认为,切实可行的文学审查制度概念,应该仅仅包括他称为"对作家的专制控制"(authoritarian control of writers)的东西(Breuer 1982:13—14)。他引述了厄拉·奥托(Ulla Otto)1968年的研究,后者建立起一个框架,对审查形式进行了各种可能的分类:

1) 根据审查时间区分:

    a) 出版前对稿件的审查(*Vorzensur*)
    b) 出版和发行后的审查和/或批准(*Nachzensur*)
    c) 每次重印前的再审查(*Rezensur*)

2) 根据法律制度区分:

    a) 预防性的审查(整个类型被禁止,属于这个类型的任何作品都不允许印刷)
    b) 限制性的审查(整个类型可以被允许,其中一部分作

品被禁止)

3) 根据审查(立法)权力区分：

 a) 教会审查
 b) 国家审查

4) 根据行政权力(尤其是战争时期)区分：

 a) 军事审查
 b) 政治审查

5) 根据实施措施区分：

 a) 正式审查：审查法律，官方的黑名单，邮政审查员，等等。
 b) 非正式或结构上的审查：审查由社会上某个有力量的团体维持，并以法律力量以外的手段实行。

尽管布劳耶把审查制度定义为对作家的专制控制，但上述他称为"审查的技术方面"的分类，只涉及文学作品。因此，我想加上第六个区分，即"以人为中心"(person-oriented)和"以作品为中心"(word-oriented)的审查。这个区分与研究的对象(1930年代的中国)有关，因为某些作家(例如郭沫若或鲁迅)声称自己被列入了黑名单。因此，他们的名字大概不可以出现在出版物中，他们常常被迫起用新的化名。

研究审查制度的问题

在一篇有关"中国当代文学的审查和自我审查"的文章中,杜博妮(Bonnie S. McDougall)指出,对于那些想要研究文学审查的影响的人来说,最大的问题是其不可见性。如果文学审查实行得非常好,则很少留下蛛丝马迹。尤其是当审查发生在出版之前,人们就很难对已作了改变或删节的文本的确切性质作出客观判断,除非你可以获得原稿,或是审查员的报告。如果这两者都无法获得,通常人们可掌握的唯一材料,便是那些相关人员的陈述,如作者自己,但他们的判断很可能夸大,或有偏见(McDougall1993)。这同样是我在本章的研究中会碰到的问题。除了各种法律文件,尤其是1930年的出版法和1934年的书刊杂志审查规则,我在文中最常引用和提到的有关文学审查和黑名单的资料,是鲁迅的一篇文章,但对他,我们很难称之为一个公正的旁观者。我所使用的其他材料,比如刊登在专业的出版杂志《中国新书月报》上的各篇文章,同样是有偏袒的,尽管如此,正如我们将会看到的那样,它们肯定要比鲁迅的评论更为率直,也更为可信。第二个问题则是由更特殊的历史环境带来的。① 因此,我将无法通过对比文学出版物审查过和没受过审查的版本来支持我的观点。

最后,正如最近斯蒂芬·R. 麦金农(Stephen R. MacKinnon 1997)所指出的那样,政府审查制度这一规则本身,并不必然是现代中国知识分子所不能接受的。他们主要关注的,似乎是审查

---

① 根据丁徐丽霞的说法,值得注意的例外,是1938年的《鲁迅全集》,其中一些最初受过审查的段落被着重标记。见丁(1974:87)。丁确认在20卷的鲁迅的全集中,共有九个这样的段落。我核对了这些段落,并发现仅有其中的六个段落可以证明与政府审查有关。

制度如何实行和由谁来实行。下面的评论,出自林语堂1937年的英文出版物,说的正是这方面内容:

> 现在的审查最糟糕之处,是缺乏智慧、混乱和过度敏感。对审查工作的研究表明,至少我们必须让一些对自己的工作有了解的人进入审查委员会。换言之,受过训练的、专业的官员,他们至少比非专业的官员多拥有一个学位。也就是说,他们要多少了解世界形势和世界出版的状况,了解新闻机构如何运转,而首要的,是要了解什么才是有益于我们的国家的。至少,在对文学进行压制时,他们应该知道托尔斯泰和梅特林克的立场,并略知现代的思想派别,正如图书馆员应该知道图书分类的体系一样。
>
> (林语堂1937:175—6)

面对这些问题,我认为可取的是,从考察国民党统治下实际的审查规定开始,再考察1930年代中期上海的审查情形,那时,有一个短暂的时期,文学出版屈从于一个独立的审查制度。

国民党当局与文学

毫无疑问,国民党政府企图控制文学生产,至少在某种程度上,企图以合法的形式建立起对作家的专制控制。因此,这些做法属于布劳耶提出的严格意义上的文学审查。然而,这也是希望为出版物登记和版权保护建立起健全、合法的体制的结果,跟其他国家的合法体制也有一定的可比性。[①] 1930年的《出版法》,控制着包括文学出版在内的全部出版业,它清晰地界定了"著作

[①] 《中国新书月报》的一个投稿人认为,1930年的《出版法》,实际上是复制了日本相关法律。(兰若[1931:2])

人""编辑人""出版者""发行人"概念,并概述了身处这些位置的人的权利和责任。发行人有责任向内政部提交每种出版物的两册副本。报纸和杂志的发行人,则进一步被要求在第1期杂志出版前最少15天内向内政部作出书面申请,而且,除此之外,他们还需要说明本刊物是否打算刊登跟"政治事项"有关的文章(第七条)①。如果发行人没有这么做,将会被处以罚款。出版物不允许刊登下述内容:"意图破坏中国国民党或破坏三民主义者;意图颠覆国民政府或损害中华民国利益者;意图破坏公共秩序者;妨害善良风俗者。"(第十九条)若违反的话,出版物的作者、发行人、编辑甚至是印刷人员,都会被判以一年以下的有期徒刑、拘役或者少于1000元的罚款。

这最后的条文构成了出版后审查的明显例子。肯定可以预料(或者从经验中得知)的是,会有某些不被准许的出版物出现在市场上。的确,这是很有可能出现的情形,因为当时并不存在任何图书出版前的审查;对期刊来说,这项法律仅仅规定了以原则声明为基础的出版前审查,而不是实际的内容。在登记后,发行人会被配发一个号码,用来印在杂志封面上。大多数1930年后的文学杂志,在封底上都有这样一个小号字体印刷的号码;其中一些杂志甚至刊登了官方登记文件。② 号码在每期上都是一样的,这证实了我这样的印象:期刊出版前的审查只实施一次。

如果试着将该法律放入到奥托的框架中,我们可以得出这样的结论:国民党的审查制度,正如1930年《出版法》所规定的那样,首先是正式审查的一个例子,因为它明显具有法律基础;更进一步看,它似乎是 Vorzensur(出版前对稿件的审查)和 Nachzensur(出版和发行后的审查和/或批准)的混合物,其中的区别在于出版物是图书还是期刊。看起来,对期刊的控制,在很大程度上留

---

① 法律文本收于张静庐(1957)。
② 例如,见《中国新书月报》1:3(1931年2月)前封内页。

给了邮政审查员去做:如果他们识别出了期刊封面上的号码,他们就不得不让它通过。人们会感到好奇,如果一份杂志在登记批准前就发行了,又会发生什么事情呢?我见过很多杂志的封面上写着"我们正在登记过程中"这样的话。这不像是避免审查的明智方法,至少它只是暂时的。毕竟,应该记住:这个法律适用于所有出版物,而不仅仅是文学出版物;而且,出版许可有时可能并没有在指定的十五天的登记时间内完成。1931年为该法律附加的《施行细则》,让审查制度变得更复杂,并可能更没有效率。例如,它规定图书发行人应在每本书发行前上交两本,并要填写有关图书内容概述的表格。人们可能会推测:许多审查员根据概述进行评判,而不是整本图书。

就此可以得出这样的结论:1930年代早期,审查规则是易于规避的,对杂志的编辑和发行人来说尤其如此。[①] 然而,书店(通常隶属于出版社)似乎要为这种相对宽松的政策付出代价,因为它们通常是警察搜查的受害者,当警察发现它们出售那些设法规避出版前审查的违禁书籍和杂志时,书店便会被短期或长期关门。对这个制度的缺点,尤其是对出版家来说的缺点,在《中国新书月报》的版面上有过长篇讨论。《中国新书月报》是一份专业的出版家杂志,创办于新的《出版法》生效后不久。

《中国新书月报》和出版家的压力团体

《中国新书月报》首次出版于1930年12月。它的内容主要包括讨论当前与出版相关事件的文章、书评、常设的《著作界消息》栏目,以及每月出版的新书与杂志目录。这份目录被分成一些细类,其中之一是"文学","文学"又进一步被分成多种文类。

早在第2期,《月报》就貌似成了审查制度的受害者。这期

---

① 亦见丁(1974:86)。

的《月报》刊登了最近颁布的《出版法》全文,但一些政治上清白的出版物的广告,粘贴于列宁所写的著作和有关社会主义的著作广告文本上面。编辑部在粘贴的边界处盖上粉红色的戳,以此表明同意这种改变。戳上的文字是"禁止发卖误登"。在我所看到的这期刊物中,揭开粘贴文本的边缘去看下面的内容,仍相当容易。还有一些提到列宁或社会主义的著作的广告之所以没有被覆盖,大概是因为这些书包含着对这些话题否定或批判的观点。在同一期刊物的书籍和杂志目录中,某些标题被涂黑了,使其部分地不可辨认。文学方面唯一受到这样对待的是《草野周刊》,它是草野社的机关刊物。该社成立于上海,今天已很少有人知道。《草野周刊》上刊载了混杂着性方面露骨的,以及政治上极端民族主义的文章。①

在下一期中,《月报》在内封里刊登了上海市政府签署的文件,以此表明杂志已经根据《出版法》进行了登记。在《月报》第1卷第12期,也就是最后1期中,刊登了第一年的总结。从中可以明显看出,第2期所作的改变不是政府干预而是自我审查的结果。1931年1月,出版《月报》的华通书局被警察查抄,同时被查抄的还有另外六家租界中的书店。宣扬革命的书籍被没收,紧接着,书店经理余祥森(前文学研究会成员)被捕。余的案子直到10月份才开庭,并且直到在向南京最高法院上诉后,他才被释放。《月报》1931年1月这一期中被划掉和粘贴的部分,是这些事件的直接后果。这个例子印证了我在上文中的假设:出版者和书店,是新的出版规则的漏洞的主要受害者。

《月报》许多期都刊有讨论审查制度优缺点的文章。此外,

---

① 这种对《草野周刊》的草率描述,基于对该刊保存于上海图书馆的一套不完整刊物的粗略印象。这个社团的主要人物是一位名为王铁华的人,对他,我没能找到任何更多的信息。《中国新书月报》第1卷第4号(1931年3月)的目录中,列有三部草野社发表的小说标题,名为《婚前小说》《姊姊的残骸》和《香吻》。

《月报》总是能够迅速地公布规则上的任何改变，无论是国家还是地方层面的。《月报》常常刊登与出版有关的法律文本的全文，以及相关的登记表格。这里，我将分别讨论两篇于1931年4月和1932年早期①发表的文章，它们坚持对国民党的审查制度进行较为全面的批判。第一篇文章由一位叫李鼎龢的人撰写，题为《对于书报检查的我见》。李鼎龢开篇就清楚地表明他是书报检查的赞同者，他很高兴国民党当局能够保护出版界免受反动派的暗算。但在这之后，他立即提醒读者出版自由和言论自由的重要性，并说到，在大多数国家，检查要么被废除，要么被证明是无效的。他预测中国新的书报检查同样一定会失败，原因有二。首先，此书报检查不够彻底，外国出版物没有检查，著名人士的左倾出版物也没有检查。第二，此书报检查没有得到全面的应用，不同地区、不同政府和党派部门均以自己的方式使用规则。李鼎龢呼吁成立一个专门的审查机构，这机构应该是一个学术机构，由这样一些人组成：他们可以将严肃的研究从宣传中区分出来，他们可以提供快速的检查决定，依据的不应仅是出版物的标题，而是出版物的内容，而且，他们应该保留所作决定的详细记录。李鼎龢警告说，腐败已经在书报检查制度中出现了，一些审查员没收畅销的出版物，只为了暗中贩卖，为的是自己的私利，与此同时，别的一些审查员以批准出版物出版作为交换条件收受贿赂。文章的最后，李鼎龢敦促政府要避免出现"文字狱"。

　　李鼎龢的文章显示，在开始阶段，出版界愿意接受审查制度，只要它实行得恰当、有系统。然而，这篇文章也证明，出版界，尤其是上海的出版界，可能会发出声音来反对不公正或无效的审查实践。这里讨论的第二篇文章也谈及了这一点。这篇文章的作

---

　　①　这期刊物标注的日期是1932年1月，但正如杂志内封所解释的那样，它实际上并没有在该月出版，这是由于"一·二八"事件，及随后发生在上海及周边的战争。

者是一位叫林蘉的人。林的文章是对发生于1931年12月的一个事件的回应,当时,上海出版界向国民党一中全会提交请愿书,呼吁废除《出版法》。林蘉在文章中引用了请愿书全文。《中国新书月报》同一期由一位叫一岳的人写的另一篇文章,也引用了请愿书全文。这篇文章也交代了请愿运动的缘起。1931年12月22日,一封由上海五家主要出版社(亚东、光华、北新、新时代[参看第六章]和开明)联合署名的信,在上海所有的出版家中流传,邀请他们出席同日下午的"茶话"会。49家出版社的代表参加了这次集会,并全都在请愿书上签了字。① 尽管请愿书表达了对言论自由、出版自由和人权的呼吁,但出版家主要抱怨的,并不是原则上的,而是一个实用的问题。他们认为,当前的审查占用了太多时间,致使出版令人无法接受地拖延下去。他们也认为,规则过分复杂,不同的地区有不同的规则,这导致无法确定什么是允许的,什么是禁止的,出版商时常担心受到惩罚和被捕。因为上述两个原因,他们最后徒劳地呼吁废除1930年的《出版法》和1931年的《施行细则》。

在文章中,林蘉加入到对《出版法》的批评中,但不同意要废除它的种种呼吁。他认为,这个法律为出版者提供了法律保护,但是,需要在某些方面加以改进,以使其更有效率。林蘉也抱怨审查决定的长期延误,并注意到《出版法》并没有对官方批准一个出版物的时限作出明确规定。他相信,《施行细则》规定的发行前审查的新规则,只会让事情变得更糟,并会造成出版者的巨大损失。然而,当谈到审查制度的真正目的时,他也采取了更为

---

① 一岳的文章开列了49个签名。奇怪的是,亚东书局和新时代都没有在内。对此没有给出任何解释。一岳的文章也提到,在报纸上发表请愿书,最初也是请愿者的意愿,而且,每人为此目的各捐了十元钱。但由于某种理由,这个计划搁浅了,钱也被退回。对此,同样也没有解释是什么原因。这年1月发生的日本侵略满洲和袭击上海的相关事件,可能与此有些关系。另外,有点讽刺的可能是:因为害怕审查,报纸没能发表这个文本。

原则性的立场：

> 审查书稿如果是以审订学术之正误为前提，那倒是个治本办法。如果以防止"宣传与三民主义不相容之主义或不利于国民革命之主张"为对象，那是不敢赞同。可惜我们政府规定《出版法》的时候走错了路径，不着重于前，而偏倾于后。致使出版社会科学书的出版家，真的有："无一书可以出版，无一日不可陷于刑辟"之慨。（林蘁 1932:2）

尽管林蘁并没有明确指出，但他似乎赞同李鼎龢的观点，认为审查应该由具有足够的学养，从而可以欣赏学术著述价值的人来实行。上面提到的社会科学的例子是很切题的，因为正是在这个领域里，会产生除国民党政府倡导外的各种政治和社会制度的讨论，而且并不一定都是在鼓吹这些制度。因此，在早年的审查制度中，文学作品被包括在内，但只受到很少的关注，无论是对审查当局还是反对当局的出版者来说都如此。显然，不论是文学的政治意义，还是其商业价值，都不足以在这些讨论中占据重要的位置。然而，1934年，文学审查突然占据了中心位置，而且，文学共同体可以证明，虽然它在政治和经济资本上可能受到制约，但它拥有丰富的象征资本，这让它可以最有成效地反对官方的意图。

改变审查的规则:1934年的上海

1934年，上海发生了一个事件，它被记录在鲁迅的杂文集《且介亭杂文二集》的长篇后记里，后来张静庐在《中国现代出版史料》上重刊了此文，并做了注解。这个事件与1934年起常被提到的一份文学作品黑名单有关，它既有助于更好地理解政治、经济和文学力量间的权力平衡，也可以更好地理解研究审查制度涉及的相关难点。

1934年2月19日,国民党上海党部接到中央党部的命令,搜查上海的书店,并没收黑名单上所列的149种文学作品。① 在这149种作品中,80种是中国作家的原创作品,55种是外国文学作品的中译本,14种是不同作家的作品汇编。就像鲁迅在详细征引3月14日《大美晚报》时所回忆的那样,这个事件引发了上海出版界的慌乱,因为这个名单中的书目包括了一些已经发行了多年的作品,还有已经向官方提交并被上海审查员批准的作品。紧急成立的中国著作人出版人联合会,推举代表向国民党上海党部请愿,随后国民党中央党部注意到此事,并同意重新审查该名单上的书目。同年3月底或者4月初,这个行动导致中央党部做出解禁名单上37种书的决定,这些作品属于恋爱小说或(1927年)革命前的作品。重新审查进一步允许名单上其他22种书的出版,条件是要作出一定的改变。在剩下的90种书中,有60种仍被永远禁止。其中的30种,根据审查法律,已经被禁,但书店中仍然有这些书。这60种被永久禁止的书,包括38种原创作品,17种翻译作品和5种汇编作品。鲁迅以及张静庐的注解,都没有给出另外30种只是暂时被禁("在剿匪严重时期")的书。然而,从已经获得的资料来看,已经发生的重新审查,明显是以作品为中心,而不是以人为中心的,例如,鲁迅、郭沫若以及其他理应被列入黑名单的作家的作品,都被从书目中剔除出去了,而其他作品仍保留在上面。只有一位作家,几乎他的每部作品都仍要被审查,他就是蒋光慈。但他已于三年前逝世,因此,虽然这是唯一一个"以人为中心的"审查的例子,但蒋光慈也不需要承担后果。

鲁迅对事件的叙述,几乎是在两年后写成的,即1935年的最后一天。该文直到他去世后的1937年7月才发表。与他的杂文

---

① 名单上的一小部分书目,本身不是文学的,只是由著名的文学人士写作或翻译的,像郭沫若翻译的《政治经济学批判》。

集《伪自由书》的后记——前一章中曾引用过——一样,这个文本大部分也由多份报纸的剪报组成,作者只是附加了讽刺性的评论。鲁迅对那天的事件所作的貌似"客观"的描述,实际上再次成了有意攻击他个人的敌人的材料。这明显不适合作为历史研究的资料,即便有许多学者,紧随着张静庐,已经这样使用了这份资料。在这一情形中,鲁迅描述的主观性,较之他对曾今可的攻击,掩饰得更为巧妙。然而,可以证明的是,他对1934年黑名单事件的后果的描述,不仅十分隐晦,在某些方面还会误导人。鲁迅写道:

> 这样子,大批禁毁书籍的案件总算告一段落,书店也不再开口了。
> 然而还剩着困难的问题:书店是不能不陆续印行新书和杂志的,所以还是永远有陆续被扣留,查禁,甚而至于封门的危险。这危险,首先于店主有亏,那当然要有补救的办法。不多久,出版界就有了一种风闻——真只是一种隐约的风闻——(鲁迅1981,6:460)

接下来,鲁迅继续讲述一场大会的故事,说它在"某一天"召开,讨论此次事件的善后事宜,由党官、店主和他的编辑参加。鲁迅说,在会上,"某位杂志编辑"建议对杂志文章和图书稿件采用出版前审查的方式。如果当局检查过了,有必要的话,在出版前修改稿件,这样,就可以确保所有已经出版的都是合法的,出版社也就再也不用因为政府的干预而面临财政损失的危险。在嘲笑了一番"某位编辑"后,鲁迅最后说到,"不知何年何月"一个新的机构会在上海成立:中央图书杂志审查委员会。

鲁迅的叙述带来许多问题。首先,杂志编辑似乎最不可能担心黑名单事件,毕竟,没有任何杂志包括在内。进一步的调查显示,鲁迅故意曲解了事件的时间。先描述1934年的黑名单事件,然后说到"不多久"一种风闻传遍上海,并在最后使用了"善后"这个说法,他以此暗示,这次党官、店主和编辑的会议是在事件发生之后召开的。他小心地没有提到确切日期。事实上,这次会议是在事件发生之前约六个月召开的,而且,鲁迅还在1933年11月5日写给姚克的信中详细地描述过(鲁迅1981,12:254—60)。在这封信中,他也提到"某位杂志编辑"的名字,即是施蛰存,当时的《现代》的编辑。正如刘禾所指出的那样(Lydia Liu1995:220),人们一定会"感叹鲁迅的远见",在他写这封信时,他确信当局将会采用这样的方式。另一方面,人们也想知道,为什么在两年多以后,他想要误导他当时的读者(他们,不像今天的研究者,无法获得鲁迅的书信),让他们认为这次会议无论如何都与黑名单事件有关。人们可能会推测,鲁迅的文章是他与施蛰存的恩怨的一部分(在同一封写给姚克的信中提到)。鲁迅想要描绘出施不良的一面,使施显得由于懦弱已与国民党当局合作,但是,鲁迅很聪明地没有提到这个人的名字,因为他的描述只是基于风闻。此外,人们或许会假设,鲁迅完全知道他修辞的力量。对施蛰存来说,鲁迅没有指名道姓,因而使他不能在没有先承认他就是"一位编辑"之前进行回击,比之直接的非难,这肯定要更加难以忍受得多。①

1950年代,张静庐在中华人民共和国境内出版了《中国现代出版史料》。他在书中收录了鲁迅的这篇文章,并对相关历史语境作了详细注解,但对上面的段落只作了一个简短的注解,即鲁

---

① 施蛰存确实在1934年6月——早于鲁迅的文章——的一篇文章中评论过审查制度。这篇名为《书籍禁止与思想左倾》的文章,后来被收入施1937年的杂文集《灯下集》中,但不幸的是,1994年重印此集时,施蛰存删掉了该文。在重印的记后(施蛰存1994:141)中,他解释说,他认为这篇文章,抱怨"书籍禁止",缺乏任何现实性,因而决定将其删掉。因为我没能查找到最初的文集,所以不清楚这篇文章的确切内容,但是这篇文章的一些段落,在鲁迅另一文章的脚注中被征引过,见鲁迅(1981:46)。

迅写给姚克的信中的一段,后者当时还没公之于众。1933年,张静庐本人是现代书局的经理,他不太可能没有出席上面提到的那次会议。可以理解,他并不想在1950年代泄露这一信息。然而,张在1938年的自传性出版物《在出版界二十年》中,也对此事缄口不提。他没有提到审查委员会的成立,或是这一时期里发生的别的任何与审查有关的事件,他将这个时期称为现代书局的全盛时期。(张1938:151)

由于鲁迅对这时期的描述为个人偏见所左右,而且张静庐的注解也并不完善,所以,难以估量文学场里的代理人,在改进国民党关于文学作品的审查规则上发挥了多大作用。与其他几位牵扯其中的人(施蛰存、赵景深)一样,张静庐对这一话题也保持沉默。这表明,审查委员会的成立,并不仅仅是强制性的政府行为,而更像是谈判和交涉的结果。就像上面我们所看到的那样,成立这样一个委员会的主意,早在《出版法》颁布后不久,即已由《中国新书月报》的撰稿人提出来过,尽管他们更关心社会科学出版物,而不是文学。不用说,上海文坛上实际存在的审查员,肯定已经改变了政府对作家进行控制的性质。

审查委员会对上海文坛的影响

中央图书杂志审查委员会正式成立于1934年5月25日,它是一个仅在上海运行的实验性机构,共有七名审查委员,由项德炎领导。[①]他们受委任去阅读,如果有必要的话,编辑和修改每一部即将以书籍或期刊的形式出版的文学或社会科学作品的稿件。这是国内第一和唯一一个专门将文学审查包括在内的机构。它的"审查方式"(见张静庐1957:525—7)很清楚地表明,它以

[①] 另六人是:朱子爽(1897—?)、张增、展鹏天、刘民皋、陈文煦和王修德。参见张静庐(1957:146)。

彻底的出版前审查为目的。打算出版的作品都必须以原稿的形式送审,只有在审查员作了相应改动之后才可排版。这个制度的好处(从审查员的观点看)是,改动因此是不可见的,尽管鲁迅抱怨说,审查员的改动有时致使他的句子不合语法,或者不成句子。与旧的制度一样,获得批准的书籍和杂志,会获得一个登记号码。这些号码可在 1934 年到 1935 年的大部分上海杂志的后封和书籍出版物的版权页上找到。

对作家、编辑和出版商而言,新的审查制度带来了一些显著的好处。首先,审查制度降低了受处罚或判罪的危险,因为只有那些被认为是完全不适合出版的作品,才会被委员会转呈给中央当局。众所周知的不受欢迎的作品的种类是:任何批评国民党政府,尤其是其对日政策的,以及任何含有"普罗文学"的作品。任何作家都会碰到一位认为任何东西都完全难以接受的审查员的可能性很小。另一方面,审查员显然也不愿意这样对待一部作品。鲁迅再次提供了证据。在一封写给赵家璧的信中,他抱怨一篇作品在被审查员删除了四分之三这么多的内容后,仍然给发表了(鲁迅 1981,12:618)。甚至是在稿件被认为是完全不适合出版的情况下,如萧红的《生死场》[①],也并非总会导致个人的危险或对作家的迫害。在一些情形里,这样的作品随后会不经过官方的渠道,小规模地印刷和发行。鲁迅在这段时期就是这样出版他的杂文集的(参见鲁迅 1981,12:611,620)。

委派一个小组来审查上海的文学产品的第二个好处,是各种交易的可能性。就像刘禾在对《中国新文学大系》(1935)的产生的考察中所证明的那样[②],与国民党有联系的作家,像穆时英,可能在这些交易中发挥着关键作用,他安排让某些出版物准予发行,作为交换,其中一个审查员让自己的作品由相关的出版社出

---

① 见鲁迅为萧(1935)写的序言。同样见 Goldblatt (1976:42)。
② 刘(1995),第 8 章。

版(赵家璧的良友公司就是这种情况)。李欧梵曾注意到,鲁迅在1934年11月写信给萧军,认为上海的审查制度较之其他地方要宽松一些(lee1978:178)。尽管鲁迅这里的说法(参见鲁迅1981,12:563)没有专指文学审查,但很有可能的是,在中国的其他地区,由于1930年《出版法》的生效,以及没有专门针对文学审查的委员会,审查员要更为严格,作家和出版商的关系网要更没有影响力。也有可能,上海之外的审查更为混乱,数量不多的规则和制度给像蓝衣社这样的半官方组织以更多的可乘之机,他们查抄书店,进行恐吓以及其他敲诈勒索行为。换言之,就不同地区对审查法律的推行的差异来说,1934年的情形似乎就像1931年和1932年《中国新书月报》的撰稿人所惋惜的那样。

李欧梵注意到,在鲁迅生平的另一阶段,即1933年以后,他"有更多机会为公共出版物写作——尽管使用了化名"(Lee 1978:144)。这似乎并不完全准确。鲁迅在这些年里确实还在一些场合使用"鲁迅"①这个名字。② 实际上,所有知名的左翼作家也同样如此,他们的名字照样可以出现在那个时代大型的商业文学杂志上。即便他们并不总是以撰稿人的身份出现,但他们的名字至少会出现在为他们的书籍所登的广告中。

然而,使用化名确实显著地提高了作家的安全。著名的"新生事件"可以很明显地证明这一点。这个事件导致了专门的上海审查体制法律上唯一的受害者,即杜重远被判罚。杜重远并不是一个文学作家,而是有政治倾向的《新生》周刊主编。1935年5月,该杂志刊登了一个叫易水(1935)的人撰写的《闲话皇帝》

---

① 自然,"鲁迅"也是一个笔名,但我假设,李有关化名的评论指的是别的笔名。

② 有关这个时期鲁迅在什么出版物上署什么样的化名的确切信息,可见孙用(1982)。在1934年12月一封写给萧红和萧军的信中,鲁迅写道,他甚至会从出版商那儿再一次收到使用"鲁迅"这一名字的特定请求,现在,审查员公开声明,一旦面对作品时,他们只看内容,而不是作家的名字(鲁迅[1981,12:621])。

一文。这篇文章广泛地讨论了各个国家的君主制度,其中有一段描述日本天皇缺乏实际的政治权力。因为这期杂志带有检查号码,审查委员会显然事先已经知晓它的出版内容。上海的日本领事馆提出抗议,并要求惩罚对这种"侮辱天皇"(这是上海亲日的英语报纸很快给出的说法)的说法负有责任的人。审查委员会以精明的方式保全了自己,他们说服杜重远,如果他承认自己发表的这篇文章没有经过审查委员会的准许,便只会受到法庭的轻判。杜重远做出了让步,被判入狱一年零两个月。① 这篇文章的作者却逃避了惩罚,因为他用的是化名,无法找到。② 这个细节强调了这样的事实:审查程序并没有规定杂志每份来稿的作者名字都必须是真名。③

　　总而言之,新的审查制度,在其施行的那段时间里,似乎的确带来了某种改进,这是出版商和编辑在与当局谈判时所期望的改进:只要审查员做好他们的工作,出版商和编辑发表的文学或社会科学的任何东西,就不会为他们个人带来任何危险。至少在上海,这能保证书籍和杂志大概没有问题地发行。在中国其他地区,出版物的发行情况仍然是不确定的,因为这些出版物不得不通过当地出版后审查的制度。审查员的"可接近"和(在一些情形里)腐败,以及他们显然不愿意将审查材料转呈给更高的当局,抑或是他们对作家的身份不感兴趣,所有这些都使得作家不太可能成为承担审查制度的法律(或物质)后果的人。严格地从

---

① 这一事件的完整描述,相关语境及其余波,可见 Coble(1991:213—21)。我很感谢 Rana Mitter,他慷慨地与我分享了有关杜重远的材料和知识。
② 今天,这已为人所知,这个作家是艾寒松(1905-1975)。参见鲁迅(1981, 5:420,注释8)。
③ 见第三条(张静庐[1957:526])。稿件送审时,应附有下列各项:甲、书刊名称;乙、稿本页数及其附件;丙、申请人姓名、住址;丁、编者姓名、住址。就杂志出版物来说,申请人似乎比作者更是出版社或编委的代表。这意味着,出版前作家是"安全"的,无论他们使用什么名字。出版后作家同样是"安全"的,如果他们在印刷品中没有使用真名或为人所知的化名。

物质生产方面来看,并将我的观点严格地限定于上海文坛,可以得出这样的结论:审查委员会的建立,较之先前的审查制度,为文学生产者提供了更多的安全和稳定。统计数据(见附录B)显示,在1934年至1935年间,文学书籍和杂志的出版和流通,没有明显地减少或增长。

人们从统计数据中得出的这种印象,还可在吴福辉(1996)所作的研究中得到证实。吴福辉有关1930年代文学杂志的统计数据显示,审查制度和政府压制并没有影响杂志出版物的寿命。吴福辉指出,1930年代的36份大型文学杂志,一年内倒闭的有23份,而且其中既有左翼的杂志,也有亲政府的杂志。其中的13份杂志持续了一年以上,像《文学》和《译文》这样的杂志,还以其进步倾向而闻名。吴得出的结论是:经济和财政因素,在文学杂志的成功或失败中起到决定性的作用;并且,出版商之所以愿意为左翼出版物去冒审查和查禁的危险,是因为对他们来说,这其中确实存在着"市场"(吴1996:212)。如果说,物质生产的数量确实很少受到审查制度的影响,那么,考察象征生产中的任何变化,就显得很重要了。首先,应该确定审查员本身在文学场内的位置。

作为文学场内部的作用者的审查员

审查员在上海的出现,似乎并没有改变1930年代中国文学场内部主要的权力关系。审查员并没有代表强势的官方,从外部威胁文学场,而是进入到文学场内占据了一个位置。审查员的职业,被认为需要具备某种文学知识和某种写作上的技巧;他们中的一些人,确实有过(或者曾经有过)文学抱负。[①] 因此,他们和

[①] 朱子爽(笔名樸庐)主要写散文和诗歌,后来也结集成书出版。见徐友春(1991:187)。

文学场内其他作用者（agents）的力量关系，至少在某种程度上，是由文学场自身的法则决定的，即由象征的，而不是政治的标准决定的。在试图将政治资本转换成象征资本的过程中，较之于"已获认可的"文学生产者，一些审查员反而将自己置入到一个易受非议的位置。有一个例子，是赵家璧回忆的他与首席审查员项德炎的交易。赵家璧拜访项德炎后得知，如果出版社同意在《良友文学丛书》中出版项德炎的短篇小说集，那么，出版《中国新文学大系》的计划就会获得批准。赵家璧向上级汇报：

> 次日，我向经理汇报了经过，大家大笑起来，这出活把戏，被我们完全猜中了。但这个项德炎不但要利，还要名。我怎么可以把他的作品编入《良友文学丛书》呢？后来他通过穆[时英]要求我把他的"大作"印出来，署名鲛人，书名《三百八十个》，不入丛书也可以，但要精装。……我们提出的条件是鲁迅的名字不动，将来《大系》全部文稿，必须予以照顾不能有意挑剔。这个诺言，后来总算是遵守了的。（赵家璧1984：193）

显然，赵家璧和他的上级认为索贿对一个审查员来说是可以接受的行为，这甚至成了消遣的材料。然而，审查员在文学上的要求，尽管以他的权力为支撑并因此难以完全拒绝，却被他们认为是不能接受的。通过将审查员的作品纳入著名的《良友文学丛书》，从而赋予审查员以象征荣誉，这一点是完全没有商讨余地的，即便这可能意味着不得不改变或者推迟《大系》项目。项德炎最后似乎也认可了自己作品的低劣，接受了第二个选择。尽管项的位置使他较之于那些没有政府权力作支撑的作用者，更易于在文学场内部获得这种灵活性（在这一案例中，从有抱负的作者的位置变为出版作品的作者的位置），但是，他的短篇小说集完全没有导致任何象征生产（评论等），这表明，他的努力在很大程度上是徒劳的。

即使一个审查员没有兴趣出版他①自己的作品,但他既是文学作品的制造者,又是文学作品的破坏者。这种双重位置,仍然会在象征资本方面招致其他作用者的批评。审查员常被看作某个参与到文学生产中,又违反文学自治原则的人。鲁迅暗示,审查员的删除和粘贴之所以如此任意,仅仅是为了填满工作定额(张静庐,1957:198—200)。在本章开头所引用的段落中,林语堂似乎是在抱怨审查员的习性。在丁徐丽霞1970年代有关民国审查制度的研究中,审查员之缺乏专业的文学知识,也被挑选出来加以批评。在有关战前民国政府审查制度的概述中,她写道:

> 一些初中毕业且不热爱文学的人时常干涉好作家的原稿,但这种干涉行为,直到1935年审查委员会消失后,才被人们所知。这些愚蠢的审查员对原稿的删节和修改常常破坏了原稿。审查员有时会把一句话删掉半句,仅剩下另外一半的意思;有时用一些拙劣的语言,或用与作家本意有违的方式修改原文。(Ting 1974:87)

无论是林语堂(从同代人的视角)还是丁(从事后的视角),这类批评中尤为引人注意的,是他们都在一般讨论的语境中,表达了对审查制度在出版和新闻业所有领域里的影响的批判态度。但同时,这两个评论家都单挑出文学审查,以及缺乏才智、没有文学修养的人对文学作品的破坏,来作为压制言论自由最为阴险的例子。他们的全部话语,都肯定了文学自治、象征的价值。参与到文学生产中,即便是作为一个审查员,也被认为需要场域专有的(field-specific)知识,而且,讨论中的审查员,都被指责缺乏这种知识。因此,审查员对文学文本的篡改成了压迫的象征,尽管

---

① 我没有看到任何女性审查员的资料。

事实上与别的领域相比,文学场内实际上很少发生直接的压迫。比较起来,社会科学书籍和杂志的黑名单要长过文学的黑名单许多倍,而且,报纸文章的出版前审查要比文学的严格得多,建立这种审查的时间也要早得多。①

文学自治和国家权力

在有关"左联五烈士"死讯的报道中,有关外部力量侵害自治的文学实践的话语,在其中发挥了主要的作用。当时,共有23位共产党员在1931年被处死,其中5位曾参与过文学活动的受害者,被放在了注意力的中心(参见Hsia1968:163—233 and Wong1991:100—12)。尽管他们的死亡是出席一个政治会议的直接后果,与作家身份其实没有任何关系,但是,这些烈士反复地在有关一般的国民党审查制度,尤其是国民党的文学审查制度的讨论中被提及。② 这种解释几乎在他们死后马上就出现了,无论是在左联的杂志上,还是在西方出版物的相关报道中,都是如此。五位年轻作家的死,在《前哨》第1期,也是唯一一期中,被描述为对"无产阶级革命文学"的打击,而非一般的对"无产阶级革命"的打击。一个西方的评论家,马尔科姆·考利(Malcolm Cowley),甚至提出了更为明确的观点:

> 共有24位[原文如此]共产党员出席;其中五个……是作家……**五个**中最大的二十九岁,最小的二十一岁。在某种

---

① 根据上面提到的鲁迅给姚克的信,对于文学的出版前审查制度,是施蛰存参考当时已经存在的报纸审查制度的建议。上面讨论过的《中国新书月报》中的文章也明确提出,非文学作品的审查更多也是由于出版商的关注引起的。有关出版审查更详细的探讨,见林(1937)和丁(1974)。

② 例如刘(1995:226),声称五烈士的死直接导致1934年审查委员会在上海的成立。

意义上,他们是他们一代的花朵。……这件事发生在五个月前,但对中国**作家**的杀害运动仍在继续。(强调为引者所加。最初发表于 1931 年 7 月的《新共和》[New Republic],引自 Hsia 1968:167—8)

然而,烈士在文学场中的(死后的)位置,与审查员一样是含混不清的。

在林语堂和其他人看来,政治权力对文学的侵犯,比之对其他类型的侵犯要更令人不安,同样,权力对文学人士的侵犯,比之由于同样原因同时被捕和被杀害的另外 18 个人,也更受到评论家的关注。无论是在有关文本审查的讨论中,还是在有关烈士的讨论中,把文学看成是独立的、非政治的、有文化价值的活动的基本观念,似乎是形成这次争论的基础。根据这种观点,文学的象征价值在于它并不"仅仅是"写作,也并不"仅仅是"政治。它具有独立的意义和自治、象征的价值。

当然,所有这一切都有其策略性的一面。上文提到的观点,为批评家提供了批评国民党政权的很有力的观点:这个政权之所以糟糕,是因为它干预文学。这个观点可能或确实被政治批评家策略性地使用过,而这些批评家本人确实并不反对审查和干预文学。然而,这并不是重点。如果出现了这样的文学策略的使用,那么,"使用者"显然相信文学的象征力量,以及文学用自己的方式挑战或支持政治立场的能力。像林语堂,可能也包括鲁迅这样的人,从来都没有彻底地放弃严格意义上的功利主义文学,他们之所以分享、支持和提倡这种信念,是因为这样做对他们有利。这也有利于编辑、出版商、批评家、学校和大学里教文学的人,或许还包括一些审查员。在 1930 年代,上海的文学场并不是意识形态或党派,以它们在政治或军事领域完全相同的方式发生冲突的场所。这是一个冲突和效忠的场所,其中的作用者占有某种经济和政治资本,但更多的还是象征资本,他们共享文学价值的基本信念和兴趣,即使他们在其他所有的事情上都意见相左。

折 射

1930年代,中国国家权力和文学自治间的冲突,是布尔迪厄在其社会场域理论中称之为"折射"作用的典范。根据布尔迪厄的说法,文学社会学的学者,尤其是那些马克思主义的信仰者,很容易接受这样的观念:文学事件可被解析为更大的社会力量的直接"反映"。布尔迪厄认为,相对独立的场域,像现代的文学场,可以使进入这个场域的外部力量发生改变。这是因为,这些力量受到了起"棱镜"作用的场域自治原则的影响("折射")(参见布尔迪厄 1996:220)。

1930年代的中国,国民党想彻底消灭中国社会的共产主义,进行所谓的"剿匪运动",这些运动自然也招致各种抵抗,而所有这一切,都不是简单地"反映"在文学实践中,而是被文学场域自身的法则所过滤和折射了的。这场有时被称作"文化围剿"的运动一再地被文学法则所挫败。1934年,当149本书被宣布为不合法时,当局被告知要检查作品的内容,而非作家的名字。当引入出版前审查制度时,一些审查员似乎热切地想要获得文学上的认可,并因此受贿,而其他审查员则麻木不仁,这甚至招致了像林语堂这样没有公开的政治立场的人的抱怨。此外,占有许多象征资本的作家,像鲁迅,可以通过官方之外的渠道扩展自己的影响力,并出版自己的作品。

对作家来说,一旦发现自己的作品以节略和/或残缺不全的形式出版,尤其是当这些改变是由那些对作家的艺术意图毫无兴趣,只对他们(所谓的)的政治意图感兴趣的审查员作出的时候,肯定是痛苦的事。对那些确实有政治意图,并选择用文学来达成政治目标的作家来说,问题尤为尖锐,这是因为他们感到,这会多出某种力量或辛辣的感觉。这是"折射"的另一个例子,在1930

年代许多左翼或左倾作家身上,是很有代表性的文学观点。下文将讨论这一观点。

左翼文学,审查和萧红的《手》

通过文学折射政治,左翼的文学观点和审查问题,都在萧红的小说《手》中发挥了重要作用。《手》第一次发表于1936年4月《作家》杂志第1期,这是一份实行商业运作的文学杂志,由处于张静庐直接领导下的上海杂志公司出版。① 杂志创办于审查最糟糕的时期过去之后,并由于刊登诸如鲁迅(用这个名字)和巴金这样为大众知晓的作家的作品而蒸蒸日上。萧红和萧军也是这份杂志的定期撰稿人。

《手》讲述了一个工人阶级女孩王亚明的故事。她被父亲送到一所精英女子学校接受教育,尽管她很努力,但依旧不能在学业上取得进步。她很快遭到同学的排斥,这不是因为她在学业上表现糟糕,而是因为她的言谈、外表和举止受到非议。整个故事将注意力集中到王亚明的手上,这双手有着奇怪的黑色。由于这个原因,她不仅受到其他女同学的轻视——这些人认为她脏,而且也受到虚伪的校长的轻视。校长不允许王亚明参加早操,因为教师担心她的黑手会引起路过的外国人注意,从而有损学校的好名声。

这个故事由叙述者"我"讲述,他也是学校里的学生,而且是唯一一个在任何方面都同情王亚明的人。也是这个叙述者"我",发现了王亚明的手为什么如此之黑。在小说中王亚明最长的独白里,她解释说:她来自一个贫寒的染匠家庭。妈妈去世后,为了生存,她和妹妹帮助父亲染布。由于钱只够供养一个孩

---

① 这家非常成功的杂志公司出版、发行和售卖了数百种期刊。有关它的创办和发展情况,在张静庐(1938)中有详细讨论。

子——王亚明——上学,父亲指望她回去后教她的妹妹。王亚明在将这件事告诉叙述者"我"的时候,失声痛哭。她为没能在学校做得很好而感到羞愧,因为她的家庭为供养她上学而苦苦挣扎。

在小说的结尾,王亚明被驱逐出学校。她的表现太差了,学校不允许她参加考试。她的爸爸来接她回家,他们一起走了。叙述者在楼上看着,他们离开时,给读者留下了清晰的"左翼"形象:

> 出了木栅门,他们就向着远方,向着迷漫着朝阳的方向走去。雪地好像碎玻璃似的,越远那闪光就越刚强。我一直看到那远处的雪地刺痛了我的眼睛。

很容易想象出这种两个人沉浸在一片红色中的场景。这篇小说传达的信息,是不言而喻的:工人阶级试图在现存的社会体制中提高自己的地位,例如通过教育,但注定是要失败的,只有社会主义革命才能带来真正的变化。

在这篇小说中,就文体、描述尤其是叙述者含混的角色方面来说,有关作家传递信息的方式,还有很多可讨论之处。然而,在现在的语境中,这篇小说尤其值得注意的是,仅是在她读了一部文学作品之后,王亚明才第一次朦胧地意识到她家庭的困境是由阶级冲突导致的。她第一次和叙述者讨论文学时,问叙述者是否读过《三国演义》。然后她向叙述者借一本书在假期里阅读。叙述者借给她一册厄普顿·辛克莱(Upton Sincalair)《屠场》(*The Jungle*)的中译本。王亚明深深地被这部小说打动了,特别是主人公马利亚倒在雪地上的那部分。正是这次阅读体验,将王亚明带入到了上面提到的长段独白中,它是这样开始的:

"马里亚,真像有这么一个人,她倒在雪地上,我想她没死吧!她不会死吧……那医生知道她是没有钱的人,就不给她看病……喝喝!"很高的声音她笑了,借着笑的抖动眼泪才落下来:"我也去请过医生,我母亲生病的时候,你看那医生他来吗?他先向我要车马钱,我说钱在家里,先坐车来吧!人要不行了……你看他来吗?他站在院心问我:'你家是干什么的?你家开染缸房吗?'不知为什么,一告诉他是开'染缸房'的,他就拉开门进屋去了……"

在这个段落中,虽然王亚明"不知为什么",但通过将自己的命运和小说中主人公的命运进行对比,她明白了一个简单的道理,这对阶级分析来说是根本的:医生之所以不愿意医治,是由于他知道她没有钱。任何以前在学校发生的事,不管同学们如何明显地取笑和排斥她,都没有在她身上造成这样强烈的反应。只有文学可以做到这一点,而且文学确实以其特殊的方式做到了这一点。文学凭借的不仅仅是展示信息或者给人以教训,而是感动读者,使其领悟。我愿意认为,这代表了许多左翼或者左倾作家基本的文学观念:借助文学语言、叙述和意象来渗透社会和政治信息,读者会对这一信息作出比用其他方式传递的信息更为强烈的反应。

这种对文学力量的高度期望,肯定不是完全没有根据的。萧红很可能知晓这样的事实:厄普顿·辛克莱的《屠场》,这部描述了芝加哥肉食加工厂中一个工人的生活的小说,在1906年引发了政府的调查,并实质性地改善了芝加哥肉食加工工人的工作条件。然而,在1930年代的中国,郭沫若1929年的《屠场》译本,从1934年起被禁。这部小说出现在149种禁书的名单中,且在重新审查后,依旧属被禁的行列。官方禁止此书的理由,是因为这本书宣传无产阶级文学,煽动阶级斗争,或破坏党和国家的权威。

与萧红小说同时代的读者,可能会意识到这样的事实:辛克莱的小说中译本,在他们的国家是被禁的文学。如果这些读者对辛克莱小说的内容和语境也有一定的了解,那么就可能为自己的阅读添加一个额外的维度。这可能会警示他们:萧红在审查制度条件下进行写作,使她不可能直接表达自己的想法。辛克莱在小说中可以非常直接:他在小说的结尾让主人公尤吉斯·路德库斯转向社会主义,并将社会批判直接指向一个特定的资本主义体制,即芝加哥肉食加工厂。尽管《手》的信息很明确,但它社会批判的对象却要一般得多,而且,没有提出任何解决办法。这篇小说通过文学方法达到了它的政治效果:在文本内部提到《屠场》,王亚明深受感动,结尾是"红色"的形象。雪中朝阳的"映照",在不同的层面上,是经由意象的意识形态"折射"。是作家有意要像这样来写作,还是审查制度迫使她这么做,肯定是一个仍然没有答案的问题。

1930年代的审查制度和当代学术

可能很难想象,一个专制政权没有严酷地压制或损害文学。但这显然是国民党统治下的实情。与其他地区的审查和压制比起来,国民党的文学审查,其特征是一定程度上尊重文学场的法则,从文学场内文学生产者与文学审查者间的权力关系上来说,尤其如此。整个1930年代,中国的文学场仍然是高度独立的。绝大多数作家,包括那些受政治影响的作家,都坚持文学具有政治中立因素的信念,都认为文学具有象征价值,不应该为政治动机所玷污。只要政治力量的代表没有在文学场内部让自己占据更有力量的位置(在这种情形里,他们可以有力地告诉文学作家写什么和怎么去写),只要政治力量不能自动地转换成文化的力量,文学生产便不会受到审查员的重大限制,同样也不会受到左派的重大限制。因为政治上的原因,这些确实发生过的损害被夸大了。下面来自唐弢的现代文学史教科书的主张,是一个很典型的例子:

> 此外,国民党反动政府还查禁革命文艺作品,捣毁进步文艺机关等,仅一九三四年二月,就查禁文艺书籍近一百五十种,作品被国民党审查机关扣留、删改者更是不计其数。……在整个二次国内革命战争时期,正像鲁迅当年所指出的那样,"无产阶级革命文学和革命的劳苦大众是在受一样的压迫,一样的残杀,作一样的战斗,有一样的命运……"
>
> (唐弢 1982,2:15)

诸如此类夸大和不准确的评论,有时也会出现在西方学者的著作中,就像下面弗雷德里克·韦克曼(Frederic Wakeman)的评论:

> 当然,对电影的攻击是更大的审查制度的一部分,这种审查制度深刻地影响了由大约 300,000 人的报纸阅读者组成的上海中国居民的文化生活。1934 年 2 月,国民党在上海查禁了 149 种书,并禁止发行包括《北极星》和《文学》月刊在内的 76 份杂志。在那一年中,有 2709 件禁止"反动作品"的公共安全局案件,并有多于 25 家的书店受到关闭的威胁,因为它们销售鲁迅、郭沫若、茅盾和巴金的作品。1934 年 6 月,仅仅在新生活运动开始松懈之后不久,一条法律规定,出版商要在印刷前将书籍和杂志的所有稿件提交给一个专门委员会审查。
>
> (Wakeman 1995:239—40)

和唐弢一样,韦克曼将所有与审查有关的事件都堆积在 1934 年 2 月这个时间。在他的评论中,实际上 1932 年就已瓦解的《北极星》和《文学》月刊尤其扎眼。与林语堂一样,韦克曼将审查描述成对全体报纸阅读者的"打击",但他又回到了文学(在这一情形里是文学杂志和作家的名字),以之作为特定的例子。

由此产生的便是一幅极端的文化压制的画面。

就像我所证明的那样,诸如此类的观点,源于1930年代文学场中的各种价值和策略,并可以将它们与流行于那个时代的文学自治的观念联系起来。如果今天的评论家大致上同意,比起之前的十年,1930—1936年间的文学生产更为多产,并更有活力,而且在质量方面也要更好,那么,是文学场内部所有的作用者——包括审查员、审查制度和那些抱怨和抵抗审查的人——及其作为,共同创造了这样的局面。只要意识到社会场域的存在,以及折射的可能性,我们就可以相信这种观点是恰当的,而不必改变对国民党、它的意识形态或它的整体政策的判断。然而,如果坚持把国民党的统治看成是对所有领域都一样的压制,那么,就难以解释中国现代文学在1930年代的繁荣。

第八章 结 论

在第一章征引过的霍华德·S. 贝克尔有关艺术共同体的研究中,艺术世界被描述成集体活动的世界。如果没有这种在很大程度上以业已建立的惯例和现代市场机制为基础的活动,大多数艺术品都会永远无法进入公共领域。此外,一旦这些艺术品确实进入了公共领域,那么,其他形式的集体活动可以确保它们被阅读、观看或听到,被解释、分析并确定其价值。在本研究考察的文学世界里,这些物质和象征生产的行为,通常实现在集体活动不大的小社会(microcosms)里。文学社团孕育了它们,而文学杂志容纳了它们的成果。尽管某些惯例对所有的团体都是相似的,而且某些价值也被它们所共享,但它们的活动存在着重大的区别。首先,这种多样性源于这样的事实:在本研究的这个时期里,整个文化世界正处于惊人的变化当中。

这个文学世界,与贝克尔描述的艺术世界不一样,尽管专业化趋势日益增长,却只共享着相对来说数量不多的惯例,同时,文学市场也还不稳定,没有形成稳固的生产模式。不同的文学观念,不同的文学社团集会方式,不同地域、社会或政治的背景,所有这一切都可以对文学作品的发表产生深度的影响。它们可以决定一份文学出版物——通常是一份杂志——是自办的,平装和印刷便宜的,只在会员间发行的,还是专门面向市场,有主要的广告客户支持,且配有丰富多彩的插图并全国发行的。一份出版物,无论是这两个极端中的哪一个,都无法提供其文学价值的自动指向。

几乎所有这些团体和出版物，都参与到了象征资本的竞争中。如果不考虑第三章描述过的无名作家策略有时显得多么不公平，这个时期的大多数时候，这种竞争还是相对公正的。然而，与传统更有牵连的文体的代表，一般来说，似乎在一定程度上更休闲一些，并对自己文化的优越性更自信一些，而且吸引着最多的读者。比较起来，更加反传统的文体，常常显现出挑衅性的行为，那些还没有确立起自己位置的文体，则尤其如此。这些后起的文体最后被经典化，并在很多年里位于我们有关中国现代文学思考的中心。以经验和历史的证据为基础，本研究认为：没有必要让这种经典，或这些文体，占据这样一种中心的位置，既不将其作为积极的价值，也不将其作为消极的例子。如果从相互关联的方面来看待，同时将各种不同的文体考虑在内的话，我们可能就会形成对这个时期的文学实践更为丰富的理解。

　　为达成这样一种相互关联的理解，并不必然要像我所做的那样把社会学方法运用到文学上。有经验的其他学者可以，也应该能够作出相类似的贡献，他们可在实际的文学文本中工作，也可使用其他分析或阐释方法。为做到这一点，必不可少的是认识到需要恰当的文献资料。这可能是我要得出的一个极为基本的观点，我相信本研究也已经证明了这一点，即对研究民国时期的文学的学者，尤其是那些大陆之外的学者来说，有必要回到材料上来。考察一下本研究的诸课题，显而易见的是，其中很少在此前有关中国现代文学的英语学术中被讨论过。尽管普遍认为文学社团是这个时期主要的文学现象，但这里探讨的任何一个社团，即使是影响巨大和记录得很好的南社，也都还没有被作为一本书，甚或是一篇论文的研究课题来研究过。同样，尽管众所周知的是，杂志在文学身份的构成上（杂志的名称常常被读者和批评家用来指称"学派"，像新月派或现代派）非常重要，但除了第一章征引过的丹尼斯·吉姆佩尔的研究外，还没有任何与民国时期主要杂志有关的英文专著。像茶话团体和国际笔会中国分会这样重要的团体,几乎还没有被触及过,即使对中国大陆的学者来说,也是如此。还有,曾今可已经被完全遗忘了,即使他的名字以极大的频率出现在1930年代几乎所有的杂志上。要是考虑到最近许多学者将极大的注意力转向了上海的话,曾今可的被遗忘,则尤其值得注意。这表明:先前被中国大陆的政治力量所边缘化了的文学作品和人物的"复兴",仍是在不断贬损传统文体的文学标准的基础上实行的。

此外,应该注意到的是,现在我称作传统文体的东西,大体上是在整个新文学定义内活动的文体。这就是说,它们使用现代白话,并不机械地复制古典形式,也并不提倡任何形式严格的文化保守主义。这既指出了我自己在文献资料方面重大的局限,也为相关研究打开了更多的领域。有关民国时代的文学真正广泛、相互关联的陈述,必须把继续使用古典语言和形式的文体包括在内。它也必须把像我已经在第四章中考察过的,1910年代中期的商业杂志包括在内,因为这种写作和出版方式(文体),也继续在1920年代和1930年代获得了巨大的成功。总之,仍然还有数量庞大的材料可供挖掘,尤其是在文学杂志,以及其他对文化和艺术生活有贡献的杂志出版物方面。

在经典化这一议题上也需要作更多的研究,例如,通过对这一时期文学教育的情况作更仔细的考察来研究经典化。若对教育实践进行研究,那么,我已经从文学实践中得出的印象,即反传统的文体在一定程度上是处于守势的印象,可能会不得不予以某种程度的修正。假设反传统的力量强大地存在于(更高等的)教育中,那么,它们后来经典化的基础可能是在这一时期奠定的,但这需要进一步加以考察并证明。总之,这个场域需要建构,而不是解构。

在本研究中,我没有遵循历时的视角,我也没有声明已经完全覆盖了我已经探讨过的任何现象。还有许多重要的社团和杂志我根本没有触及,这当中,可能最著名的莫过于上面提到的新月社。我选择的方法,在一定程度上反映了这个时期文学世界的错综性。这种错综性使书写可能因素,而不是稳定不变的因素变得更容易些。不用说,在我的讨论中有一些稳定因素,它们值得在这儿反复重申,同时我相信,它们对中国现代文学的研究来说有着更普遍的重要性,不仅对民国时期来说是这样,对后来的时代来说也是如此。

首先,本研究已经证明,民国时期的文学与传统有着很大程度上的延续性。这种延续性在生产的文本中显然并不多,但却大量存在于文本生产所处的社会语境里。无论什么样的文体的生产者,都共享着流行的在文学社团中工作的习性,这表明,文学继续被视作一种社会活动。与传统的"社"和"会"的情形一样,这种习性在同一群体的成员间形成某种共同体意识。这种共同体意识继续由定期的社团杂志或通讯这样的出版物来强化。杂志也发挥着诱导读者加入文学团体成为其成员的功能,其方法是让读者知晓团体的活动,有时,杂志甚至会发表会员的通信,甚至用充足的空间发表读者写给编辑的信。

对传统文人来说,加入一个"社",或在一个"会"中工作,可能会让作为一个整体的文人共同体具有更多的共同体意识,同样,现代社团成员的共同体意识,扩展到了更广大的领域。许多杂志,代表着不同的团体和不同的文体,它们发表新闻或小道消息,不断地让读者知晓中国文坛和世界文坛正在发生什么。这种更大的共同体意识,也表现在对政府以审查的形式对文学实践的侵犯的反应上,我们在第七章中所看到的情形就是这样的。

中国现代作家对在社团中工作和在杂志上发表作品的喜爱,产生了一些美学上的后果,其中一些延续至今,还有一些对据说是普遍的文学理论提出了挑战。首先,我们已经看到,定期出版如何成了这种实践的重要特点,这部分是杂志这种样式所要求的,部分是要保留共同体意识,还有部分是由于经济需要。几乎所有的中国现代作家,都曾经是(并仍然是)极为多产的。此外,这种多产通常不会损害他们在文学场内的名声和地位。换言之，本研究中描述的文学世界，并不是布尔迪厄假设的"经济世界的倒转"。结果，人们可以猜想，建立在文学作品是长时间才锤炼出来的、高度精雕细作的、自我反思的产品的假设基础上的分析和阐释方式，一旦使用到这些特定的作品上，就有冒着歪曲它们最初的美学价值的危险。

同样，就像第四章所证明的那样，建立在书籍出版的实践和个体作家身份的必要性基础上的，以文本为中心的方法，一旦运用到这个时期的杂志文学上，往往会不得要领。有必要发展出一种不同的阅读方法，它可以更公正地对待反映在杂志出版物中的文本和作家概念。当然，它也没有必要成为研究中国现代文学独一无二的方法。杂志出版物在全世界几乎所有的现代文学场都发挥着作用，这需要得到文学理论更多和更系统的注意。

共同体意识，甚至还有文学社团成员之间，以及作家和读者之间的友谊，就像第2章和第5章已经显示的那样，尤被新文学共同体内有意识地倡导传统和现代文学文体间延续性的人所重视。对茶话团体的成员来说，审美的愉悦存在于"复杂的娱乐"这一概念中，它将文学和艺术产品与人们认为是朋友的社会集会联系在一起。对曾今可这样一个可能是最成功地将传统价值与现代印刷媒介结合起来的人来说，友谊对文学体验来说是最重要的。

曾今可的批评者强烈地反对他企图复活古典的写作形式，尤其是宋词这种文类。为做到这一点，他们轻松自如地跨越了文本批评和人身攻击的界限。对他们来说，曾今可选择的写作形式与他们相信他会是怎样的人是不可分割的。就像十多年前刘半农的批评者一样，曾今可的批评者也企图设立起文体的界限，它禁止形式、语言、内容和行为上某种创造性的混合。在这么做时，他们自己便受益于作为规范形式的非常传统的文体概念（体）。说到最后，中国民国时期的大部分文学人士，不管他们隶属于哪个阵营,似乎都共享着一个基本的美学信仰,这在中国有着悠久的传统,即文本和作家互为补充,离开彼此将难以理解。

我的印象是,这一基本信仰在整个20世纪的中国文学中仍然很重要。或许,在21世纪的开端比之以往还要更为突出。例如,文学生产中友谊或私交的价值,被我认识的大多数中国当代作家和批评家所证实,他们会公开讨论他们帮助或鼓励朋友或家庭成员加入文学共同体的方式,例如,为他们的作品写友好的评论。相反,下面这种情况十分平常:对正在为自己的作品寻求出版者(或翻译者)的初入写作者来说,可以由认识的批评家或学者在各种杂志或报纸上,发表一篇对他们的作品作极其积极的介绍的评论。

在中国当代文坛上,也可以看到完全建立在"作品和作家一体"信仰基础上针对人身的批评实践。而且上海的文坛似乎再一次成了这样的地方:在此,文学写作和商业出版独创性地结合在一起,炫耀地建立起了各种规范形式。一个很好的例子,是成名的作家和批评家对包装精美的像卫慧的《上海宝贝》、棉棉的《糖》这样的文学产品所表现出来的愤怒。一些批评家显然拒绝接受其通俗文学的地位,反之,将它们作为新一代的严肃文学;这种批评通常将我们讨论过的作家的活动、个性和道德标准作为其中的批评目标之一。这些批评家也认为,两部作品中更好的一部之所以肯定是《糖》,是因为其作者真的体验过小说中所描述的事情。

对文学写作中传记因素的兴趣,在今日中国明显复活的另一方式,是对散文文类压倒一切的兴趣的复苏——这部分地又是由于市场力量的作用。散文这历史悠久的写作文类,在大多数西方文学中都被边缘化了,目前却被中国几乎所有主要的作家实践着。散文集充斥着图书市场,中国读者对这一文类流露出显著的偏爱。与任何别的文类不一样,它意味着非虚构,并促使人们将作家本人与第一人称叙述者等同起来。

本研究已经展示了传统的在文学社团中工作的实践，是如何适应于19世纪晚期在中国出现的新的印刷媒介的。从20世纪晚期开始，新的互联网媒介引进了中国，文学实践显示出了一些惊人的变化。在本研究的语境中，尤其值得注意的是，数量上快速增长的文学网站已经接收并发展了杂志的样式。与民国早期的杂志仿佛相似，这些"网上杂志"（webzines）通常也将内容分为数量庞大的栏目，呈现所有不同的写作文类。它们不受空间的限制，可以轻易地提供可下载的古典文学、武侠小说和经典的新文学集子，同时鼓励读者提供原创的稿件。由于互联技术的使用，这些网站可以为使用者提供共同体和参与意识，这是印刷文化无法匹敌的。中国读者和有抱负的作家起而响应者众多，他们向公告栏性质的共同体投稿，在其中，所有文类的文学作品被生产、发表、评论和研究。网络文学已经诞生了自己的文学名流，每年还颁发自己的文学奖项。此外，一些成名的印刷文化作家也跨界了，建立起网站，读者可从网站上知道他们的个人生活，并能偶尔参加他们的网上聊天。尽管要确定这是否会是大势所趋还为时尚早，但迄今为止，它可被证明是我在前面几页中描述的一些文学价值的延续。

本研究的目标，从来不是要得出这样的结论：中国文学及其生产，似乎必然不同于西方的文学和实践，或者，是后者的"他者"。我相信，我对文学社团和杂志的强调，已经提出了一个富有意义的问题，它同样也可以在其他文化的研究中被富有成效地提出来。然而，我的目标也包括证明这样的观点：不去管更大的文化帝国主义和全球化的力量，文化差异已经存在，并将继续存在。归根结底，全球的文学世界，就像任何文学世界一样，也需要相互联系起来分析。中国现代文学的研究，可以为这种分析提供一些独特的视野。它可以引出有关文本、作家和价值的问题，还有它们相互联系的方式问题，这些问题有时太易于被看成是不再需要回答的。我的问题是文体问题。许多别的问题还有待研究。

附录 A 文学研究会成员：
据 1924 年会员名单（见第二章）

文学研究会会员的名字以它们出现在 1924 年的会员名单上的顺序排列，这份名单保存在北京的中国现代文学馆。这份名单的再版可在舒乙（1992）中找到。① 原始的名单给出每个会员的名字、号和籍贯，还有每个会员学习的语言和每个会员的通讯地址。在这份名单中，我复述名字和号（在括号中），加上重要的化名（在方括号中），我可以找到的生卒年，以及简要的合适和可获得的生平信息。对于那些我认为由于其文学成就已经足以为人知晓的会员，我则不提供任何生平信息。

1. 朱希祖（逖先）（1879—1944）

历史学家。毕业于早稻田大学。大约在文学研究会成立时任教于北京大学。

2. 蒋方震（百里）（1882—1938）

军事理论家。留学于日本。1920 年左右参与共学社和梁启超的进步党。北洋和国民党政府的军事顾问。

3. 周作人（启明）（1885—1967）

4. 许赞堃（地山）[落花生]（1893—1941）

5. 郭希汾（绍虞）（1893—1984）

---

① 再版包括三处印刷错误，这里作了更正。最初的名单包括一处错误，这在会员名单 115 号的条目中作了解释。

北京大学学生。早期的现代诗人(参见 Hockx 1994)。以他的《中国文学批评史》闻名(郭 1994)。

6. 叶绍钧(圣陶)(1894—1988)
7. 孙福源(伏园)(1894—1966)

著名的编辑和出版家。(除了别的)编辑北京《晨报》及其文学副刊。《文学旬刊》的编辑之一。孙福熙的兄弟(见第三章)。

8. 王统照(剑三)(1897—1957)
9. 沈德鸿(雁冰)[茅盾](1896—1981)
10. 郑振铎(西谛)(1898—1958)
11. 耿匡(济之)(1899—1947)

以较早描述苏联生活,及许多俄国文学的翻译闻名。

12. 瞿世英(菊农)(1900—1970)

翻译家。40 号会员瞿秋白的亲戚。

13. 黄英(庐隐)(1899—1934)
14. 张晋(昭德)(?—?)

向上海的《文学旬刊》第一期投过一篇翻译稿。之后没有在文学研究会杂志上发表过稿件。没能找到任何生平资料。会员名单给出的最后的地址是"哈尔滨(?)"。

15. 刘健(星轩)(?—?)

没有找到任何生平资料或参考文献。

16. 王晴霓(?—?)

晨光社成员,这个社团在文学研究会成立前活跃于北京。在晨光社的杂志上发表诗。没能找到更多的资料。

17. 宋介(唯民)(1895—?)

晨光社成员。留学于哈佛。在北京大学教政治学。从 1938 年开始积极与日本合作。死亡日期不详。

18. 郭弼藩(梦良)(1897?—1925)

13 号会员庐隐的第一任丈夫。

19. 许光迪(晓航)(?—?)

向1921年四月号的《小说杂志》投过一篇译稿。没有更多的资料。

20. 易家钺（君左）（1899—1972）

1922年在《京报》上发表过一篇有争议的文章后，被迫放弃其少年中国学会的会员资格。以编辑身份为各种杂志和报纸工作。广泛发表各类文章。1949年移居香港，1967年移居台湾。

21. 陈听彝（大悲）（1887—1944）

以戏剧家和剧作家活跃于整个民国时期。战时短暂地为汪精卫政权工作过。

22. 王星汉（仲宸）［王仲仁］（？—1923）

毕业于北京大学英文系。新潮社成员。

23. 白镛（序之）（？—？）

以白序之之名在北京《文学旬刊》发表过文章。以白镛之名于1934年出版一部诗集。

24. 谢六逸（1898—1945）

毕业于早稻田大学。活跃的记者和文学研究会机关刊物的投稿者。商务印书馆编辑。后任教于多所上海大学。

25. 耿承（式之）（？—？）

11号会员（耿济之）和38号会员（耿勉之）的兄弟。向文学研究会丛书投过一俄国文学译稿。也为《小说杂志》翻译过奥斯卡·王尔德。没有找到生平资料。

26. 刘嘉镕（铁着）（？—？）

没有找到生平资料或参考文献。

27. 唐性天（？—？）

毕业于北京大学。1922年被选为文学研究会干事。为文学研究会丛书翻译斯托尔姆的《意门湖》，这个译本遭到创造社成员的强烈批评。1930年代继续活跃于出版界。没能找到生平资料。

28. 金兆梓（子敦）（1899—1975）

编辑和出版家,主要为中华书局工作。与 29 号会员(傅东华)一起,为文学研究会丛书翻译了勃利司·潘莱(Bliss Perry)的《诗之研究》。

29. 傅东华(冻蕻)(1893—1971)
著名的文学翻译家。

30. 柯一岑[郭一岑](1896—1977)
1920 年代早期有影响的《时事新报》副刊《学灯》编辑。后在柏林研究哲学。也曾活跃于戏剧领域。任教于多所大学。

31. 范用佘(足三)(？—？)
1920 年代发表与政治有关的作品。在文学研究会机关刊物上发表过作品。

32. 苏驭群(宗武)(？—？)
向《文学周报》和《小说月报》投稿。没有更多的资料。

33. 宋锡珠(丽卿)(？—？)
没找到生平或传记资料。

34. 王赓(受庆)(1895—1942)
毕业于清华大学和西点军校。巴黎和会中国代表团成员。在北洋和国民党政府中担任各种军职。最著名的是陆小曼的第一任丈夫,后者在 1925 年为了文学研究会第 93 号会员徐志摩离开了他。

35. 王世瑛(庄孙)(1897—1945)
早期女作家。向各种杂志和副刊投稿,包括上海的《文学旬刊》。

36. 刘廷芳(亶生)[Timothy Lew](1891—1939 [1947？])
毕业于哥伦比亚和耶鲁。燕京大学神学和心理学教授。中国基督教会重要的成员,神父。曾向《小说月报》投稿。1930 年出版一部诗集。

37. 刘廷藩(？—？)
在 1920 年代向各种杂志和副刊投过诗稿。很像与第 36 号有关系。

38. 耿勗(勉之)（？—？）

在舒乙(1992)中,号的第一个字被误写作"逸"。与他的兄弟第 11 号会员耿济之一起,为文学研究会丛书翻译过契诃夫的作品。

39. 沈颖（士奇）(1901—1976)

在北京与耿济之和瞿秋白一起学习俄语。翻译了许多俄国文学。后工作于满洲铁路局。1949 年后为几个出版社工作。

40. 瞿秋白(1899—1935)

41. 李之常（慎五）（？—？）

1921 和 1922 年在文学研究会机关刊物频繁现身的撰稿人。1923 年赴美国留学。没有更多的资料。

42. 李晋（君毅）（？—？）

没找到任何生平和参考文献资料。

43. 徐其湘（六几）（？—？）

翻译了有关唯物主义的俄语著作中的一部分,由商务印书馆于 1922 年出版。没找到更多的资料。

44. 陈叚（遐年）（？—？）

1918 年出版了商务印书馆版的易卜生的《玩偶之家》最早的中文译本。

45. 沈德济（泽民）(1900—1933)

第 9 号会员(茅盾)的弟弟。积极的少年中国学会会员。早期共产党员。著名的革命烈士。

46. 江新（小鹣）(1894—1939)

6 号会员(叶绍钧)的中学同学。留学于美国。后在上海经营一个美术工艺厂。

47. 陈其田（1903—？）

发表日语译作。1924 年的地址是："上海全国基督教协会。"

48. 胡学愚（愈之）(1896—1986)

著名的编辑和出版家。留学于巴黎。编辑《东方杂志》。

49. 刘延陵（1896—1988）

在舒乙(1992)中名字的第二个字被误写作"廷"。诗人,诗歌理论家。文学研究会机关刊物《诗月刊》的编辑。战时移居新加坡,并从未回到中国。

50. 滕固（若渠）（1901—1941）

与创造社创办人郭沫若和张资平熟悉。在早期的一期《创造季刊》上发表过。后活跃于国民党政府。

51. 顾诵坤（颉刚）（1893—1980）

52. 潘家洵（介泉）（1896—1989）

毕业于北京大学。英国文学翻译家。抗战前任教于多所大学。1949年后作为研究者工作于中国科学院哲学社会科学院。

53. 俞平伯（1900—1990）

54. 李石岑（1892—1934）

在日本待过8年。短期做过《学灯》编辑。工作于商务印书馆。1928—1930年居于法国和德国。此后任教于多所大学。

55. 夏勉旃（丏尊）

字的第一个字在舒乙(1992)中被写作"丐"。著名的作家和翻译家。后在开明书局做编辑。

56. 徐玉诺（1893—1958）

众所周知的早期现代诗人和小说家。1920年代早期的文坛中最多产的作家之一。1925年后从文坛消失。

57. 严素（既澄）（1899—?）

在北京大学学习英文和哲学。工作于商务印务馆。《文学周报》的编辑之一。

58. 胡天月（1891—1922）

向《学灯》和1921年的《小说月报》投稿。

59. 朱自清（佩弦）（1898—1948）

60. 刘复（半农）（1891—1934）

见第五章。

61. 张毓桂（辛南）（？—？）

以张毓桂之名为文学研究会翻译史特林堡。后以张辛南之名发表有关西藏的作品。

62. 陈小航［罗稷南］（1898—1971）

抗战期间著名的作家，那时开始使用罗稷南这个名字。

63. 费觉天（？—？）

1927年出版了一本有关阶级斗争原理的书。没能找到更多的资料。

64. 周蓬（予同）（1898—1981）

历史学家。商务印书馆编辑。《文学周报》的编辑之一。后成为复旦大学教授。

65. 周建人（乔峰）（1888—1984）

生物学家。3号会员周作人和鲁迅最小的弟弟。

66. 胡哲谋（子贻）（？—？）

工作于商务印书馆。《文学周报》的编辑之一。

67. 俞寄凡（？—？）

广泛发表有关美学和音乐，还有日语翻译的作品。没能找到更多的资料。

68. 李锦晖（均笙）（1891［1892?］—1967）

音乐家。广为人知的歌曲作家。1930年代也活跃于电影业。

69. 马国英（？—？）

语言学家。广泛发表有关语音和标点的作品。没能找到更多的资料。

70. 乐嗣炳（1901—1984）

语言学家。后来的复旦大学教授。

71. 熊佛西（化侬）（1900—1965）

著名的戏剧家。留学于美国。

72. 邓绎(演存)(？—？)

作为作家和翻译家活跃于1910年代。1914年翻译过狄更斯的作品。后为文学研究会丛书翻译过高尔斯华绥(Galsworthy)。

73. 赵伯颜（生佐）(？—？)

1928年发表过一篇短篇小说。也发表过德语文学的译作，其中包括杰哈德·浩普特曼(Gerhard Hauptmann)。没能找到更多的资料。

74. 谢婉莹（冰心）(1900—1999)

75. 赵光荣（英若）[汪馥泉？汪馥炎？](1899—1959 或 1890—1939/40)

相互冲突的资料。见第二章。

76. 王仲麒（伯祥）(1890—1975)

历史学家。广泛发表有关儒学经典的作品。

77. 宓汝桌(1903—？)

1925年毕业于北京大学。曾就学于早稻田大学。在国民党政府中担任过各种官职。在早期的《文学周报》上发表众多文章。后发表有关经济学的作品。

78. 陈望道（任重）(1890—1977)

《新青年》1920年的编辑。翻译了《共产党宣言》。后为复旦大学校长。

79. 刘靖裔（Dabai 大白）(1880—1932)

著名的现代诗人和诗歌学者。

80. 王任叔[巴人](1901—1972)

积极的作家和批评家。后在中华人民共和国的文化部门任高职。

81. 赵景深(1902—1985)

任教于各类学校，做过开明书局和其他出版社的编辑。1927至1929年编辑《文学周报》。发表众多有关昆曲的作品。大量有关中国现代作家的生平片段和轶事的作者。

82. 李戊于（青崖）（1886—1969）

著名的法国文学翻译家。留学于比利时。

83. 张近芬（崇南）［C. F. 女士］（？—1940）

早期女诗人。也以翻译奥斯卡·王尔德的作品闻名。

84. 葛有华（又华）（？—？）

1930年左右出版散文和诗集。诗集由6号会员叶绍钧作序。没能找到更多的资料。

85. 刘佩琥（虎如）（？—？）

向文学研究会期刊投稿。后从文坛消失。

86. 侯曜（翼星）（1900—1945）

演员、戏剧家和电影导演。撰写了文学研究会通俗戏剧丛书中九部里的五部。1933年移居香港，1935年移居新加坡。

87. 顾毓琇（一樵）［Y. H. Ku］（b. 1902）

1920年代以小说家为人所知。1923年在文学研究会丛书中出版一部小说。发表许多别的作品，包括古诗，而且仍在发表。全集由台湾商务印书馆于1961年出版。教育部政务次长（1938—1944）和后来的重庆中央大学校长。1950年移居美国，从此定居在那儿。科学家。毕业于美国麻省理工学院，宾夕法尼亚大学荣誉退休教授。

88. 汤澄波（1902—？）

为文学研究会丛书翻译梅脱灵（Maeterlinck）。任教于广州岭南大学。文学研究会广州分会会员。后在国民党政府中担任过数个高职。逝世时间不详。

89. 叶启芳（芬分）（1899—1975）

广州分会会员。毕业于燕京大学。多个杂志编辑。后为中山大学教授和图书馆馆长。

90. 朱湘（子沅）（1904—1933）

著名的诗人。留学于美国。向文学研究会期刊和丛书投稿

(也翻译)。自杀于1933年。

91. 余祥森（訒生）(1897—?)

工作于商务印书馆。《文学周报》编辑之一。1925年出版外国名字和地名的中文音译一览表。1930年出版德意志文学史。为亲日的"维新政府"工作过(1938年成立于南京,后与汪精卫傀儡政府合并)。死亡日期不详。

92. 梁宗岱（菩根）(1903—1983)

著名的诗人和法国诗歌翻译家。广州分会会员。

93. 徐章垿（志摩）(1897—1931)

94. 李勗刚（颖柔）(?—?)

1923年向《小说月报》投稿。没能找到更多的资料。

95. 杨敬慈（?—?)

作为作家和翻译家活跃于1920年代。向《小说月报》和《晨报副刊》投稿。

96. 樊仲云（得一）(1899—?)

作家和(日语作品)翻译家。工作于商务印书馆,是文学研究会期刊最积极的投稿人之一。抗战时为亲日政府工作。后居住于香港。死亡日期不详。

97. 翟桓（毅夫）(1899—1974)

1924年地址:Wisconsin, USA。87号会员顾一樵的朋友。为后者的《芝兰与茉莉》写序。后为南开大学教授,教育部次长(1945—1948),台北师范大学和淡江大学教授。

98. 顾彭年（朋彦）(?—?)

1924年地址:商务印书馆。向《小说月报》投稿。没有更多的资料。

99. 傅尚霖（迪雷）(?—?)

1924年地址:英国伦敦。

100. 吴立模（秋白）(?—?)

向《文学周报》投稿。没能找到更多的资料。

101. 于道泉（伯源）（？—？）

1930年与赵元任（Y. R. Chao）一起出版了从藏语翻译成汉语和英语的翻译作品。没有更多的资料。

102. 孙光策（俍工）（1894—1962）

语言学家和记者。为一些文学研究会出版物撰稿。

103. 沈仲九（1886—1968）

1919年在《星期评论》上发表文章。留学于日本和德国。教育家和记者。后积极参与台湾1945年后的陈仪政府。

104. 王守聪（亚蘅）

1923年绿波社成员，在这个社中，赵景深也很活跃。没能找到更多资料。

105. 严敦易（易之）（1905—1962）

古典文学专家。文学研究会出版物的投稿人。

106. 徐名骥（调孚）［蒲梢］（1901—1981）

郑振铎在商务印书馆的助手。活跃的编辑和记者。

107. 褚保厘（东郊）（？—？）

向《文学周报》投稿。没有更多的资料。

108. 苏兆龙（跃衢）（？—？）

在中国出版的英语杂志活跃的撰稿人。没有更多的资料。

109. 陈铸（雪屏）（1901—1999）

北京大学和西南联大教授。1948年代理教育部长。台湾"行政院"秘书长，"总统府"咨政。

110. 桂裕（澄华）［John Y. Kwei］（1903？—？）

抗战后在台湾出版多种作品，其中一种是《论语新说》（1991）。没能找到更多的资料。

111. 伍麟（剑禅）（？—？）

没有找到任何生平资料和参考文献。

112. 曹靖华（1897—1987）

著名的俄国文学翻译家。留学于莫斯科。后为北京大学俄语系主任。

113. 张大田（亚权）（1900—?）

俄语作品翻译家。后任苏联多个地方中国领事。

114. 甘乃光（1879—1957）

最初在岭南大学教经济学。广州分会会员。后为国民党官员。1949年去台湾。

115. 陈荣宜

陈荣宜之名是1924年最初的名单印刷错误的结果,它应是陈受宜。在贾植芳(1985:855—7)的一次访谈里,刘思慕(119号会员)列出了9个,而不是10个广州分会会员。他既未提到一个叫陈荣宜的人,也没有提到120号会员,即陈受荣,而只提到陈受宜,他记得后者是岭南大学中文系的助教,后来去了美国。这确实是对的。陈受宜(Ch'ên Shou-yi)（1899—?）是波莫纳学院(Pamona College)中国文化教授,1961年,他出版了《中国文学简史》(*Chinese Literature: A Historical Introduction*)。然而,陈受荣,尽管在刘思慕的回忆中没有提到,但很有可能是广州分会的会员。在《中国文学简史》的序中(Ch'ên 1961:viii),陈受宜感谢他的兄弟,斯坦福大学的Shao Wing Chan。而后者是陈受荣的广东发音,即第120号会员。

116. 司徒宽（?—?）

广州分会会员。岭南大学学生和后来的教师。生卒年不详。

117. 潘启芳（?—?）

广州分会会员。岭南大学学生。后居住于香港。生卒年不详。

118. 陈荣捷［Wing-tsit Chan］（1901—1994）

广州分会会员。广州《文学旬刊》编辑。后去美国,在那里,他以研究中国哲学的学者为人所知,用的名字是Wing-tsit Chan。

119. 刘燧元（思慕）（1904—1985）

广州分会会员。著名的作家、翻译家和编辑。1949年前和

1949后为多种杂志和报纸工作过。后成为中国社会科学院世界历史所所长。

120. 陈受荣［Shao Wing Chan］

见115号会员"陈荣宜"。

121. 陈逸（醉云）（？—？）

向《文学周报》投稿。1928年和1934年出版过两部诗集。也发表过小说和散文。1930年未央书店的共同创办者。抗战时为汪精卫傀儡政府工作。生卒年不详。

122. 王鲁彦（鲁彦）（1901—1944）

著名小说家。

123. 赵熙章（？—？）

1923年向《小说月报》投稿。没能找到更多资料。

124. 潘垂统（？—？）

1917年前周作人在绍兴第七中学的学生。就学于北京大学。《小说月报》的早期投稿人。后也向《文学周报》投稿。生卒年不详。

125. 丰仁（子恺）（1898—1975）

散文家和艺术家。留学于日本。为许多中国现代文学出版物设计封面，制作插图。

126. 顾均正（1902—1980）

儿童文学翻译家，尤其是安徒生作品的翻译。1926年后成为开明书局科学和英语出版物编辑。1949年后待在开明。

127. 章锡琛（客村）（1889—1969）

著名的出版家。1926年创办开明书局。

128. 胡学志（仲持）（1900—1968）

英国和德国文学翻译家。48号会员胡愈之的弟弟。

129. 许杰（1901—1992）

著名小说家。后为华东师范大学中文系主任。

130. 王以仁（1902—1926）

129号会员许杰的知心朋友。出版有两本短篇小说集。1926年因失恋自杀。

131. 高君箴（蕴和）（1901—1985）

儿童文学翻译家。与她的丈夫郑振铎(10号)合作译有选自各个国家的儿童故事选集,收入文学研究会丛书。

附录 B　有关文学社团、杂志和书籍的统计

表 1 显示 1920—1936 年间每年成立的文学社团数目,依据的是范泉(1993)。分栏显示活动于上海、北京和其他地方的社团。

表 2 显示 1916—1936 年间每年创办的文学杂志数目,依据 4 个不同的材料:
a) 现代文学期刊联合调查小组 (1961);
b) 北京图书馆杂志目录(只包括北京和上海的杂志);
c) 北京大学图书馆杂志目录;
d) 唐沅 (1988)。

表 3 显示同时期每年发行的文学杂志数目,依据的是同样四份材料。

依据第 2、3 两份资料得出的 1935—1936 年的杂志统计(表 2 和表 3),之所以并不完全具有代表性,是因为我没有将之前创办但在 1936 年后瓦解的杂志计算在内。在数目并不具代表性的地方,用星号(*)表示出来。

表 4 显示 1882—1936 年间以书的形式出版的文学作品数目,依据贾植芳和俞元桂(1993)。分栏显示诗、小说、散文、戏剧和翻译。

表1 1920—1936 的文学社团

年	上海	北京	其他	总计
<1920				40
1920	1	1	1	3
1921	6	4	2	12
1922	2	5	12	19
1923	6	7	29	42
1924	8	6	25	39
1925	3	6	12	21
1926	12	7	13	32
1927	3	1	3	7
1928	11	4	18	33
1929	5	5	14	24
1930	15	2	22	39
1931	17	5	37	59
1932	15	11	44	70
1933	20	5	50	75
1934	29	3	22	54
1935	9	4	23	36
1936	15	12	28	55
总计	177	88	355	660

表2 创办于1916—1936的杂志

年	材料1				材料2		
	上海	北京	其他	总计	上海	北京	总计
<=1915					18	0	18
1916					1	0	1
1917					1	1	2
1918					1	0	1
1919					0	2	2
1920	1	0	0	1	0	0	0
1921	3	0	0	3	3	0	3
1922	6	1	1	8	7	0	7
1923	11	1	0	12	2	1	3
1924	7	1	0	8	4	0	4
1925	6	1	0	7	0	0	0
1926	9	2	2	13	3	1	4
1927	5	0	1	6	1	3	4
1928	33	1	1	35	7	2	9
1929	21	2	1	24	10	5	15
1930	15	1	5	21	9	4	13
1931	16	1	4	21	9	7	16
1932	11	6	4	21	3	12	15
1933	25	3	3	31	14	6	20
1934	17	4	6	27	13	6	19
1935	22	1	6	29	14	7	21
1936	33	7	9	49	8*	3*	11*
总计	241	32	43	316	128	60	188

续表

年	材料 3				材料 4			
	上海	北京	其他	总计	上海	北京	其他	总计
<=1915	19	0	0	19	1	0	0	1
1916	0	0	0	0	0	0	0	0
1917	2	0	0	2	0	0	0	0
1918	0	0	0	0	0	1	0	1
1919	1	1	0	2	0	6	0	6
1920	1	1	1	3	0	1	0	1
1921	1	1	1	3	3	0	0	3
1922	5	0	4	9	2	3	1	6
1923	8	4	1	13	5	0	0	5
1924	1	2	1	4	1	2	0	3
1925	3	4	4	11	2	5	0	7
1926	7	3	6	16	4	1	0	5
1927	4	3	4	11	2	0	1	3
1928	27	8	4	39	19	1	0	20
1929	23	10	10	43	10	2	1	13
1930	12	9	9	30	11	1	2	14
1931	15	4	9	28	13	0	1	14
1932	10	7	21	38	7	0	2	9
1933	15	12	15	42	8	2	0	10
1934	17	14	20	51	8	4	3	15
1935	8 *	0	5 *	13	7	0	2	9
1936	0 *	0 *	2 *	2	16	0	1	17
Total	179	83	117	379	119	29	14	162

表 3　1916—1936 年间发行的文学杂志

年	材料 1	材料 2（北京）	材料 2（上海）	材料 2（总计）	材料 3	材料 4
<＝1915		18	0	18	19	1
1916		8	0	8	5	1
1917		7	1	8	4	1
1918		3	0	3	2	2
1919		3	2	5	4	8
1920	5	2	0	2	5	8
1921	7	5	0	5	5	10
1922	14	9	0	9	13	13
1923	22	9	1	10	20	15
1924	19	6	0	6	11	14
1925	17	1	0	1	17	17
1926	23	4	1	5	21	18
1927	24	4	4	8	21	19
1928	48	9	3	12	52	35
1929	47	13	8	21	61	38
1930	41	13	7	20	49	38
1931	36	14	9	23	43	24
1932	38	9	18	27	57	23
1933	54	18	10	28	64	23
1934	54	23	11	34	71	27
1935	56	23	13	36	33 *	21
1936	72	17 *	10 *	27 *	13 *	28

表4 1882—1936年间以书的形式出版的作品

年	诗	散文	小说	戏剧	翻译	总计
1882					1	1
1888					1	1
1894					1	1
1896					1	1
1897					1	1
1899					1	1
1900					3	3
1901					3	3
1902					2	2
1903					35	35
1904					32	32
1905					53	53
1906					78	78
1907					88	88
1908					78	78
1909					46	46
1910					27	27
1911					11	11
1912					6	6
1913					11	11
1914					20	20
1915					55	55
1916					43	43
1917				5	65	70
1918				4	34	38
1919				3	35	38

续表

年	诗	散文	小说	戏剧	翻译	总计
1920	4	3	6	1	31	45
1921	2	3	6	1	50	62
1922	12	4	13	0	39	68
1923	16	5	24	3	50	98
1924	16	10	37	9	44	116
1925	25	11	43	11	53	143
1926	24	17	66	11	38	156
1927	33	33	72	14	63	215
1928	44	49	211	26	132	462
1929	52	54	276	33	178	593
1930	42	31	187	29	177	466
1931	31	51	132	23	125	362
1932	50	43	104	30	95	322
1933	52	94	163	31	164	504
1934	41	73	125	27	148	414
1935	54	90	152	24	144	464
1936	79	162	200	33	196	670
Total	577	733	1817	318	2458	5903

参考文献

引用的杂志和报纸

《白露》,上海图书馆。
《草野周刊》,上海图书馆。
《繁华杂志》,华东师范大学图书馆。
《滑稽杂志》,冯平山图书馆。
《幻洲》,华东师范大学图书馆。
《浪漫》,北京现代文学馆。
《浪花》,北京现代文学馆。
《眉语》,斯坦福的胡佛图书馆(the Hoover Library)和上海图书馆。
《民国日报》,影印。北京:人民出版社,1981。
《浅草》,影印。上海:上海书店,1984。
《诗声》,冯平山图书馆。
《文饭小品》,北京现代文学馆。
《文学年报》,冯平山图书馆。
《文艺茶话》,冯平山图书馆和上海图书馆。
《文艺春秋》,冯平山图书馆。
《文艺座谈》,上海图书馆。
《现代》,上海:上海书店,1984。
《小说海》,上海图书馆。
《小说画报》,华东师范大学图书馆。

《小说季报》,华东师范大学图书馆。
《小说时报》,胡佛图书馆。
《小说旬报》,华东师范大学图书馆。
《小说月报》,最初在胡佛图书馆见到。可获得多种印影版。
《新青年》,影印。上海:上海书店,1988。
《新时代月刊》,上海图书馆。
《游戏杂志》,伦敦亚非学院(SOAS)图书馆。
《语丝》,影印。上海:上海文艺出版社,1982。
《余兴》,冯平山图书馆。
《真美善》,上海图书馆。
《自由谈》,影印。上海:上海图书馆,1981。
《中华小说界》,华东师范大学图书馆。
《中国新书月报》,华东师范大学图书馆。
《作家》,伦敦亚非学院图书馆。

引用的著作

Albrecht, Milton C.; James H. Barnett; and Mason Griff, eds. (1970). *The Sociology of Art & Literature: A Reader*. London: Duckworth.

Anderson, Marston(1990). *The Limits of Realism: Chinese Fiction in the Revolutionary Period*. Berkeley, University of California Press.

Andrš, Dušan(2000). *Formulation of Fictionality: Discourse on Fiction in China between*1904 – 1915. Ph. D. dissertation, Charles University, Prague.

Atwell, William S. (1975). "From Education to Politics: The Fu She". In: *The Unfolding of Neo-Confucianism*. Eds. Wm. Theodore de Bary and The Conference on Seventeenth-Century Chinese Thought. New

York and London: Columbia University Press, pp. 333 – 67.

Ayers, William(1953). "The Society for Literary Studies, 1921 – 1930". *Papers on China* 7(February), pp. 34 – 79.

半侬(刘半侬)(1915a),《杜瑾讷夫之名著》,《中华小说界》2:7(7月),页1—6。

——(1915b),《希腊拟曲》,《中华小说界》2:10(10月),页1—4。

——半农(刘半农)(1918),《随感录》《新青年》5:1(7月),页77。

鲍晶编(1985),《刘半农研究资料》,天津:天津人民出版社。

Bärthlein, Thomas(1999). "'Mirrors of Transition': Conflicting Images of Society in Change from Popular Chinese Social Novels, 1908 to 1930". *Modern China* 25:2(April 1999), pp. 204 – 28.

Becker, Howard S. (1982). *Art Worlds*. Berkeley, Los Angeles, London: University of California Press.

编者(1927),《添上去》,《白露》6,页46—50。

冰(茅盾)(1922),《杂谈》,《文学周报》54(11月),页4。

冰心(1992),《关于文学研究会》,《现代文学研究丛刊》2,页31。

Boorman, Howard L., and Richard D. Howard, eds. (1967). *Biographical Dictionary of Republican China*. New York: Columbia University Press.

Bourdieu, Pierre(1983). "The Field of Cultural Production, Or: The Economic World Reversed". *Poetics* 12, pp. 311 – 56.

——(1988). "Flaubert's Point of View". *Critical Inquiry* 14:3 (Spring), pp. 539 – 62.

——(1993). *The Field of Cultural Production*. Cambridge: Polity Press.

——(1996). *The Rules of Art: Genesis and Structure of the Liter-

ary Field. Translated by Susan Emanuel. Cambridge: Polity Press.

Breuer, Dieter (1982). *Geschichte der literarischen Zensur in Deutschland*(History of Literary Censorship in Germany). Heidelberg: Quelle & Meyer.

C. S. (1922),《杂谈》,《文学周报》49(9月),页4。

曹聚仁(1933).,《词的解放》,《自由谈》,3月16日。

Chang, Kang-iSun, and Haun Saussy (1999). *Women Writers of Traditional China: An Anthology of Poetry and Criticism*. Stanford: Stanford University Press.

长虹(1926),《鬼说话之康有为的〈诸天讲〉》,《幻洲》1:3,页103。

Chao, Thomas Ming-heng (1931). *The Foreign Press in China*. Shanghai: China Institute of Pacific Relations.

陈安湖编(1997),《中国现代文学社团流派史》,武汉:华中师范大学出版社。

陈宝良(1996),《中国的社与会》,杭州:浙江人民出版社。

陈伯海和袁进(1993),《上海近代文学史》,上海:上海人民出版社。

陈福康(1991),《郑振铎论》,北京:商务印书馆。

——(1994),《郑振铎传》,北京:北京十月文艺出版社。

陈衡哲(1985),《小雨点》,上海:上海书店(影印1928年初版)。

陈慧忠(1984),《文学研究会和创造社的文学主张再认识》,《社会科学》3,页76—9。

陈敬之(1980),《文学研究会与创造社》,台北:成文。

——(1980),《现代文学早期的女作家》,台北:成文。

Chen, Joseph T. (1971). *The May Fourth Movement in Shanghai*. Leiden: E. J. Brill.

陈利民(1990),《论文学研究会早期创作中非写实主义因素》,《北京师范大学学报:社科版》1,页91—7。

Chen Nan-Hua (Chen Hengzhe) (1935?). *Autobiography of a Young Chinese Girl.* (出版日期和地点不清楚。前言署的日期是1935年。)

陈平原(1988),《中国小说叙事模式的转变》,上海:上海人民出版社。

——和夏晓虹编(1989),《二十世纪中国小说理论资料》,北京:北京大学出版社。

Ch'ên Shou-yi(1961). *Chinese Literature: A Historical Introduction.* New York: Ronald Press.

Chen, Xiaomei(1995). *Occidentalism: A Theory of Counterdiscourse in Post-Mao China.* New York and Oxford: Oxford University Press.

陈玉堂编(1993),《中国近现代人物名号辞典》,杭州:浙江古籍出版社。

陈子善(1998),《文人事》,杭州:浙江文艺出版社。

——和张铁荣编(1995),《周作人集外文》,海口:海南国际新闻出版中心。H

成仿吾(1923),《诗之防御战》,《创造周报》1(5月),页2—12。

Chielens, Edward E. (1975). *The Literary Journal in America to 1900: A Guide to Information Sources.* Detroit: Gale Research Company.

——(1977). *The Literary Journal in America, 1900-1950: A Guide to Information Sources.* Detroit: Gale Research Company.

Chinnery, J. D. (1960). "The Influence of Western Literature on Lu Xun's 'Diary of a Madman'". *Bulletin of the School of Oriental and African Studies* XXIII, pt. 2, pp. 309-22.

Chow, Rey(1991). *Woman and Chinese Modernity: The Politics of Reading Between West and East.* Minnesota and Oxford: University of Minnesota Press.

Chow, Tse-tsung(1960). *The May Fourth Movement: Intellectual Revolution in Modern China.* Cambridge, Mass. : Harvard University Press.

Coble, Parks M. (1991). *Facing Japan: Chinese Politics and Japanese Imperialism*, 1931 – 1937. Cambridge, Mass. & London: Harvard University Press.

Chung, Hilary(2003). "Kristevan(Mis) Understandings: Writing in the Feminine". Forthcoming in*Reading East Asian Writing: The Limits of Literary Theory.* Eds. Michel Hockx and Ivo Smits. London: RoutledgeCurzon.

Daruvala, Susan (2000). *Zhou Zuoren and an Alternative Response to Chinese Modernity.* Cambridge, Mass. : Harvard University East Asia Center.

——(2001). "The Yuefeng Group". Unpublished manuscript.

Denton, Kirk, ed. (1996). *Modern Chinese Literary Thought: Writings on Literature*, 1893 – 1945. Stanford: Stanford University Press.

——(1998). *The Problematic of Self in Modern Chinese Literature: Hu Feng and Lu Ling.* Stanford: Stanford University Press.

Doleželová-Velingerová, Milena; Oldich Král; and Graham Sanders, eds. (2002). *The Appropriation of Cultural Capital.* Cambridge, Mass. : Harvard University Press(Harvard East Asian Monographs).

董兴泉等编(1992),《中国文学艺术社团流派辞典》,长春:吉林人民出版社。

Dooling, Amy D., and Kristina M. Torgeson, eds. (1998). *Writing Women in Modern China: An Anthology of Women's Literature From the Early Twentieth Century.* New York: Columbia University Press.

Drège, Jean-Pierre (1978). *La Commercial Press de Shanghai 1897 – 1949*. Paris: Collège de France, Institut des hautes études chinoises.

Escarpit, Robert (1971). *Sociology of Literature*. Translated by Ernest Pick. 2d edition. London: Frank Cass & Co.

范伯群编(2000),《中国近现代通俗文学史》第 2 卷,南京:江苏教育出版社。

范泉编(1993),《中国现代文学社团流派辞典》,上海:上海书店。

凤田(谷凤田)(1927),《起来,我们的战士!》,《白露》5(1月),页 120—6。

Freeman, Arthur(2001). "'The Stealthy School of Criticism': Rediscovery of a Suppressed Pamphlet by Dante Gabriel Rossetti". *Times Literary Supplement* 5129(20 July), p. 14.

Fruehauf, Heinrich (1993). "Urban Exoticism in Modern and Contemporary Chinese Literature". In: *From May Fourth to June Fourth: Fiction and Film in Twentieth-Century China*. Eds. Ellen Widmer and David Der-wei Wang. Cambridge, Mass.: Harvard University Press, pp. 133 – 64.

Gálik, Marián (1980). *The Genesis of Modern Chinese Literary Criticism*. London: Curzon Press.

Gernet, Jacques (1995). *Buddhism in Chinese Society: An Economic History from the Fifth to the Tenth Centuries*. Translated by Franciscus Verellen. New York: Columbia University Press.

Gimpel. Denise (1999). "Morethan Butterflies: Some Observations on the Early Years of the Journal *Xiaoshuo yuebao*". In: Hockx (1999b): 40 – 60.

——(2001). *Lost Voices of Modernity: A Chinese Popular Fiction Magazine in Context*. Honolulu: University of Hawaii Press.

Godley, Michael R. (1994). "More than a Footnote: Jiang Baili and the New Culture Movement". Unpublished paper, presented at The Asian Studies Association of Australia Biennial Conference, 13 – 16 July, Murdoch University, Perth.

Goldblatt, Howard(1976). *Hsiao Hung*. New York: Twayne.

Goodman, Bryna(1995). *Native Place, City, and Nation: Regional Networks and Identities in Shanghai*, 1853—1937. Berkeley: University of California Press.

顾毓琇(2000),《百龄自述》,南京:江苏文艺出版社。

Gunn, Edward(1991). *Rewriting Chinese: Style and Innovation in Twentieth-Century Chinese Prose*. Stanford: Stanford University Press.

郭沫若(1933),《创造十年》,上海:现代书局。

郭绍虞(1994),《中国文学批评史》,(重印)台北:五南图书出版有限公司。

郭学虞(1967),《胡适与陈衡哲的一段往事(由三十三年前胡适的一封抗议书说起)》,《传记文学》10:5,页 50—2。

Haft, Lloyd(1996). "Some Rhythmic Structures in Feng Zhi's Sonnets". *Modern Chinese Literature* 9:2, pp. 297 – 326.

韩南[Patrick Hanan](2001),《谈第一部汉译小说》,叶隽译,《文学评论》,页 132—42。

何德明(1933),《荡妇曲》,《文艺茶话》2:2(9 月),页 28。

贺麦晓(Michel Hockx)(1999),《吴兴华,新诗诗学与五零年代台湾诗坛》,载:《文艺理论与通俗文化》,彭小妍编,台北:"中研院"。

Hockx, Michel(1994a). *A Snowy Morning: Eight Chinese Poets on the Road to Modernity*. Leiden: CNWS.

——(1994b).《文学研究会与"五四"文学传统》,《今天》2,页 158—68。

——(1999a). "Is There a May Fourth Literature? A Reply to

Wang Xiaoming". *Modern Chinese Literature and Culture* 11:2(Fall), pp. 40 – 52.

——, ed. (1999b). *The Literary Field of Twentieth-Century China*. Richmond: Curzon Press.

——(2000). "Liu Bannong and the Forms of New Poetry". *Journal for Modern Literature in Chinese* 3:2, pp. 83 – 117.

——(2003). "Theory as Practice: Modern Chinese Literature and Bourdieu". Forthcoming in *Reading East Asian Writing: The Limits of Literary Theory*. Eds. Michel Hockx and Ivo Smits. London: RoutledgeCurzon.

Hsia, C. T. (1961). *A History of Modern Chinese Fiction*. New Haven: Yale University Press.

Hsia, Tsi-an(1968). *The Gate of Darkness: Studies on the Leftist Literary Movement in China*. Seattle and London: University of Washington Press.

胡适(1917),《文学改良刍议》,《新青年》2:5(1月):(单独的页面编号).

华秉丞(叶圣陶)(1923),《关于〈小说世界〉的话》,《文学周报》62(1月),页1。

华林(1932),《文艺茶话》,《文艺茶话》1:1(8月),页2。

黄霖(1996),《中国文学批评通史·七·近代卷》,上海:上海古籍出版社。

黄希纯(1923),《过了重阳》,《文学周报》61(1月),页4。

Huters, Theodore(1987). "From Writing to Literature: The Development of Late Qing Theories of Prose". *Harvard Journal of Asiatic Studies* 47:1(June), pp. 51 – 96.

——(1988). "A New Way of Writing: The Possibilities for Literature in Late Qing China, 1895—1908". *Modern China* 14:3(July), pp. 243 – 76.

Fiction and Film in Twentieth-Century China. Eds. David Der-wei Wang and Ellen Widmer. Cambridge, Mass. and London: Harvard University Press, pp. 269 – 94.

Hutt, Jonathan (2001). "La Maison d'Or—the Sumptuous World of Shao Xunmei". *East Asian History* 21 (June), pp. 111 – 42.

Idema, Wilt, and Lloyd Haft (1997) *A Guide to Chinese Literature*, Ann Arbor: Center for Chinese Studies, The University of Michigan.

贾植芳等编(1985),《文学研究会资料》,郑州:河南人民出版社。3 卷。

——等编(1989),《中国现代文学社团流派》,南京:江苏教育出版社。

——和俞元桂编(1993),《中国现代文学总书目》,福州:福建教育出版社。

今可(曾今可)(1931),《文坛拾零》,《新时代月刊》1∶3(10月),[没有页码]。

静农(台静农)(1921),《读〈旁观者言〉》,《文学周报》23(11 月),页 1。

Judge, Joan (1996). *Print and Politics: Shibao and the Culture of Reform in Late Qing China*. Stanford: Stanford University Press.

Keene, Donald (1980). *The Modern Japanese Prose Poem*. Princeton: Princeton University Press.

Ko, Dorothy (1994). *Teachers of the Inner Chambers: Women and Culture in Seventeenth-Century China*. Stanford: Stanford University Press.

兰若(1931),《出版家公开状》,《中国新书月报》1∶4(3 月),页 1—2。

Larson, Wendy (1998). *Women and Writing in Modern China*. Stanford: Stanford University Press.

Lau, Joseph S. M. ; C. T. Hsia; and Leo Ou-fan Lee, eds. (1981). *Modern Chinese Stories and Novellas* 1919 – 1949. New York: Columbia University Press.

——, and Howard Goldblatt, eds. (1996). *Columbia Anthology of Modern Chinese Literature*. New York: Columbia University Press.

Laughlin, Charles (2002). *Chinese Reportage: The Aesthetics of Historical Experience*. Durham, N. C. : Duke University Press.

Lee, Leo Ou-fan (1973). *The Romantic Generation of Modern Chinese Writers*. Cambridge, Mass. : Harvard University Press.

——(1978). *Voices from the Iron House: A Study of LuXun*. Bloomington and Indianapolis: Indiana University Press.

——and Andrew J. Nathan (1985). "The Beginnings of Mass Culture: Journalism and Fiction in the Late Ch'ing and Beyond". In: *Popular Culture in Late Imperial China*. Eds. David Johnson, Andrew J. Nathan and Evelyn S. Rawski. Berkeley, etc. : University of California Press, pp. 360 – 95.

——(1990). "In Search of Modernity: Some Reflections on a New Mode of Consciousness in Twentieth-Century Chinese History and Literature". In: *Ideas Across Cultures: Essays on Chinese Thought in Honor of Benjamin I. Schwartz*. Eds. Paul A. Cohen and Merle Goldmann. Cambridge, Mass. and London: Harvard University Council on East Asian Studies, pp. 109 – 36.

——(1999). *Shanghai Modern: The Flowering of a New Urban Culture in China*, 1930—1945. Cambridge, Mass. , etc. : Harvard University Press.

Levenson, Joseph R. (1958). *Confucian China and its Modern Fate: The Problem of Intellectual Continuity*. London: Routledge and Kegan Paul.

Levine, Marylin A. (1993). *The Found Generation: Chinese*

Communists in Europe During the Twenties. Seattle and London: University of Washington Press.

李鼎龢(1931),《对于书报检查的我见》,《中国新书月报》1:5(4月),页1—3。

李立明(1977),《中国现代六百作家小传》,香港:波文书局。

梁斌(1991),《一个小说家的自述》,北京:中国青年出版社。

梁启超(1988),《中国佛教研究史》,上海:生活读书新知三联书店。

梁宗岱(1923),《杂感》,《文学周报》85(8月),页3—4。

林蘐(1932),《读〈上海市出版界向一中全会请愿书〉感言》,《中国新书月报》2:1(1月),页1—4。

Lin Yutang(1937). A History of the Press and Public Opinion in China. London: Oxford University Press.

Link, Jr, E. Perry(1981). Mandarin Ducks and Butterflies: Popular Fiction in Early Twentieth-Century Chinese Cities. Berkeley & London: University of California Press.

刘半农(1917a),《灵霞馆笔记阿尔萨斯之重光马赛曲》,《新青年》2:6(2月),页1—16。

——(1917b),《灵霞馆笔记咏花诗》,《新青年》3:2(4月),页1—17。

——(1917c),《诗与小说精神上之革新》,《新青年》3:5(7月),页1—10。

——(1918a),《补白》,《新青年》4:5(5月),页413。

——译(1918b),《我行雪中》,《新青年》4:5(5月),页433—6。

——(1918c),《译诗十九首》,《新青年》5:3(9月),页229—35。

——(1918d),《答 Y. Z. 君》,《新青年》5:6(12月),页

634—6。

——(1983),《半农杂文》,上海:上海书店(影印)。2卷。

——(1993),《巴黎的菜市上》,见周良沛1993,1:174。

Liu, Lydia H. (1995). *Translingual Practice: Literature, National Culture, and Translated Modernity—China 1900 – 1937*. Stanford: Stanford University Press.

刘纳(1999),《创造社与泰东图书局》,南宁:广西教育出版社。

柳无忌编(1983),《南社纪略》上海:上海人民出版社。(Liu Yazi 1940 的修订版)

刘绪源编(1998),《苦雨斋主——名人笔下的周作人周作人笔下的名人》,上海:东方出版中心。

柳亚子(1940),《南社纪略》,上海:开明书局。

鲁迅(1981),《鲁迅全集》,北京:人民文学出版社。16卷。

MacKinnon, Stephen R. (1997). "Toward a History of the Chinese Press in the Republican Period". *Modern China* 23:1(January), pp. 3 – 32.

茅盾(1979),《复杂而紧张的生活,学习与斗争》,《新生活时报》卷4,页1—15和卷5,页1—17.([部分]收入贾植芳1985:810—842)

McDougall, Bonnie S. (1971). *The Introduction of Western Literary Theories into Modern China 1919 – 1925*. Tokyo: Centre for East Asian Cultural Studies.

——(1996). "Modern Chinese Literature and its Critics". In: *European Association of Chinese Studies. Selected Papers of the 10th Biannual Conference*. Ed. Lucie Borotava. Prague: Charles University, [not paginated].

——, and Kam Louie (1997). *The Literature of China in the Twentieth Century*. London: Hurst & Company.

——(forthcoming). *Love-letters and Privacy in Modern China: The Intimate Lives of Lu Xun and Xu Guangping*. Oxford: Oxford University Press.

眉史氏(陆世仪)(1908),《复社纪略》,邓实编,上海:国学报春会。

缪凤林(1921),《旁观者言》,《文学周报》22(12月),页1—2。

Moylan, Michelle, and Lane Stiles, eds. (1996). *Reading Books: Essays on the Material Text and Literature in America*. Amherst: University of Massachusetts Press.

南社丛刻(1996),影印全八册。扬州:江苏广陵古籍刻印社。

南社社员(1917),《南社小说集》,上海:文明书局。

Owen, Stephen (1992). *Readings in Chinese Literary Thought*. Cambridge, Mass. and London: Council on East Asian Studies, Harvard University.

Patterson, Annabel (1984). *Censorship and Interpretation: The Conditions of Writing and Reading in Early Modern England*. Madison: The University of Wisconsin Press.

裴华女士(1926),《洋翰林刘复"复古"》,《幻洲》1:1,页11—13。

彭晓丰(1987),《浪漫主义思潮与文学研究会》,《中州学刊》3,页76—80。

Polachek, James M. (1992). *The Inner Opium War*. Cambridge, Mass. and London: Harvard University Council on East Asian Studies.

Pollard, D. E. (1973). *A Chinese View of Literature: The Literary Values of Chou Tso-jen in Relation to the Tradition*. London: C. Hurst & Co.

启明(周作人)(1914),《希腊拟曲二首》,《中会小说界》1:

10(10月),页1—8。

Rankin, Mary Backus (1971). *Early Chinese Revolutionaries: Radical Intellectuals in Shanghai and Chekiang*, 1902 – 1911. Cambridge, Mass.: Harvard University Press.

饶鸿竞等编(1985),《创造社资料》,福州:福建人民出版社。

Reed, Christopher Alexander (1996). *Gutenberg in Shanghai: Mechanized Printing, Modern Publishing, and Their Effects on the City*, 1876 – 1937. Ph. D. dissertation, University of California, Berkeley.

任访秋(1984),《从文学流派上看文学研究会与中国现代文学》,《文学论丛》2,页126—7。

訒生(余祥森)(1923),《杂感》,《文学周报》77(6月),页4。

Rickett, Adele Austin, ed. (1978). *Chinese Approaches to Literature from Confucius to Liang Ch'i-ch'ao*. Princeton: Princeton University Press.

Robbins, Derek(1991). *The Works of Pierre Bourdieu: Recognizing Society*. Buckingham: Open University Press.

Schneider, Laurence A. (1976). "National Essence and the New Intelligentsia". In: *The Limits of Change: Essays on Conservative Alternatives in Republican China*. Ed. Charlotte Furth. Cambridge, Mass. and London: Harvard University Press, pp. 57 – 89.

山风大郎(1927),《骂半侬劝北新》,《幻洲》1:9,页455—8。

商金林(1986),《叶圣陶年谱》,苏州:江苏教育出版社。

(1981)《商务印书馆图书目录(1897—1949)》,北京:商务印书馆。

少年中国学会(1920),《附录》,《少年中国》2:5,页65—67。

沈雁冰(茅盾)(1921a),《纪念佛罗贝尔的百年生日》,《小说月报》12:12(12月)(单独的页面编号)。

——(1921b),《文学和人的关系及中国古来对文学者的误

认》,《小说月报》12:1(1月)(单独的页面编号)。(收入贾植芳1985:55—58)

——(1923),《最后一页》,《小说月报》14:2(2月)(单独的页面编号)。

沈云龙编(1966—1973),《近代中国史料丛刊》,台北:文海出版社。

施蛰存(1981),《〈现代〉杂忆》,3部分,《新文学史料》10,页213—20;11,页158—63;12,页220—3。

——编(1991),《中国近代文学大系1840—1919》,上海:上海书店。

——(1994),《灯下集》,北京:开明出版社。(1937年初版修订版)

Shih, Shu-mei(2001). *The Lure of the Modern: Writing Modernism in Semi-Colonial China.* Los Angeles and Berkeley: University of California Press.

舒乙(1992),《文学研究会和它的会员》,《中国现代文学研究丛刊》2,页39—63。

Simon, John(1987). *The Prose Poem as a Genre in Nineteenth-Century European Literature.* New York and London: Garland.

损(茅盾)(1922),《〈创造〉给我的印象》,《文学周报》37(5月),页3;38(5月),页2—3;39(6月),页3—4。

孙福熙(1932),《卑之无甚高论》,《文艺茶话》1:1(8月),页12。

孙用编(1982),《〈鲁迅全集〉校读集》,长沙:湖南人民出版社。

孙中田和周明编(1988),《茅盾书信集》,北京:文化教育出版社。

Tagore, Amitendranath(1967). *Literary Debates in Modern China*, 1918 - 1937. Tokyo: Centre for East Asian Cultural Studies.

唐弢(1982),《中国现代文学史》,北京:人民文学出版社。

唐沅等编(1988),《中国现代文学期刊目录汇编》,2卷,天津:天津人民出版社。

Ter Haar, B. J. (1992). *The White Lotus Teachings in Chinese Religious History*. Leiden: E. J. Brill.

——(1995). "Local Society and the Organization of Cults in Early Modern China: A Preliminary Study". *Studies in Central and East Asian Religions* 8, pp. 1 – 43.

Ting, Lee-hsia Hsu (1974). *Government Control of the Press in Modern China* 1900 – 1949. Cambridge, Mass.: Harvard University East Asian Research Center.

Turgenev, Ivan (1897). *Dream Tales and Prose Poems*. Translated by Constance Garnett. London: Heinemann. Reprint 1904.

Van Crevel, Maghiel (1994). *Language Shattered: Contemporary Chinese Poetry and Duoduo*. Leiden: CNWS.

Van Rees, C. J., and G. J. Dorleijn (1993). *De impact van literatuuropvattingen in het literaire veld* (The Impact of Views of Literature in the Literary Field). 's-Gravenhage: Stichting literatuurwetenschap.

——, and Jeroen Vermunt (1996). "Event History Analysis of Authors' Reputation: Effects of Critics' Attention on Debutantes' Careers". *Poetics* 23:5, pp. 317 – 33.

Vann, J. Donn, and Rosemary T. VanArsdel, eds. (1994). *Victorian Periodical and Victorian Society*. Aldershot: Scolar Press.

Wagner, Rudolf (1998). "China's First Literary Journals". Unpublished paper, presented at the conference "Chinese Modernism", held at Charles University, Prague.

Wakeman, Frederic (1995). *Policing Shanghai* 1927 – 1937. Berkeley: University of California Press.

Waley, Arthur, trans. (1949). *The Analects of Confucius*. London:

Allen and Unwin.

王次澄(2002),《宋元逸民诗论丛》,台北:大安出版社。

Wang, David Der-wei(1997). *Fin-de-siècle Splendor: Repressed Modernities of Late Qing Fiction*, 1848 – 1911. Stanford: Stanford University Press.

王皎我(1927),《中国近时的文艺批评(上篇之一)》,《白露》6,页1—6。

王晓明编(1986/1992),《文学研究会评论资料选》,上海:华东师范大学出版社。2卷。

——(1991),《一份杂志和一个"社团":论"五四"文学传统》。载《今天》3—4,页94—114。(英文版"A Journal and a 'Society': On the 'May Fourth' Literary Tradition", trans. Theodore Huters and Michel Hockx, *Modern Chinese Literature and Culture* 11:2[Fall 1999], pp. 1 – 39)

王云五编(1936),《丛书集成初编》,上海:商务印书馆。

魏绍昌编(1980),《鸳鸯蝴蝶派研究资料》,香港:生活·读书·新知三联书店。

文学研究会(1922a),《文学研究会特别启事》,《文学周报》37,页4。

——(1922b),《文学研究会特别启事》,《文学周报》,页4。

——(1923),《宣言》,《文学旬刊》(北京)1,页1。

——编(1924),《兴海》,上海:商务印书馆。

Wong, Wang-chi(1991). *Politics and Literature in Shanghai: The Chinese League of Left-Wing Writers*, 1930 – 36. Manchester: Manchester University Press.

——(1999). "An Act of Violence: Translation of Western Fiction in the Late Qing and Early Republican Period". In Hockx (1999b): 21 – 39.

吴福辉(1995),《都市漩流中的海派小说》,长沙:湖南教育出版社。

——(1996),《三十年代人文期刊的品类与操作》,《新华文摘》2,页211—14。

西谛(郑振铎)(1921),《中国文人(?)对于文学的根本误解》,《文学周报》10(8月),页1。

——(1922),《圣皮韦(Sainte Beuve)的自然主义批评论》,《文学周报》52(10月),页5—6。

现代文学期刊联合调查小组(1961),《中国现代文学期刊目录(初稿)》,上海:上海文艺出版社。

萧红(1935),《生死场》,上海:奴隶社。

——(1982),《萧红小说选》(英文译本,熊猫丛书之一),北京:《中国文学》杂志社出版。

小民(王任叔?)(1923),《十页卷耳的赞词》,《文学周报》93(10月),页2—3。

谢国桢(1967),《明清之际党社运动考》,台北:台湾商务印书馆。

徐乃翔和钦鸿编(1988),《中国现代文学作者笔名录》,长沙:湖南文艺出版社。

徐友春编(1991),《民国人物大辞典》,石家庄:河北人民出版社。

徐仲年(1933b),《论小品文》,《文艺茶话》2:3(10月),页20。

——编(1933a),《关于周碧初先生的苏州风景画》,《文艺茶话》2:1(8月),页5—8。

玄(茅盾)(1933),《何必〈解放〉》,《自由谈》,3月10日。

痖弦编(1977),《刘半农卷(中国新诗资料之二)》,台北:洪范书店。

阳春(曾今可?)(1933),《与申报自由谈编者黎烈文先生书》,《新时代》4:3,页51—4。

阳秋(茅盾)(1933),《读〈词的解放运动专号〉后恭感》,《自由谈》,2月7日。

杨天石和刘彦成(1980),《南社》,北京:中华书局。

——和王学庄(1995),《南社史长编》,北京:中国人民大学出版社。

杨义(1993),《中国现代小说史》,北京:人民文学出版社。

叶子善(1994),《文学研究会的文学明信片》,《新文学史料》3,页20—22。

Yeh, Michelle(1991). *Modern Chinese Poetry: Theory and Practice since* 1917. New Haven and London: Yale University Press.

易水(艾寒松)(1935),《闲话皇帝》,《新生》2:15,页312—3。

一粟(1926),《评(?)诗(?)》,《白露》2,页39—46。

一岳(1932),《纪上海出版界向一中全会请愿》,《中国新书月报》2:1(1月),页35—6。

袁进(1996),《中国文学观念的近代变革》,上海:上海社会科学院。

云裳(曾今可)编(1932),《女朋友们的诗》,上海:新时代书局。

曾今可(1932),《为甚么要出无名作家专号》,《新时代月刊》2:1,页1—9。

——(1933),《小鸟集》,上海:新时代书局。

——(1947),《从管他娘说起》,《论语》126(4月),页372—3。

——编(1953),《台湾诗选》,台北:中国诗坛。

张静庐(1938),《在出版界二十年》,上海:上海杂志公司。

——(1957),《中国现代出版史料乙编》,北京:中华书局。

张若谷(1929),《关于〈女作家专号〉》,《真善美》4:1(1929年5月),页1—24。

章衣萍(1932),《谈文艺茶话》,《文艺茶话》1:1(8月),页1。

Zhang Yunhou et al. (1979). *Wusi shiqi de shetuan* 五四时期的社团(Societies of the May Fourth Era). Beijing: Shenghuo, dushu, xinzhi sanlian shudian.

Zhao, Henry Y. H. (1995). *The Uneasy Narrator: Chinese Fiction from the Traditional to the Modern.* Oxford: Oxford University Press.

赵家璧编(1935),《中国新文学大系》,上海:良友图书公司。

——(1984),《话说〈中国新文学大系〉》,《新文学史料》1,页162—88。

赵景深(1983),《文坛忆旧》,上海:上海书店。(据1948年初版影印)

赵毅衡(1999),《拼命精神,打油风趣》,BBC中文网,12月9日。网址:http://news.bbc.co.uk/hi/chinese/china-news/newsid-536000/5366771.stm

郑逸梅(1961?),《民国旧派文艺期刊丛话》,香港:汇文阁书店。

——编(1981),《南社丛谈》,上海:上海人民出版社。

周良沛编(1993),《中国新诗库》,武汉:长江文艺出版社。

周作人(1918),《古诗今译》,《新青年》4:2(2月),页124—7。

——(1983),周作人日记,《新文学史料》4,页197—249。

朱德发(1992),《二十世纪中国文学流派论纲》,济南:山东教育出版社。

Zürcher, Erik (1972). *The Buddhist Conquest of China: The Spread and Adaptation of Buddhism in Early Medieval China.* Leiden: E. J. Brill. Reprint, with additions and corrections. 2 vols.

译 后 记

翻译这本书的最初想法,产生于2007年我在英国亚非学院做访问学者期间。我的合作教授即是本书的作者贺麦晓先生,在我刚到英国没多久,他就将这本书的英文版赠送给了我。我在粗略地阅读了一遍以后,即很佩服这本书新颖的研究方法和观点,并萌生了将这本书翻译成中文的想法。在一次与贺教授的见面中,我提出了这个想法,他欣然同意。我于2008年秋回国,而真正着手翻译这本书,则是从2009年开始的。一晃过去了五六年,其间又常为别的事分神,直至今天才算是拿出了最后的译稿。

这本出版于2003年的书,在我准备翻译时已经面世四五年,而今译成与中国读者见面则离出版时过去了十多年。这本书倡导的中国现代文学社团和杂志研究,今天已经为众多学者和在校的硕博研究生所实践。但我仍然觉得,这本"迟到"的书的出版会对中国学界有所助益。尤其是当中对杂志研究所提出的"平行阅读"的研究方法,以及对1930年代中国审查制度的研究,相信仍然还会启发国内同行,有助于开拓新的研究空间。

特别需要说明的是,我的学生梁波初译了其中的第四章,即《集体作者与平行读者:文学杂志的审美维度》,我的学生陈爽初译了其中的第六章和第七章,即《文体中的个性:"骂"的批评与曾今可》和《写作的力量:审查制度和文学价值的建立》。当然,校改(和很多时候不得不进行的重译)及最后的定稿都是由我本人完成的,文责自然也应当由我来承担。另外,梁波同学还以她特别认真的态度帮助我查找了书中众多中文引文的出处,为此花了大量时间和精力。我的博士研究生于阿丽和龙昌黄还作为最初的读者通读了全书,提出了许多宝贵的意见。在此一并表示感谢。

译事之艰,是未尝试过的人所难以想象的。翻译这本书,于我本人似乎也是不自量力的行为。可以感到自我安慰的是,我从中受益良多。当然,我也还希望不致贻害于读者。只能真诚地在这儿说这样的"套话":错误不当之处,在所难免,还望读者指正,以后若有再版机会,当改而正之。

本译稿中第一章的部分文字,以"文学社团的职业化:以南社为例"为名,经贺麦晓教授本人审订,收入吴盛青和高嘉谦主编的《抒情传统与维新时代》(上海文艺出版社2012年版),在此特向两位编者表示感谢。

陈平原先生一直是我敬重的前辈学者,还记得在上高中时(应当是1989年前后),我即在一个偶然的机会里,从一位语文老师手中借得他的大作《在东西方文化碰撞中》阅读。想来这应该是我最早阅读的当代学术著作。为此一直心存感恩。此次他答应为这本书的中文版作序,使我倍感荣幸和高兴。贺麦晓先生不仅关心我翻译的整个过程,还在我一有需要的时候,就提供对各种问题的咨询和回答,在译稿完成后还与他的朋友一道对整个译稿作了通读,提出了诸多有价值的修改建议,提高了译稿的质量。在此也向他致以我诚挚的谢意。荷兰莱顿大学的柯雷教授在我于英国访学期间,邀请我到莱顿大学作演讲和研究,使我得以在美丽宁静的莱顿小城度过了愉快而充实的两个星期,并为我提供了诸多帮助,在此也向他表示我深深的谢意。最后,也诚挚地感谢本书的责任编辑张雅秋女士,没有她认真和高效的工作,就没有本书的出版。更让我感佩的是,她对译稿的认真阅读和编辑,在很大程度上提高了本书的可读性。

陈太胜

作者小传

贺麦晓（Michel Hockx,1964—）,荷兰人,曾多年任教于伦敦大学亚非学院,现任美国圣母大学东亚系教授兼刘氏亚洲研究院院长。他的研究主要关注现当代中国文学群体及其出版物与社会实践,曾有多本著作出版,另外亦涉足中国现代诗歌研究。专著有《中国网络文学》(*Internet Literature in China*),《雪朝:通往现代性的八位中国诗人》(*A Snowy Morning: Eight Chinese Poets on the Road to Modernity*, Leiden:CNWS,1994)等。

学术史丛书

中国禅思想史　　　　　　　　　　　　　葛兆光　著
　　——从6世纪到9世纪
士大夫政治演生史稿　　　　　　　　　　阎步克　著
中国文学研究现代化进程　　　　　　　　王　瑶　主编
中国现代学术之建立　　　　　　　　　　陈平原　著
　　——以章太炎、胡适之为中心
陈寅恪先生史学述略稿　　　　　　　　　王永兴　著
明清之际士大夫研究　　　　　　　　　　赵　园　著
儒学南传史　　　　　　　　　　　　　　何成轩　著
西潮激荡下的晚清地理学　　　　　　　　郭双林　著
中国文学研究现代化进程二编　　　　　　陈平原　主编
文学史的权力　　　　　　　　　　　　　戴　燕　著
《齐物论》及其影响　　　　　　　　　　陈少明　著
文学史书写形态与文化政治　　　　　　　陈国球　著
晚清女性与近代中国　　　　　　　　　　夏晓虹　著
北京：都市想象与文化记忆　　陈平原　王德威　编
中国民间文学研究的现代轨辙　　　　　　陈泳超　著
触摸历史与进入五四　　　　　　　　　　陈平原　著
制度·言论·心态　　　　　　　　　　　赵　园　著
　　——《明清之际士大夫研究》续编
近代中国的百科辞书　　　　　陈平原　米列娜　主编
清末民初的晚明想象　　　　　　　　　　秦艳春　著
德语文学研究与现代中国　　　　　　　　叶　隽　著
作为学科的文学史　　　　　　　　　　　陈平原　著

儒学转型与文化新命	彭春凌 著
——以康有为、章太炎为中心(1898—1927)	
政教存续与文教转型	陆　胤 著
——近代学术史上的张之洞学人圈	
世运推移与文章兴替	王　风 著
——中国近代文学论集	
晚清文人妇女观	夏晓虹 著
晚清女子国民常识的建构	夏晓虹 著
文化制度和汉语史	〔日〕平田昌司 著
*现代中国述学文体	陈平原 著

文学史研究丛书

中国现代主义诗潮史论	孙玉石 著
小说史:理论与实践	陈平原 著
上海摩登	〔美〕李欧梵 著　毛　尖 译
——一种新都市文化在中国1930—1945	
北京:城与人	赵　园 著
中国小说叙事模式的转变	陈平原 著
晚清至五四:中国文学现代性的发生	杨联芬 著
词与文类研究	〔美〕孙康宜 著　李奭学 译
二十世纪中国文学三人谈・漫说文化	
钱理群　黄子平　陈平原 著	
唐代乐舞新论	沈　冬 著
文学复古与文学革命	〔日〕木山英雄 著　赵京华 译
鲁迅・革命・历史	〔日〕丸山昇 著　王俊文 译
——丸山昇现代中国文学论集	

鲁迅、创造社与日本文学
　　　　　〔日〕伊藤虎丸 著　孙　猛　徐　江　李冬木 译
被压抑的现代性　　　　　〔美〕王德威 著　宋伟杰 译
　　——晚清小说新论
汉魏六朝文学新论　梅家玲 著
　　——拟代与赠答篇
重建美国文学史　　　　　　　　　　　　单德兴 著
明代复古派唐诗论研究　　　　　　　　　陈国球 著
新文学现实主义的流变　　　　　　　　　温儒敏 著
丰富的痛苦　　　　　　　　　　　　　　钱理群 著
　　——堂吉诃德与哈姆雷特的东移
大小舞台之间　　　　　　　　　　　　　钱理群 著
　　——曹禺戏剧新论
地之子　　　　　　　　　　　　　　　　赵　园 著
《野草》研究　　　　　　　　　　　　　孙玉石 著
中国祭祀戏剧研究　〔日〕田仲一成 著　布　和 译
韩南中国小说论集　　　　　　　　〔美〕韩　南 著
才女彻夜未眠　　　　　　　　　　　　　胡晓真 著
　　——近代中国女性叙事文学的兴起
中国现代小说的起点　　　　　　　　　　陈平原 著
　　——清末民初小说研究
朱有燉的杂剧　　　　〔美〕伊维德 著　张惠英 译
后殖民理论　　　　　　　　　　　　　　赵稀方 著
耻辱与恢复　〔日〕丸尾常喜 著　张中良　孙丽华 编译
　　——《呐喊》与《野草》
鲁迅与中国现代文学批评　　　　　　　　陈方竞 著
鲁迅：中国"温和"的尼采　　　　　　　　张钊贻 著
左翼文学的时代王风　　　　　　〔日〕白井重范 编
　　——日本"中国三十年代文学研究会"论文选

中国戏剧史	〔日〕田仲一成 著	布 和 译
上海抗战时期的话剧		邵迎建 著
屈原及其诗歌研究		常 森 著
鲁迅:无意识的存在主义	〔日〕山田敬三 著	秦 刚 译
情与忠:陈子龙、柳如是诗词姻缘	〔美〕孙康宜 著	李奭学 译
知识与抒情		张 健 著
——宋代诗学研究		
唐代传奇小说论	〔日〕小南一郎 著	童 岭 译
临水的纳蕤思:中国现代派诗歌的艺术母题		吴晓东 著
史事与传奇		黄湘金 著
——清末民初小说内外的女学生		
物质技术视阈中的文学景观		潘建国 著
——近代出版与小说研究		
屈原及楚辞学论考		常 森 著
文体问题	贺麦晓 著	陈太胜 译
——现代中国的文学社团和文学杂志(1911—1937)		

其中画 * 者即将出版。